# 「家庭小説」と読者たち

## ジャンル形成・メディア・ジェンダー

鬼頭《きとう》七美《なみ》

翰林書房

「家庭小説」の読者たち――ジャンル形成・メディア・ジェンダー――◎目次

凡例

・引用文中の漢字は新字によって表記し、仮名遣いは可能な限り原文のままとした。

・文献の引用に当たっては、初出および初刊本により、読解に必要なふりがなを残した。また、適宜、句読点を補い、便宜を図った。

・作品名については、単行本によっている場合には『　』で示し、新聞雑誌によっている場合には「　」で示した。また新聞紙名・雑誌名と、それらに発表された文章の題名は「　」で示した。

・年号は西暦で表記し、適宜、［　］内に和暦を示した。

・引用文中の傍点および傍線は、全て引用者による。

# まえがき

貴司山治、木村毅、尾崎秀樹らによる「座談会 大衆文学研究の歴史」[*1]では、貴司山治と木村毅の幼少期の読書体験が紹介されている。

貴司山治の生まれ育った家は貸本屋を営んでおり、家には講談本が何百とあった。字を覚えたくて家にあった貸本をほとんど読んでしまったという貴司は、一〇歳前後で『南総里見八犬伝』に出会ったという。

木村毅は早稲田大学に通っていた頃、担当講師の相馬御風から、自分が愛読していたヘンリク・シェンキェヴィチの『クオ・ヴァディス』を通俗的だと軽蔑するように貶められ、これに対する反発から英米文学の通俗小説を多読した。そして、卒業後には「家庭小説」として人気を博した「生さぬ仲」の作者である柳川春葉のもとへ弟子入りを志願したという。

この二人に共通して興味深いことは、明治時代の半ば以降に幼少期を過ごした者として、両者とも講談や通俗的とされる物語類を当たり前のように享受していたという事実である。講談については、少しさかのぼれば江戸時代の戯作に接続されるだろうし、少し時代が下れば立川文庫などへと連なるものである。英米文学の通俗小説については、尾崎紅葉の諸作の典拠への探究がバーサ・M・クレイの発見へとつながり、そこからは、黒岩涙香その他の明治時代の多くの翻案小説の原書の海が拡がりを垣間見せている。

こうしたことから言えるのは、いわゆる純文学＝読むに価する高尚な文学が明治時代の終わり頃になって突如として現れたのではけっしてなく、物語や読み物といったものの生産と再生産が、明治時代以前から今日に至るまで脈々と続いているということである。そして、このような物語や読み物の一つとして「家庭小説」は存在している。

これまで、純文学＝読むに値する高尚な文学がどこかにあるかのように語られ、信じられ、さらにアカデミズムによって強化され、再生産されてきた。そして、そのような〈文学史〉が学校教育によって人々にインプットされていく。だが、既成の〈文学史〉に記されるものだけが読むに値するものではないし、その読書人口たるや、実はわずかなものでしかない。多くの人は既成の〈文学史〉の枠外の物語類にこそ手を伸ばし、日々の楽しみとしてきたのではないだろうか。

また、同じくこの座談会で問題となっていたのは、『資本論』の翻訳者である高畠素之が博文館の六〇銭の講談本『加藤清正』を読みながら翻訳していたということや、佐野学が「講談倶楽部」をカバンに入れて社会主義運動を行っていたということ、日本プロレタリア作家同盟のメンバーが貴司山治のプロレタリア大衆小説『ゴー・ストップ』の面白さに引きずり込まれるように一晩で読み通したといったことなど（執筆者注、作家同盟のメンバーは、このとき貴司の思想や小説を非難攻撃していたという）、「最高の知識階級も講談に魅力を感ずる。車ひきや子守っ子ばかりじゃない」ということであり、ここにこそ「大衆文学の大きな未来がある」という。[*2]

このような話は、一見、講談や大衆小説などといった二流の文学が、純文学のアンチとして、あるいはカウンターとして、敵対しているかのように受け取れる。「家庭小説」も、これまで、おそらくそのように捉えられてきたことだろう。

だが、「家庭小説」は、純文学と敵対するような二流の文学などといった枠組みでは捉えきれない文学ジャンルである。そもそも、このような二項対立の図式が確固たるものとして成立する以前のジャンル概念であり、しかも、改めて捉え返そうとすれば、そのジャンルとしての枠組みさえも自明のものではなくなってしまう。

明治時代の文学と言えば、従来、一部のインテリ文学青年たちによって独占された文壇のなかで生み出され、批評されるものとしてイメージされてきた。だが、このような、いわゆる文壇文学とは別の場所、すなわち、新聞という、一般読者に広く開かれた場のなかに、より豊かな文学空間が展開されていた。新聞に連載される小説を、読者は毎日のように楽しみにし、その物語内容に一喜一憂し、読み継いでいく。明治時代において新聞とは、作者と読者が出会うインターフェイスであった。[*3]「家庭小説」は、まさしく、そのような新聞小説として人々に享受され、一時代を築いた花形文学ジャンルであった。

本書では、このように一世を風靡した文学ジャンルとしての「家庭小説」について検討するに当たって、代表作が数多く掲載された「大阪毎日新聞」を主な分析対象とした。「家庭小説」という文学ジャンルがいかに生成し、読者によって受容されていったのか、そのプロセスを、「大阪毎日新聞」の紙面を中心とする同時代言説の精査とテクストの精読とを通して描き出すこと、これが本書の基本的なスタンスである。

その作業のなかで浮上してきたのは、一般的には女性の領域と見なされがちな「家庭」という用語／概念を、文壇を担う文学青年や新聞記者といった男性の書き手たちが使い回し、男女双方の読者に向かってメッセージを発していたという事態である。それゆえ分析の手法はジェンダー論的な要素をも含みこむこととなった。本書のサブタイトルを「ジャンル形成・メディア・ジェンダー」としたゆえんである。

「大阪毎日新聞」というメディアを舞台に繰り広げられた作者と読者たちのコミュニケーションを細やかに追跡し、紙面を彩った一群の新聞小説が「家庭小説」の名のもとに包摂されていく経緯――すなわち「家庭小説」ジャンルが生成され、読者によって受容されていくプロセス――を浮かび上がらせることが、本書の狙いである。

注

＊1　木村毅・貴司山治・加藤謙一・真鍋元之・尾崎秀樹「座談会 大衆文学研究の歴史」（「大衆文学研究」一九六六・七）

＊2　木村毅・貴司山治・加藤謙一・真鍋元之・尾崎秀樹「座談会 大衆文学研究の歴史」（注1参照）。

＊3　このような新聞小説についての先駆的な研究書として、例えば、「読売新聞」を中心に詳細な分析を行った山田俊治の『大衆新聞がつくる明治の「日本」』（日本放送出版協会、二〇〇二・一〇）や、様々な新聞に連載され、多くの読者を獲得した小説群を取り扱った関肇の『新聞小説の時代――メディア・読者・メロドラマ』（新曜社、二〇〇七・一二）などがある。

# 第Ⅰ部　「家庭小説」をめぐる言説の展開

「己が罪」第九十六（大阪毎日新聞）

# 第一章　家庭小説は〈低級〉か？——文学史のなかの「家庭小説」——

「家庭小説」とは一体、どのような文学ジャンルなのだろうか。この問いに答えるために、ジャンル成立以来、様々な研究者や言論人らによって、その定義や概念が提出されてきた。その際、今日に至るまでしばしば参照される文献が、加藤武雄「家庭小説研究[*1]」と瀬沼茂樹「家庭小説の展開[*2]」である。その定義によれば、「家庭小説」とは「家庭に於て読まるゝにふさはしきものといふ条件を前提として考察せられ」るべき、「健全」かつ「道徳的」で、「どこかに救いがなければならぬ」（加藤）ものであり、「家庭の団欒にあって読まれるにふさわしい読物」、「近代文学の発生にともなって生まれてきた新種の「婦女童蒙の玩弄物」というような性質をもっているもの」（瀬沼）である。この両者による定義を根拠づけているのは、瀬沼茂樹も引用し、また多くの先行研究においても引用される、菊池幽芳の『家庭小説乳姉妹』前編（春陽堂、一九〇四［明三七］・一）における「はしがき」の次のような一節である。

（略）全体私は私共の新聞に講談を載る事をだん〴〵廃したいといふ考で、それには何か之に代る適当なものを見つけたい。今の一般の小説よりは最少し通俗に、最少し気取らない、そして趣味のある上品なものを載せて見たい。一家団欒のむしろの中で読れて、誰にも解し易く、また顔を赤らめ合ふといふやうな事もなく、家庭の和楽に資し、趣味を助長し得るやうなものを作つて見たいものであると考へて居ました（略）

だが、文学史のなかで「家庭小説」として名前の挙がる作品に目を通してみると、これらの説明ではどこか物足りなさが残り、的を射ていない感がある。中丸宣明が指摘しているように、「家庭小説」が求められたのは、「家庭を描いた小説を求める声と、家庭のための小説の必要を説くもの」[*3]という二つの声によっていると考えられるが、こうした説明でも、やはり同時代における「家庭を書いた小説をいふのか、家庭で読んで差支へない小説をいふのか判然しない」（柳川春葉「家庭小説と世が作物」、「文章世界」一九〇六［明三九］・一二）という発言に対して、明確に応え得るものとはなっていない。

如上で示したものや、このほかに数多くなされてきた「家庭小説」の定義づけは、多種多様な拡がりを見せる「家庭小説」群の全てに当てはまる説明ではあり得ない。あたかも全ての作品の内容や特徴を踏まえて帰納的に総括を試みようとするかに見えるのだが、しかし、個別の作品を思い浮かべると、途端に当てはまらない要素も眼についてしまい、「家庭小説」全般を「定義」することはできないのではないか、と思えるのである。そして、「家庭小説」とは何かを問いながら、今日までになされてきた研究史の積み重ねを仔細に追っていくとき、そこには、単純に内容から「家庭小説」をカテゴライズし定義づけしてきたわけではない文学史叙述の問題が見えてくるように思われる。現在、求められるのは、「家庭小説」が、これまでの文学史叙述や研究論文等において、どのように語られてきたのかを検証し、「家庭小説」というジャンルの生成と変容を明らかにすることであろう。

さて、「家庭小説」が明確に文学ジャンルとして認知され、文学史の叙述対象として語られはじめるのはいつ頃からであるのだろうか。管見によれば、一九〇六［明三九］年一月に復刊された「早稲田文学」（第二次）の第一号の「彙報」欄において、「家庭小説」が文学ジャンルとして叙述されたのが、その端緒であろうと思われる。周知のように、この雑誌は休刊と復刊を繰り返し、現在もなお刊行されている文芸雑誌であるが、「早稲田文学」（第一次）は一八九一［明二四］年一〇月に創刊され、一八九八［明三一］年一〇月に廃刊となった。その後、約七年の歳月を隔て、一九〇六年一月に復刊されるに当たって、これまでのブランクを埋めるかのように、文芸と思潮についての時代の流れが「評論界」と「小説界」に分けてまとめられ、第一号（「小説界　三十一年――三十四年」）[*4]から第二号（「三十五年――三十八年」）[*5]にかけて掲載された。これが、文学史叙述の嚆失と言えるだろう。それまでにも、年のはじめに前年の文壇状況を振り返るような一年単位での総括は多くの新聞や雑誌で掲載されてきた。だが、ある程度のスパンで文壇の動向や流行をまとめようとする批評については、目立つところではこの「早稲田文学」復刊に際しての「彙報」欄が筆頭に上る。雑誌の休刊・復刊という偶然によって生じたパースペクティブによって、「家庭小説」に限らず、その他の文壇状況が歴史化されはじめたのである。

以下、本章では、文学史叙述における「家庭小説」の語られ方と、そこに作用している力学について考察していくことにする。

## 1　「家庭小説」の構成要素

本章でおおよそ文学史叙述の時代と定めた範囲において、最初期から近年に至るまで変わらず指摘され続けている論点として、

(1)「家庭小説」の道徳的傾向
(2)「家庭小説」の登場をめぐる経緯――観念小説・深刻小説・悲惨小説との関係性
(3)「家庭小説」の読者層としての婦女子

の三点を挙げることができるだろう。

一点目の〈道徳的傾向〉とは、「家庭小説」が登場した背景として、あるいは「家庭小説」の特徴的な要素とし

て、指摘されている論点である。例えば、「早稲田文学」復刊第一号において「道徳との調和[*6]」を欲する声があったと指摘されており、同じ「早稲田文学」における前年の回顧記事においても「道徳と文学の調和[*7]」というテーマ性が指摘されている。一九〇九〔明四二〕年二月の「太陽」定期増刊号のなかでも「道徳的観念を基礎として[*8]」いることが挙げられている。「家庭小説」に付随するこうした指摘は、大正期、昭和期も続き、一九九〇年代に入っても同様に、例えば、金子明雄が「家庭小説」の特徴として「道徳的な健全さ[*9]」を挙げて、「早稲田文学」や「太陽」定期増刊号と同様の確認をしている。飯田祐子[*10]と真銅正宏[*11]は、「家庭小説」と極めて隣接する当時の庶民の娯楽であった「講談」の持つ道徳性との類似点をともに指摘しており、さらに金子明雄は、この道徳性を軸に「家庭小説」の代表作と言われる菊池幽芳の「己が罪」の内容分析を試みている。[*12]

このように〈道徳的傾向〉が「家庭小説」にとって外せない特徴であるのは、内容から推し量ることができるからであるのはもちろん、二点目の〈登場をめぐる経緯〉が大きく関係している。岩城準太郎は『増補明治文学史』（一九〇九年）において「当時の読者社会に比較的勢力を得て一時世に行はれし」「家庭小説」は、「前代以来痛烈なる刺激を要求せる人心に適応せんが為めに、深刻悲惨なる作風の行はるゝを見しが、其の弊の極まる所、茲に沈滞し、萎微し、遂に反動を起し、人心一時新なる或者を需む[*13]」るために起こったものだと説明したが、深刻小説や悲惨小説と「家庭小説」の出現とを、因果関係を持ったものとして捉えるこうした認識は、のちの文学史叙述のクリシェとなっていくものである。[*14]例えば、「明治二十八九年頃の暗黒社会を描いた小説のみの流行してゐたのに対して起つて来たもの[*15]」という記述や、「日清戦争後の文壇に流行した観念小説、深刻小説が、社会の暗黒面に取材してあまりにも醜悪、悲惨などを強調したため、読者に嫌われて、人生の光明や幸福な解決を求める風潮を生じた。その反動として文壇においても迎えられたもので、いちじは「光明小説」という名称をも与えられた[*16]」という説明、「日清戦争後に流行した深刻小説・悲惨小説が、あまりにも暗い陰惨なものに傾いた反動として光明小説待望論が起こり、その中から登場した」[*17]という解説など、枚挙にいとまがない。このことについては、言説分析を基調としたメディア論を展開した一九九〇年代以降の研究が示唆するように、「「家庭小説」と「深刻小説」などとの並行的な性格」[*18]を捉え直す必要があるだろう。

三点目の〈読者層としての婦女子〉については、実際の女性読者が男性読者よりもどれだけ多かったかを実証することなどできないにもかかわらず、「家庭小説」は婦女子の読み物だとする文学史叙述が、まことしやかに行われてきた。例えば、「婦女子の同情を惹くべき様な葛藤を写した」[*19]「家庭小説」のうちでも代表作とされる徳冨蘆花の「不如帰」は「幾多の姫様令嬢、女学生を泣かせたものだ」[*20]という同時代を目撃した書き手による印象批評にはじまり、一九九〇年代以降の「家庭婦人を対象としていた読者層」[*21]という叙述に至るまで、「家庭小説」の読者層は女性だという認識で一貫しており、ときには「低級な婦女子の涙を誘ふ」[*22]というように女性読者は貶められたりもした。さらに、「家庭小説は家庭婦人を主な読者とするところから、「健全な道徳的なもの」であることを特色とする」[*23]というように、一点目の〈道徳的傾向〉とも関連づけられ、この時期に女子教育が普及し、新しい読者として開拓されたことが指摘される。しかしながら、この「家庭小説」の読者層に対するジェンダー・バイアスのかかった記述者の視線に対しては、近年の研究において、例えば「「不如帰」が多くの男性読者を持った事実」すなわち「「不如帰」ほか蘆花作品には、男性読者の支持が根強い」ことが指摘されたり、[*24]初期の「家庭小説」の読者は「女性に限定されてはいなかった」という同時代言説を基に「特にジェンダー化されてはいな」かったことが指摘され、[*25]異議が差し挟まれている。[*26]

以上のように、ここで挙げた三つの論点は、相互に関連して認識され、文学史叙述の上では基本事項として反復されてきた。そして、言説分析を基調とした一九九〇年代以降の研究の登場によって、ようやく訂正されたり認識の枠組みの変更が促されたりしはじめている。

## 2 〈低級〉文学としての「家庭小説」

では、「家庭小説」に対するこのような不変の論点に対して、時代ごとに変化を見せる論点とはいかなるものであるだろうか。

明治期および大正期において最も特徴的な叙述として、岩城準太郎の次のような書きぶりを挙げることができるだろう。

すなわち「家庭小説」は一時、新聞小説を中心として盛に行はれしが、詳に其の内容を省察すれば其の案外に空虚なるに驚くべし。時代の社会道徳に適応せんと企てたる態度は文芸其物の上より見て慶すべきか否かは俄に判すべからずと雖、之が為に強て作為の跡を残すが如きは遂に高級芸術の事に非ず[*27]

「早稲田文学」復刊第四号においても「家庭小説の流行は一面に文学の威厳品位を損ずるに類する現象をも伴った[*28]」と述べられていたし、田山花袋も「従来の低級な家庭小説[*29]」と述べ、自身、通俗小説家として名の通った加藤武雄も「低級な通俗な家庭小説[*30]」と述べるなど、「威厳品位」、あるいは「高級」であるか「低級」であるかが、この時期の文学史叙述上の関心事であったことがうかがえる。先に言及した「低級な婦女子」発言も、この範疇でのものと理解すると分かりやすいだろう。

このような「家庭小説」に対する〈低級〉視は、先に引用した岩城準太郎の叙述中にも見られる、発表形態としての新聞小説への〈低級〉視と連続している。例えば「太陽」定期増刊号では、後年の文学史叙述において前期自然主義の作家とされている小杉天外が「魔風恋風」を「読売新聞」に連載して一世を風靡したことを以て「最近に至るに従つて、新聞小説張となるを遺憾に思ふ」と述べ、「新聞小説」風であることを残念がっている[*31]し、高須梅渓は幽芳の「己が罪」を「新聞小説として見れば、在来の物に比して、進歩したあとが確かにあつた」が「通俗味の境地から脱しなかつた」と述べて、「新聞小説として」という限定をかけた上での評価を行い、蘆花の作品には芸術的価値を「認め難い」としながらも、中村春雨の「無花果」は芸術的には「遙かに其の上位にある」とするなど、全ての新聞小説ないしは新聞に連載された「家庭小説」を蔑視するのではなく、そのなかでの差異化を図ろうと努めている。[*32]しかし「通俗味」は「脱するべき」であるという認識がこの文言からうかがえ、結局のところ新聞小説に対する〈低級〉視が前提として存在していることを物語っている。そして、小島徳弥は、先述した「低級な婦女子」発言のあと、「安価な新聞小説となつて、文学作品として大きな価値を有することが出来なかつた[*33]」と続けており、ここに至って、「家庭小説」は新聞小説であり、読者が専ら婦女子であることを以て、〈低級〉視されることとなる。

「家庭小説」、新聞小説、婦女子に対する、このような〈低級〉視の背後には、言うまでもなく〈高級〉視されるべき文学に照準を当てたまなざしがある。その担い手たちは、例えば、「自然主義及び其以後の文壇に実際活動した高級の文学青年」たちであり、彼らはエチェガライ、シェンケヴィッチ、ズーダーマン、ヨーカイ、ニーチェなどを読み、「当流文学の主潮の非世界文学主潮傾向的無知と、劣等とを斥け」たのだが、「（現実の――引用者注）読者が喜び繙いた愛読書は「己が罪」であり、「不如帰」であり、やがては写実的なる「魔風恋風」であつた」のである。[*34]このように、読者層の分裂を〈高級／低級〉というタームで語るモードが昭和期のはじめ頃まで続き、以後は、専ら〈高級〉な文学の系譜が正統的な文学史として認知され、〈低級〉な「家庭小説」およびその他の文学ジャンルは、「文壇の埒外に放逐せられた」[*35]とか、日本の近代文学の「その圏外に」[*36]存在していたなどと述べられていくこととなる。この点について、近年では「自然主義こそが、家庭小説を「通俗小説」として正統な文学史から葬り去ったのである」[*37]と言い直されたり、芸術的な文学が自己同一性を確保しようとして「家庭小説」は「繰り返し忘却され」「排除」された[*38]と批評されたり、「「文学」の芸術的価値を定位させたことが、家庭小説の文学史における機能である」[*39]と分析されたりしている。

そして、戦後あたりから顕著になってくる特徴的な叙述として、三好行雄による「（「家庭小説」には――引用者注）作家の批判精神など見るべくもなかった」[*40]という作家論を軸にした文学史上の評価の仕方を挙げることができるだろう。岡保生も「蘆花の「不如帰」は作者に果たしてそういう意図があったかどうか、なお疑問が残る。私は、「己が罪」をもって、作家の明確な意識にもとづく家庭小説の誕生と見たい」[*41]と述べ、「作者の意図」「作家の意識」がジャンル分類の決め手になるかのような記述をしており、田所周もまた「家庭小説」と「社会小説」とでは「並行現象」をなしていたものの、「作者の意識や意欲」は違っていた[*42]として、そこにジャンル分類の意義を見出している。

このように、「家庭小説」の研究史を眺めわたしてみると、時代ごとに異なった切り口から批評する論者の態度に気づかされるのだが、このような時代ごとの論点の変遷は「家庭小説」に限ったことではなく、文学全般を語るモードの変遷でもあることは言うまでもない。

## 3 ジャンルと作家

以上のような「作家の精神・意識」や「作者の意図」などといった作家論的な視点による論点は、先の「〈高級〉

か〈低級〉か」の論点とない交ぜとなって、「家庭小説」というジャンルに含めるべき作品名やその作家名にも影響を与えはじめる。すなわち、「家庭小説」というジャンルにカテゴライズされる作品および作家には、時代ごとに変遷があり、この作家論という論点の導入により、「家庭小説」ジャンルに含めるべきか否か、常に評価が揺れ動いてしまう作品および作家、あるいは一旦は「家庭小説」にカテゴライズされたものの、作家論という論点の導入により、そこから除外された作品および作家というものが、明確に現れるようになったのである。

その代表格は、天外の「魔風恋風」であろう。この作品は、「家庭小説」ジャンルのなかで不動の位置を占めている幽芳の「己が罪」と同様に、明治期の風俗的な現象とも言える〈堕落女学生〉を描いた作品であるにもかかわらず、「家庭小説」ジャンルに登録され、その代表的作品と目されていく「己が罪」とは異なり、「家庭小説」ジャンルに登録されてはいない。そもそも天外自体、文学史叙述の上では前期自然主義の作家ないしはゾライズムの作家とされており、「家庭小説」ジャンルの作家とは見なされていない。なぜ、両者の間にこのような違いが起こるのだろうか。すでに述べたように、同時代に極めて近い時期に書かれた「太陽」定期増刊号において「道徳的、家庭的、理想的小説に反抗して起つたのが、小杉天外の写実主義的小説である」と紹介され、『はやり唄』（春陽堂、一九〇二〔明三五〕・一）の「序」によって「其の主張は、今日の自然主義に類してゐる」と位置づけられながらも、「『魔風恋風』に至つては、家庭小説の趣を呈して、（略）新聞小説張となるを遺憾に思ふ」と記述されていた[*43]ように、「魔風恋風」は新聞小説であることを残念がられていた。このような評価の仕方は、例えば、日夏耿之介の「家庭文学の写実主義[*44]」という折衷的な言い回しの試みや、岡保生の「家庭小説作家へと転身を決意させられた」「家庭小説に着手した」というような[*45]、天外の後半生のみを「家庭小説」作家であったと認定する評価の仕方へとつながっていく。ここには明らかに、『はやり唄』の「序」によって「ゾライズム」宣言をした写実主義の作家・天外という作家論的なまなざしが介在している。つまり、「作家の意識・精神・意図」といったものが、〈高級〉な文学を見据えている限り、文学史において扱うべきであるという判断が、ここにはあるのである。このとき必ず参照されるのが、作家が〈高級〉な文学を見据えている証拠ともなる、自分の文学的立場を表明した評論や文学論である。天外の場合には、『はやり唄』その他の単行本に付された「序」において展開された文学論が必ず参照、引用され、前期自然主義の名を冠される根拠となっている。新聞小説に手を染めたがゆえに作家としての名声に留保をつけられながらも、〈高級〉な——すなわち男性によって占められた閉じた文壇からアカデミズムへと連なるサークル内での、男性でなければ不可能と思われていた抽象的で高尚で難解な——議論を残しているかどうかによって、文学史における扱いが違ってくるのである。

このようなことは、天外だけに留まらない。例えば、春雨は「無花果」という一つの作品によってのみ、「家庭小説」ジャンルの系譜にその名を残しているのだが、彼の後半生における中村吉蔵の名による劇作家としての活躍をよく知る者は、「家庭小説」としての「無花果」の作者名をわざわざ「中村春雨（吉蔵）」[*46]と記す。しかも、この作品は「家庭小説」のなかでも特異な評価のされ方をしており、大正期あたりから、その芸術的価値について「（ほかの——引用者注）家庭小説より上にある」[*47]とか、「一面からいうと社会小説ともいえるような作」[*48]などと言われ、一九八〇年代に至ってもなお、「春雨や蘆花の場合には（略）「社会小説」と相通ずるものもあった」[*49]と記されている。劇作家としての中村吉蔵により親しんでいた藤木宏幸は、「むしろ吉蔵時代の戯曲から、春雨時代の小説に接近した」と述べているし、春雨自身も「春雨時代の小説群」について「あまりふれたがらず、自分の作家としての出発を、戯曲を創作しはじめてから後においていた」[*50]らしいと推測している。[*51]

また、紅葉門下として出発し、自然主義作家としてその名を記憶されている徳田秋聲も同様である。ごく早い段階で、「家庭小説の作家として知られた」秋聲[*52]という言及が見られたり、「新聞小説を頻出して時あつて通俗家に堕せんとしては辛じて持ち耐へ、結極芸術家として終始するに至つた人もあり（例へば秋聲のごとし）」[*53]と伝えられたり、「新聞の家庭小説として評判になつたもの」[54]として秋聲の名が挙げられたりしていたが、三好行雄によって「硯友社文学の通俗写実主義の落ち着く最後の場所が家庭小説だった。（略）硯友社系の作家は、少数の個性（秋聲、花袋、荷風、霜川など）をのぞいて、多く通俗文学への道しかきりひらきえなかった」[55]というように、「家庭小説」ジャンルから外されて以後、管見によれば、秋聲を「家庭小説」ジャンルに関わる作家として言及したものは見当たらない。秋聲は、『家庭小説』（東洋社、一九〇一［明三四］・七）と『家庭小説楓の下陰』（積文社、一九〇五［明三八］・一）という複数の作家による短編小説が収録された小説集にも作品を寄せており、[56]「家庭小説」に浅からず関わった作家だったのだが、こうした履歴については、一九九七年から刊行された『徳田秋聲全集』の解説や月報において、ようやく検討が試みられはじめている。[57]

さらに、田口掬汀は「女夫波」や「伯爵夫人」によって「家庭小説」ジャンルの代表的な作家としてその名を定着させており、「家庭小説」作家としての評価が常に揺れ動いたり、のちに除外されたりすることのない作家であるが、後年、作家論的な観点から文学史上の復権を試みる論考も登場している。こうした論考では、掬汀がジャーナリストとして雑誌「新声」の編集者を務め、多くの文学論を「新声」その他のメディアで展開したことが注目され、「家庭小説」作家のイメージで固定されがちな掬汀の異なる側面が示される。「家庭小説」ではない「もう一つの系列の作品」として「社会的関心の濃厚な作品」（執筆者注、労働問題や差別問題への関心）の存在が強調され、「（掬汀の作品に――引用者注）家庭小説の四文字が冠せられるのは書店の都合であり、彼はそれを嫌っていた」ことを以て、彼は「恋あり、思想的煩悶ある本格的小説」を書く小説家たらんと願っていたと論じる。[58]こうした論考では、作家に貼られた「家庭小説」のレッテルを払拭するために、作家の評論や回想文などが総動員され、「作家の意識・精神・意図」といったものがいかに〈高級〉な文学を見据えていたかということばかりが力説されることになる。

これ以外に、明治期および大正期には全く「家庭小説」として認識されていなかったにもかかわらず、昭和期以降、あるとき誰かが「家庭小説」だと記したことをきっかけとして、以後、「家庭小説」ジャンルに包摂され定着していくものもある。具体的には、尾崎紅葉の「金色夜叉」や村井弦斎の「小猫」ほかの作品群、渡辺霞亭の「渦巻」「想夫憐」、大倉桃郎の「琵琶歌」などである。これらの作品が、なぜ明治期および大正期に「家庭小説」と見なされなかったのか、そして昭和期以降、なぜ「家庭小説」としての評価が定着していったのか、その背景は定かではないが、例えば霞亭の「渦巻」は一九一三〔大二〕～一九一四〔大三〕年にかけて発表された作品であり、明治期に言及がないのは当然である。また、弦斎の「小猫」は一八九一〔明二四〕年に「報知新聞」に連載され、一八九七〔明三〇〕年一月に春陽堂から単行本が刊行された作品であるが、一般に「家庭小説」ジャンルに属すると見なされる作品の多くが一九〇〇年よりもあとに刊行されたことに鑑みれば、「家庭小説」とは何かという問いに答えようとしてなされた定義づけや、それまでに出揃っていた「家庭小説」の既成イメージの下に、弦斎の「小猫」がまさしく「家庭小説」に相応しい作品として見出されたということを物語っているだろう。ジャンルが生成する以前にも「家庭小説」はあったという発見である。[*59] これらの作品は全て新聞小説であり、新聞小説の持つ通俗的な要素やメロドラマ的な物語展開など、明治期に文学ジャンルとして成立した「家庭小説」と重なる要素が多いために、同時代認識とは違った文学史叙述が起こっていったのだと考えることができよう。

## 4　召喚される「家庭小説」

さて、このように文学史叙述における「家庭小説」の語られ方を、その言説に密着して見てきたが、これらの長い歴史的な時間のなかに横たわる文献を俯瞰して気がつくことは、埋もれつつある歴史の底から「家庭小説」というジャンルが呼び起こされ、脚光を浴びる時期が、時のうねりのように、ときおりやってくることである。

その最初は、昭和期のはじめ頃である。いわゆる円本ブームを惹起することになる『現代日本文学全集』が改造社によって編纂されたとき、その第三四篇として「歴史・家庭小説集」が登場した。その「総序」において春雨の「無花果」は「よく明治文学史に不朽の名を留めて」おり、「基督教をわが文学に初めて有効に用ゐ生かした清新さは、今日と雖も大して錆びてはゐない」というように、それまでにはないような肯定的な文言によって評価されている。[*60]また、日夏耿之介は、明治期の通俗的な小説を「扇情文芸」と名づけ、「冒険小説」「探偵小説」「伝奇小説」「家庭小説」「政治小説」と下位分類し、通俗的な小説全般について膨大な論考を物したが、そのなかで「家庭小説」についてもかなりの紙数を費やして論じている。[*61]さらに、同じく改造社から刊行された『日本文学講座』の第一四巻は「大衆文学篇」として編纂され、そのなかに中村武羅夫の「通俗小説研究」と加藤武雄の「家庭小説研究」とが収載されているが、[*62]両者ともに、「家庭小説」とは何かを問いながら、定義づけを試み、その傾向や特徴を分析している。日夏耿之介の著書と『日本文学講座』第一四巻とは、分類と体系化という同じ趣向に支えられた大衆文学の研究書でもある。そして『現代日本文学全集』も含め、この昭和期初頭の「家庭小説」に対するクローズアップは、周知のように、関東大震災後のマス・メディアの発達と大衆の成熟とに端を発した大衆文学の成立によっているだろう。円本の編集に関わったとされる木村毅もメンバーだった明治文化研究会の発足も同じ流れのなかで捉えることができる。それまで〈低級〉視され続けてきた通俗的な小説がスポットを浴びる、その機が熟したことを示しているだろう。

次に「家庭小説」が呼び出されるのは、大衆文学研究が盛り上がりを見せた一九六〇年代である。例えば、雑誌「文学」で企画された「座談会明治文学史」において、柳田泉は「大衆文学の先駆」として村上浪六の任侠小説や黒岩涙香の探偵小説、矢野龍渓の冒険小説、宮崎三昧、依田学海などの歴史小説を挙げ、「文壇文学で満たされないもの」への欲求が「（明治——引用者注）二十年代半ばころ」から表れてきたことを踏まえ、次のように発言している。

文学史の研究の上から言えば、文壇文学をやると同時に、こういうふうな文学もある程度はっきりさせなければ、文学史というものが非常に不具なものになりがちであるという。その方の研究をまるきり閑却したのでは、文壇文学の説明もよくは出来ん。そういう点からして、いまの冒険小説、浪六小説なんかの検討ということも、今日の日本の文学史の研究から言えば、かなり力を入れて研究されるべきじゃないかという気がしますね。

この座談会の参加者である猪野謙二も同様に「大衆と文学の結びつきというところを形式と内容の両面からあらためて考えなおしてゆかないと、今日の国民文学は出て来ない。そのためにもいわゆる純文学と大衆文学とを同次元で再編成するかたちで、まず明治以後の文学史が書き換えられねばならないと思っています」と述べ、ほかの参加者である勝本清一郎、木村毅らとともに、「家庭小説」その他の通俗的な小説についての検討を行っている。[*63] 辻橋三郎も「数年来、新しい国民文学要望の声に応えて、(略)近代文学再検討が提唱され、実行されてきた。文壇文学中心に編成されていた近代文学史に、文学現象全般を、あまねく、その視野に入れて、より一層の充実が、企図されている訳である。そうした再検討を要請されている自然主義以前の文学の一つとして、明治三十年代の家庭小説も考えていいと思う」と述べて、「家庭小説」についての論考をまとめている。[*64] これらの発言から、この時期、文壇の「圏外」に「放逐」され、「忘却」「排除」されてきた「家庭小説」その他の通俗的な文学全般の見直しが、「文学史の再検討」という課題の下で浮上してきたことがうかがえる。同じ頃、尾崎秀樹による大衆文学研究会が発足され(一九六一年)、雑誌「大衆文学研究」が創刊されるのだが、この雑誌の一一号から一九号にわたって「日本の家庭小説」と題した論文が毎号、執筆者を代えて連載され、春雨や霞亭、幽芳、春葉、草村北星などが俎上に載せられている。[*65] さらに一九七〇年代はじめには、大佛次郎、川口松太郎、木村毅らの監修により『大衆文学大系』（全三〇巻、講談社）が編纂され、その第一巻から第三巻には、今日、明治期の「家庭小説」ジャンルに含められるお馴染みの作品の名前を見出すことができる。[*66]

こののち、一九九〇年代に入ると、明治期における「社会小説」や「家庭小説」についての言説分析を主としたメディア論を展開した金子明雄[*67]や、北星の「濱子」と同時代言説との関わりを分析した石川巧[*68]などの先駆的な論考が登場し、一九九〇年代後半におけるカルチュラル・スタディーズ導入の気運のなかで、小森陽一、紅野謙介、高橋修らの編集による『メディア・表象・イデオロギー――明治三十年代の文化研究』[*69]や、飯田祐子『彼らの物語――日本近代文学とジェンダー』、真銅正宏『ベストセラーのゆくえ――明治大正の流行小説』[*70]などの刊行が相継ぎ、「家庭小説」というジャンル成立をめぐる同時代言説の分析が進展した。近年では、特に「家庭小説」の分析を指向しているわけではないが、新聞小説に的を絞った関肇の『新聞小説の時代――メディア・読者・メロドラマ』[*71]が出版され、このなかで「金色夜叉」や「不如帰」についての論究がなされている。

以上、「家庭小説」が注目される時代的な文脈に眼を向けてみると、いずれの場合も、柳田泉が言うところの「文壇文学」、すなわち「家庭小説」その他の通俗的な文学全般を〈低級〉視する閉じたサークルによって、形成されてきた文学史叙述のあり方（これは後年のアカデミズムのなかの文学研究の閉鎖性へと受け継がれるものでもある）に異議を申し立て、一部の作品のみがキャノン化されていく傾向に抵抗する態度を示していたと言えるだろう。こうした抵抗の態度は、「家庭小説」を論じる側の、ある種の政治的な立場表明になっているとも言える。それは、文学史叙述の恣意性そのものを問う立場にほかならない。「家庭」という言葉に不可避にまつわるジェンダー化の機制、通俗化を免れない新聞小説の消費の有り様をまなざす者が付与する〈低級〉といったレッテル貼り、さらには、それを反転させる形で「大衆」の力を顕揚する動向等々。これらに着目するとき、これまで自明のジャンルとして語られてきた「家庭小説」が、実は事後的な定義づけを拒み、一つの輪郭を描くことのない多様な拡がりを持つ一群であることが了解される。このような了解に立った上で、今、求められていることは、「家庭小説」と名指される個々の作品それぞれに寄り添い、その物語内容を吟味しながら、そこに描かれた内容を同時代の諸コンテクストへと開き、同時にその受容の様態をも丹念にたどり直すことであるだろう。

**注**

＊1　加藤武雄「家庭小説研究」(『日本文学講座 大衆文学篇』第一四巻、改造社、一九三三・一一)
＊2　瀬沼茂樹「家庭小説の展開」(「文学」一九五七・一二、のちに瀬沼茂樹編『明治文学全集93 明治家庭小説集』筑摩書房、一九六九・六、所収)
＊3　中丸宣明「近代小説の展開」(久保田淳ほか編『岩波講座日本文学史』第一一巻、岩波書店、一九九六・一〇)
＊4　「彙報 小説界」(三十一年――三十四年)」(「早稲田文学」一九〇六・一)
＊5　「彙報 小説界」(三十五年――三十八年)」(「早稲田文学」一九〇六・二)
＊6　「彙報 小説界」(三十一年――三十四年)」(注4参照)
＊7　「彙報 小説界」(「早稲田文学」一九〇六・四)
＊8　「明治史 第七幕 文芸史」(「太陽」定期増刊、一九〇九・二)
＊9　金子明雄「明治30年代の読者と小説――「社会小説」論争とその後――」(杉山光信・大畑裕嗣・金子明雄・吉見俊哉による共同研究「近代日本におけるユートピア運動とジャーナリズム」、「東京大学新聞研究所紀要」41、一九九〇・三)
＊10　飯田祐子『彼らの物語――日本近代文学とジェンダー』(名古屋大学出版会、一九九八・六)

＊11　真銅正宏『ベストセラーのゆくえ――明治大正の流行小説』（翰林書房、二〇〇〇・二）

＊12　金子明雄「「家庭小説」と読むことの帝国――『己が罪』という問題領域」（小森陽一・紅野謙介・高橋修編『メディア・表象・イデオロギー――明治三十年代の文化研究』（小沢書店、一九九七・五）

＊13　岩城準太郎『明治文学史』（育英舎、一九〇六・一二）。のちに、『増補明治文学史』（育英社、一九〇九・六）刊行。ここでは増補版を参照。

＊14　なお、岩城準太郎の著書と同時代に叙述された「早稲田文学」復刊第一号、第二号、第四号（注4、5、7参照）、および「太陽」定期増刊号（注8参照）においては、深刻小説や悲惨小説と「家庭小説」の出現を、このように因果関係の下につなげて叙述してはいない。深刻小説や悲惨小説は、社会小説や政治小説を待望する論調を生み出し、実作品の出現をみたと説明され、「家庭小説」の出現は、これらとは別の話として展開されている。この点については、第二章参照。

＊15　宮島新三郎「家庭小説」（藤村作編『日本文学大辞典』第一巻、新潮社、一九三二・六）。なお、明治期に近い言説ほど、「深刻小説」「悲惨小説」というタームよりも「暗黒小説」「暗闇小説」という言葉の方がより多く使用されている傾向にある。

＊16　岡保生「家庭小説」（『日本近代文学大事典』講談社、一九七七・一一）

＊17　滝藤満義「家庭小説」（三好行雄編「別冊国文学　近代文学史必携」一九八七・一）

＊18　金子明雄「明治30年代の読者と小説――「社会小説」論争とその後――」（注9参照）。この「並行的な性格」については、田所周がかなり早い段階で「三十年代では社会小説と家庭小説とは並行現象をなしてい」たと指摘していた（田所周「明治三十年代の新聞＝家庭小説」（「東洋研究」第二三号、一九七〇・六）。なお、中丸宣明「近代小説の展開」（注3参照）、飯田祐子『彼らの物語――日本近代文学とジェンダー』（注10参照）にも、同様の指摘がある。

＊19　瀬沼茂樹「家庭小説の展開」（注2参照）

＊20　「明治史　第七幕　文芸史」（注8参照）

＊21　小田切進編『日本近代文学年表』（小学館、一九九三・一二）
＊22　小島徳弥『明治大正新文学史観』（教文社、一九二五・六）
＊23　瀬沼茂樹「家庭小説の展開」（注2参照）
＊24　金子明雄「明治30年代の読者と小説――「社会小説」論争とその後――」（注9参照）
＊25　飯田祐子『彼らの物語――日本近代文学とジェンダー』（注10参照）
＊26　なお、この点については、菊池幽芳「己が罪」に即して、第四章において指摘した。
＊27　岩城準太郎『明治文学史』（注13参照）
＊28　「彙報 小説界」（注7参照）
＊29　田山花袋述『明治小説内容発達史』（文学普及会、一九一四・五）
＊30　加藤武雄『明治大正文学の輪郭』（新潮社、一九二六・九）
＊31　「明治史 第七幕 文芸史」（注8参照）
＊32　高須梅渓『近代文芸史論（上）』（日本評論社出版、一九二一・五）
＊33　小島徳弥『明治大正新文学史観』（注22参照）
＊34　日夏耿之介『明治文学襍考』（梓書房、一九二九・五）。千葉亀雄もまた新聞小説の歴史をまとめる際、一八九〇［明二三］年代頃の傾向について、「高級読者には文学小説、下級読者には講談物」というように、「高級読者」と「下級読者」という言い回しによって、その読者層の分裂を語っている（千葉亀雄「新聞小説研究」、『日本文学講座』第一二巻、新潮社、一九三一・九）。
＊35　加藤武雄「家庭小説研究」（注1参照）
＊36　瀬沼茂樹「家庭小説の展開」（注2参照）
＊37　藤森清「強制的異性愛体制下の青春――『三四郎』『青年』」（「文学」二〇〇二・一一―一二）
＊38　金子明雄「「家庭小説」と読むことの帝国――『己が罪』という問題領域」（注12参照）

＊39　飯田祐子『彼らの物語――日本近代文学とジェンダー』（注10参照）
＊40　三好行雄「写実主義の展開――自然主義以前――」（『岩波講座日本文学史』第一二巻、岩波書店、一九五八・九）
＊41　岡保生「日本の家庭小説（七）菊池幽芳素描」（「大衆文学研究」一六号、一九六六・三）
＊42　田所周「明治三十年代の新聞＝家庭小説」（注18参照）
＊43　「明治史 第七幕 文芸史」（注8参照）
＊44　日夏耿之介『明治文学襍考』（注34参照）
＊45　岡保生「家庭小説」（「国文学 解釈と鑑賞」臨時増刊、一九七〇・七）、および「家庭小説」（注16参照）
＊46　高須芳次郎（梅渓）『日本現代文学十二講（思想文芸講話叢書）』第七巻（新潮社、一九二四・一）、友野代三「家庭小説」（久松潜一・木俣修・成瀬正勝・川副国基・長谷川泉編『現代日本文学大事典（増訂縮刷版）』明治書院、一九六八・七）など。
＊47　田山花袋述『明治小説内容発達史』（注29参照）
＊48　加藤武雄『明治大正文学の輪郭』（注30参照）
＊49　猪野謙二『明治文学史 下』（講談社、一九八五・七）
＊50　藤木宏幸「日本の家庭小説（その四）中村春雨論」（「大衆文学研究」一四号、一九六五・八）
＊51　春雨の「無花果」が同時代において「家庭小説」としては受容されなかったことについて、第七章で詳述した。
＊52　高須梅渓『近代文芸史論（上）』（注32参照）
＊53　日夏耿之介『明治文学襍考』（注34参照）
＊54　千葉亀雄「新聞小説研究」（注34参照）
＊55　三好行雄「写実主義の展開――自然主義以前――」（注40参照）
＊56　秋聲には「家庭小説」の角書きを持つ『家庭小説母と娘』（大学館、一九一一・一二）の著作もある（初出は「東京毎日新聞」一九〇九・九・一～一一・二一）。これは、『徳田秋聲全集』別巻（八木書店、二〇〇六・七）の「書誌」と

「著作目録」において紹介、言及されているが、この全集に本文そのものは収録されていない。
＊57　十川信介「解説　秋聲と家庭小説」（『徳田秋聲全集』第二巻、八木書店、一九九九・七）、高橋修「秋聲の明治三十年代」（『徳田秋聲全集　月報1』八木書店、一九九七・一二）など。
＊58　森英一『明治三十年代文学の研究』（桜楓社、一九八八・一二）
＊59　同様のことは、例えば樋口一葉の作品を「家庭小説」として論じる青木一男「『十三夜』――その家庭小説的性格について――」（「解釈」一九六二・八、のちに解釈学会編『樋口一葉の文学』教育出版センター、一九七三・五、所収）、丸川浩「樋口一葉「十三夜」論――杼情小説・メロドラマ・家庭小説――」（「山陽女子短期大学研究紀要」第二六号、二〇〇〇・一二）などにも見られる。
＊60　『現代日本文学全集　歴史・家庭小説集』（第三四篇、改造社、一九二八・六）
＊61　日夏耿之介『明治文学襍考』（注34参照）
＊62　中村武羅夫「通俗小説研究」および加藤武雄「家庭小説研究」（『日本文学講座　大衆文学篇』第一四巻、改造社、一九三三・一二）
＊63　柳田泉・勝本清一郎・猪野謙二編『座談会明治文学史』（岩波書店、一九六一・六）の「明治の大衆文学」の章。初出は「文学」（一九六〇・七）。本稿では、柳田泉・勝本清一郎・猪野謙二編『座談会明治・大正文学史(3)』岩波現代文庫、二〇〇〇・五）によった。なお、これらのメンバーのなかで、勝本清一郎のみ「家庭小説」その他の通俗的な小説全般について否定的な見解をあらわにしており、柳田泉、猪野謙二、木村毅らの、肯定的に評価しようとする姿勢との齟齬が興味深い。
＊64　辻橋三郎「明治三十年代の家庭小説についての試論」（「日本文学」一九六二・一一）
＊65　「大衆文学研究」に掲載された連載論文「日本の家庭小説」は以下の通り。
・村松定孝「日本の家庭小説（その一）家庭小説雑感」（「大衆文学研究」一一号、一九六四・一〇）
・上笙一郎「日本の家庭小説（その二）もうひとつの家庭小説」（「大衆文学研究」一二号、一九六四・一二）

・熊坂敦子「日本の家庭小説（その三）久米正雄論——「蛍草」より「破船」へ」（「大衆文学研究」一三号、一九六五・四）
・藤木宏幸「日本の家庭小説（その四）中村春雨論」（注50参照）
・岡保生「日本の家庭小説（その五）渡辺霞亭」（「大衆文学研究」一四号、一九六五・八）
・土師清二「日本の家庭小説（六）霞亭素描」（「大衆文学研究」一五号、一九六五・一二）
・岡保生「日本の家庭小説（七）菊池幽芳素描」（注41参照）
・大塚豊子「日本の家庭小説（八）柳川春葉論」（「大衆文学研究」一七号、一九六六・七）
・岡保生「日本の家庭小説（九）草村北星論」（「大衆文学研究」一八号、一九六七・一）
・村松定孝「日本の家庭小説（十）生田葵山論——「富美子姫」をめぐって——」（「大衆文学研究」一九号、一九六七・四）

＊66　大佛次郎・川口松太郎・木村毅監修『大衆文学大系』（講談社）の第一巻（一九七一・五）には、紅葉の「金色夜叉」、蘆花の「不如帰」などが、第二巻（一九七一・六）には、幽芳の「己が罪」などが、第三巻（一九七一・七）には、大倉桃郎の「琵琶歌」などが、特に「家庭小説」というジャンル分けなどなされずに収載されている。

＊67　金子明雄「明治30年代の読者と小説——「社会小説」論争とその後——」（注9参照）

＊68　石川巧「〈教科書〉《イデオロギー》としての家庭小説——草村北星『濱子』考——」（「敍説」X、一九九四・七）

＊69　この『メディア・表象・イデオロギー——明治三十年代の文化研究』（注12参照）において、本書の考察と密接な関わりを持ち、示唆に富むのは、〈Ⅱ家庭・読者・文学〉に収録された次の諸論文である。
・金子明雄「「家庭小説」と読むことの帝国——『己が罪』という問題領域」
・関肇「『金色夜叉』の受容とメディア・ミックス」
・久米依子「少女小説——差異と規範の言説装置」

＊70　飯田祐子『彼らの物語――日本近代文学とジェンダー』（注10参照）、真銅正宏『ベストセラーのゆくえ――明治大正の流行小説』（注11参照）

＊71　関肇『新聞小説の時代――メディア・読者・メロドラマ』（新曜社、二〇〇七・一二）

# 第二章　「家庭小説」の起源——ジャンルをめぐる名づけと変容——

## 1　「くれの廿八日」をめぐる批評史

日清戦争後に起こった「社会小説」をめぐる論議においては、これまで一般に、内田魯庵の「くれの廿八日」(『新著月刊』一八九八〔明三一〕・三)が代表作であるとみなされてきた。例えば、一般向けの事典や文学史の解説の類において「内田魯庵は『くれの廿八日』を発表、社会小説の代表作と目された」[*1]と言われたり、「くれの廿八日」や「社会小説論議」についての研究論文のなかでも、「論議がにぎやかであった割には、実作に見るべき収穫が乏しく「僅かに内田魯庵の「暮の二十八日」が社会小説の佳作としてあげられる」[*2]と評されたり、「魯庵の社会小説について考える時に「くれの廿八日」を忘れる事はできない」[*3]と述べられたりしている。しかし、「くれの廿八日」が発表された当時には、この小説を「社会小説」として評価する同時代評は全く見当たらず、実は「家庭小説」「光明小説」「宗教小説」として評価する批評が目立つ。この同時代評については、「『暮の二十八日』は、わたしの考えでは、三〇年代初頭にあらわれた一連の家庭ものの一つだった」[*4]とか「発表直後には〝光明小説〟〝家庭小説〟の評価を得たにもかかわらず、いつのまにか魯庵の唱道した〝社会小説〟の実作という眼でみられるに至った」[*5]と言われているように、全く顧みられてこなかったわけではないものの、この同時代評のまなざしの有り様そのものを問題とすることもまた、あまりなされてきていないように思われる。そこで本章では、「社会小説」をめぐる言説と、「くれの廿八日」へのまなざし・名づけのなかでも、特に「家庭小説」「光明小説」「理想小説」と呼ばれる言説の流れを確認しながら、当時における「小説」への期待・理想や、その「小説」への期待・理想を語る雑誌自身の言説の発信のあり方が、いかなるものであったのかを明らかにしたい。

## 2 「社会小説」をめぐる論議

「社会小説」論議とは、一般に、一八九六〔明二九〕年一〇月三一日の「国民之友」に掲載された「社会小説出版予告」に対する反応として、様々な雑誌において現れた批評文を指している。この「社会小説出版予告」では、「文壇の革新」のため「念頭を実在の社会に置き」「社会、人間、生活、時勢といへる題目に着眼して」「『社会小説』出版の挙」に出ることを宣言し、「毎月一回若しくは隔月一回左に列記する作家の脱稿を待つて順次に出版す（毎冊菊版二百頁内外）／第一 斎藤緑雨 第二 廣津柳浪 第三 幸田露伴 第四 後藤宙外 第五 嵯峨のや主人 第六 尾崎紅葉」[*6]というように、かなり具体的な宣伝がなされたが、予告のみで一つも出版されずに終わった。このように掛け声に対する実作品が一つも現れなかったためか、「社会小説」への期待や反対意見などが、「帝国文学」「太陽」「八紘」「毎日新聞」「世界之日本」等の雑誌新聞等において、わずか二ヶ月ほどの間に続出した。一八九七〔明三〇〕年二月一六日の「早稲田文学」の彙報欄では、それらの論議を一つ一つ紹介しながら「社会小説」の要点を五点にまとめた上で、批評を加えている。[*7]「社会小説」をめぐる論議はこれ以後もさらに続いていくため、翌年の一八九八〔明三一〕年二月の「早稲田文学」において、金子筑水が「所謂社会小説」という題で再度まとめ直しを試み、改めて批評を加えている。[*8] おおよそ「社会小説」をめぐる論議は、この金子筑水の文章をもって収束したと見なされている。これらの論議を、今日の目から大まかにまとめ直すとすれば、中丸宣明が述べるように、社会を「改革する対象」と捉えるものと、社会を小説の「素材」と捉えるものというように、二つの位相に分けることができると思われるが、ここでは今しばらく、実作品を伴うことなく名称のみ一人歩きしてしまった「社会小説」という言葉が、いかに幅のある言葉として人々に受けとめられていたかを見ておきたい。[*9]

例えば、「帝国文学」では「社会小説」(一八九六〔明二九〕・一二)と題して、「社会小説」は「貧者」や「一党派一階級」のために「気炎を吐く」ものであり、「政治、社旗の問題の奴隷」でしかなく、「社会問題解釈上取るに足らざる」ものと一蹴しているが、「八紘」では「文学に於ける政治・宗教及び社会」(一八九六・一二)という批評を載せ、「帝国文学」の主張を「恐くは、浅薄なる政治、宗教、社会小説に対して発せる過激の言」と見なし、「小説は人間を描くもの」であり「人間は社会をなす」ものであるから、小説家はもっと社会を見るべきだと述べている(社会だけでなく、タイトルにあるように政治も宗教も見るべきと論じている)。「世界之日本」では風雨楼主人の「社会小説について」(一八九七〔明三〇〕・二)において「社会小説を歓迎」し、政治小説も風俗人気の描写も労働小説、貧民小説、貴族小説などもみな「社会小説」だと述べた上で、「社会小説の本領は、個人または個人と個人の関係を主とせずして、個人と社会の間に存する消息を捉へて描き出すにあり。(略)個人と社会の関係を包括的に描写するものは、社会小説と名け得べき也。(略)社会の現象、即ち通常の写実主義に比すれば、更に濶大なる事実を対照的に写し出すにあるなり。此社会小説を作らんものは、最も豊富なる観察と、警敏なる判別力を要す」と論じ、「社会小説」に対して写実小説としての期待を表明している。また「太陽」では「社会小説の二類」(一八九七・三・二〇)において、この「二類」とは「一は一社会一団体の性格を小説の中心とする者、一は社会団体の規制の一部としての個人の性格を小説の主題とする者」と述べ、前者は「組織的個人ともいふべき者の性格を小説にて描写する」こととし、後者は「個人を個人として画」くこと、または「社会の一員として個人を描写する」こととしており、これは「世界之日本」で言う「個人と社会の関係」を描くべきという議論に対して、「組織のなかの個人」も加えて描くべきだと述べていることになる。さらに「新著月刊」では「社会小説論」（一八九七〔明三〇〕・四）のなかで、「従来の小説は多く私情の泉に其の源を発せり、之れを転じて公情の海に向かはしめんとする、或は社会小説を叫ぶもの、本意に近からんか」というように「社会小説」をイメージし、「現社会の公情義憤に葛藤の根を発するもの、例へば貧民問題、労働者問題の如きに材を探るを社会的といふ、此の如く解する時は、社会小説といふもの必ずしも意味なきことにはあらず、（略）要するに公情を主なる原機とすること、現社会の公情に限ることの二件を社会小説必須の約束と見ば、社会小説の範囲必ずしも立し難きにあらざるべし」と言って、「公情」を主題とし、時代を現代社会に設定することを求めている。

一方、「社会小説出版予告」を掲載した「国民之友」は、予告を掲載したあと「社会小説」論議には一切加担せず、傍観を決めこんでいたが、角田浩々歌客が「小説管見」（「国民之友」一八九七・七・二四）のなかで、「近日観る所の小説」について「精神的光明を滅却して、其暗黒隠微の方面にのみ筆を着く」傾向にあると述べ、これらの小説が「徳」「義」「清浄」「悔悟」「人格」を描かず、「希望的」「慰安的」「健全的」でないことの理由として「精神的思想の沈滞より来れる結果」と、最近、唱道された「社会小説」の「意義漠として分明ならず」、「作家箇々の頭脳は、自ら下層社会生活の情態を描写するにあること」を挙げ、「光明」「希望」「安慰」を写さないことに不満を述べている。このネガティブな言葉遣いを裏返せば、浩々歌客が期待する小説とは「光明、徳、義、清浄、悔悟、人格、希望、安慰、健全」などを描いたものと言えるだろう。これは「社会小説」を規定、定義したものではないが、この時期の「社会小説」論議の一つに加えてよいと思われる。

この浩々歌客の批評文と前後して、「太陽」では「所謂社会小説を論ず」という批評文が「上」「下」二回にわたって掲載されている（一八九七・七・二〇、および八・五）。ここでは「吾等は毫も国家事業として、当に社会の劣者弱者を保護すべき何等の理由を見ざるのみならず、社会進化の必然なる結果として、国家的活動の勢力となる能はざるが如き、不能者に向て彼等に価値せざるの利益を恵与するは、国家全体の幸福の上に於て断然有害無益なりと思惟するものなり」という国家主義の観点に立って、「社会小説」は「社会生活の偏頗なる一面を描き得たるもの」であり、「小説として価値無きは素より論を待たず。吾等は社会道徳の不健全なる暗潮を代表するの文学として、大に之を排斥せざるを得」ないというように、以前とは論調を反転させて「社会小説」不要論を唱えている。

この両雑誌の評論を受けて「早稲田文学」の彙報欄では「現今小説の非難」（一八九七・八・一五）において、国家主義的な観点に立つ「太陽」の論調を「斯かる偏狭の国家主義を以て小説を律せんとす、吾人文壇の為に弁難の労を執るも亦已むを得ざるものあり」と非難する一方で、「国民之友」の浩々歌客の論説を「今の小説壇の調子を評し得て稍ゝ肯綮にあたるものあるが如し」と述べて、これに賛同する立場を明らかにしている。

以上、「社会小説」論議においては、「社会小説」という名のもとに、期待される小説イメージが、「広く題材をとるべき」あるいは「個人と社会の関係を描くべき」、「公情を描くべき」、「光明や徳、義、希望等々を写すべき」といった言葉で多種多様に語られていることが確認できる。それと同時に、当時の言論空間において、「社会小説」という言葉一つに対して、いかに一致した共通理解を持つことができずにいたかという事態をも見て取ることができるだろう。

## 3 「家庭小説」言説の諸相

さて、こうした「社会小説」論議に対して、次に「家庭小説」言説について見ていく。「家庭小説」が最も流行した時期が日露戦争中からそれ以後だったためか、一八九七［明三〇］年に論の集中した感のある「社会小説」論議のあとに「家庭小説」が登場したと理解されがちであるが（実際、文学史叙述においては、今日に至るまで、このように説明されていることは、第一章において述べた通りである）、「帝国文学」における言説を追っていくとき、実は、このように順序立てて説明することがはばかられるような違和感を覚えずにはいられない。金子明雄が「家庭での読書にふさわしい「光明」ある小説を求める声は、一八九六年頃から現われてくる。そのキャンペーンの中心的位置を占めていたのは『帝国文学』である」[*10]と指摘し、石川巧も「積極的な待望論を掲げることで家庭小説の流行に重要な役割を果したとされる「帝国文学」の誌上キャンペーン」[*11]と呼んだ、「帝国文学」における「家庭小説」についての言説は、以下に見るように、確かに「キャンペーン」とも言うべき面を持つものであったと言えるが、「帝国文学」が「そのキャンペーンの中心的位置を占め」ると言うとき、どのような意味で「中心的」だったのかが問われなくてはならないだろう。金子明雄や石川巧の指摘を受ける形で綿密な言説分析を行ってみせた飯田祐子のように、「実作品が確定する以前の家庭小説についての議論」の「中心となったのは『帝国文学』である」ことを前提として「帝国文学」での「議論の流れをおさえ」[*12]ることのみに腐心するのではなく、ほかの雑誌に関しても参照していく必要があるように思われる。そこで、以下に「帝国文学」とそれ以外の雑誌にも目を配りつつ、「家庭小説」についての言説を追っていきたい。

「帝国文学」は一八九五〔明二八〕年一月、日清戦争（一八九四〔明二七〕・七〜一八九五〔明二八〕・四）のさなかに創刊された雑誌であるが、この「帝国文学」においてはじめて「家庭」についての言及が現れるのは、一八九六〔明二九〕年一二月号における「家庭と文学」という批評文においてである。ここでは「今の文学者の眼中、果して社会ありや否や。家庭ありや否や」と問いかけ、「社会の一分子として、家庭の趣味を高め、家庭の和気を図る幾分の労を分てよ」と提言し、ハイネの「ローレライ」やゴールドスミスの『ウェイクフィールドの牧師』[*13]などが広く学校や家庭などで読まれていることを挙げ、日本の「詩人小説家」が家庭や社会を知らず、視野も狭いことを憂い、

「世に弦斎といふ小説家あり。彼れ小説家としては第三流以下なるべし。されど、彼が作れる数十篇の小説は、高尚ならざるも、卑猥ならず、父子姉妹の間に読みて、顔を赤うすべき節一もなし。彼れの意を用ゐるや太だ好し」というように村井弦斎の小説を貶めつつ、推薦している。この文章は、先述した「貧者」のための「社会小説」と題した批評文が掲載された号と同じ号であり、「帝国文学」はこの号のなかで、一方では「政治、社旗の問題の奴隷」でしかない「取るに足りざる」ものとして「社会小説」を退けながら、他方では「社会を見よ、家庭を見よ」と主張し、「社会の一分子」として「家庭」の「趣味」や「和気」に「留意せよ」と述べていることになる。「帝国文学」は「帝国文学」なりに「社会」を「家庭」とのつながりにおいて見定めようとしていることがうかがえる。その意味ではこの「家庭と文学」という一文も一種の「社会小説」論と言えるのかもしれないが、ここではこの一文を「家庭小説」にまつわる言説として扱っておきたい。

そして、同じく「家庭と文学」というタイトルを持つ文章が「太陽」の「家庭」欄（一八九七〔明三〇〕・一・二〇）にも掲載されていることは、注目に値する。この文章において筆者の三輪田眞佐子は「家庭に於て文学思想に富むものあらば一家団欒して春秋の花紅葉を眺むるにつけても如何ばかりか高尚なる楽を尽し得ん、さりとて一家の調度装飾なども文学思想なき主婦に委ねんか（略）要するに文学を以て社会を益し家庭を利せんとならば真正なる文学を味ひて後にこそ」と主張し、「一家団欒」のための文学を求め、文学が「社会」と「家庭」とに利益をもたらすものであることを希望している。なお、この文章が掲載された「太陽」同号の時文論評の欄（無署名）においては「文壇の社会的傾向」と「社会的傾向の価値」という批評文が掲載されているが、その内容は「社会小説を排する者を排せん」とするものであり、「帝国文学」のような「社会小説」反対論の立場を非難し、「社会小説」に可能性を見出している。すなわち、この時点では「太陽」はいまだ国家主義的な観点のもとに「社会小説」反対論の立場を打ち出してはいない。

このような「家庭」と文学の関係についての言説ののちに、一八九七〔明三〇〕年五月号の「帝国文学」において「家庭小説」という一文が登場する。この文章では「余輩は家庭の趣味を深く解せざる下宿屋小説家に嘱望せず、又群小説家の敢て其任にあらざる者にも嘱望せず。唯余輩は『多情多恨』の筆致希くは家庭小説を物するを得んか。（略）『エークフヰールドの副教師』洛陽の紙価をして貴からしめしを想はゞ家庭小説豈有望ならずとせむ」と述べ、再びゴールドスミスの『ウェイクフィールドの牧師』を挙げつつ、ここでは尾崎紅葉の『多情多恨』を「家庭小説」として認定しようとしている。そして、「余輩は余輩の所謂家庭小説なる者を言はん乎、家庭小説とは一家団欒の和楽、棠棣韡々の快観水入らずの間に成立つ渾然たる愛の珠の叙事詩なり。余輩の敢て之を薦むる所以は一方愛の半面を発揮し他方社会改良の一助とならむことを信ずればなり」というように、「一家団欒の和楽」のなかで読まれるべき「愛の珠の叙事詩」としての「家庭小説」を希求し、なおかつそれが「社会改良の一助」にもなるということへの期待を表明して、三輪田眞佐子と足並みを揃えたかのような主張を展開している。

そして、同年一二月号の「帝国文学」に「小説と家庭」という文章が載る。この文章は「講談落語新聞紙上に続々掲載せらるゝは、小説家の恥辱なりと説きし評家あり。一般の読者が猶ほ古き思想の間に養はれて、たゞ事実の奇警なると、局面の変化とをのみ好むの間は、新聞紙面の講談落語は消滅せさるへし。これ趣味の上に於て甚た悲むへき事なり。然れどもわれ等はまた今日流行の小説を以て、かれに代ふるを欲せざるものなり。今日の小説にして、其のまゝにて直ちに家庭の読みものたらんとするか、われ等はむしろ力めて之れを防遏せんと欲す」と書き起こされ、「今日流行の小説」に「道徳的思想」が欠如していることを難じている。こうした批判の底流にあるのは、「時代に後れたる社会に於ては、却つて猶ほ一種の道徳冥々のうちに残れるなり、而して今日の家庭は未だこの時代に後れたる社会の勢力を占むる処にして、而もこの家庭は又た小説読者の大部分たるなり。道徳的思想のなき小説のこの家庭に入らんとするは抑も難し。これ又所謂作家の小説の新聞紙上に排斥せらるゝ所以なるべし」と言うように、古い道徳がはびこる家庭に「道徳的思想」のない小説は入っていくことができないし、また入ってほしくないという思考である。そして、「家庭に於て読ましめ得る」「親子の間に於て、互に赧然」としない小説、「読者の趣味を高うし、思想を高尚ならしむべき小説」、「良好なる家庭の侶伴」となるべき小説が、希求されることになる。このような「道徳的思想に注意」した小説は、例えば、「西欧の小説家また多く筆を恋愛に着くるが如し、而れとも其の思想の高きは、自から顕はれてたとへ幾度か恋愛の字を用ふるも、読者に悪感を起すことなからしむ。強いて例を西欧に求むるの要なし。巣林子か戯曲は大方恋愛を緯とせり。而も吾が家庭はこれを斥けざるのみならず、屢々教訓にさへ引用さるゝことあり。これ一つに其の道徳的観念あるがためのみ」と言うように、恋愛を読者が嫌悪しない形で描いたような「思想の高」い小説としてイメージされており、具体的には、ここでは巣林子すなわち近松門左衛門の名が挙げられている。

以上の諸言説において確認することができるのは、「家庭小説」の名の下に待望されていた文学とは、家庭の趣味を高め、家族で読んでも顔を赧らめることなく読むことのできる道徳性を備えた小説であり、なおかつ思想的にも高いものだったということであろう。これらに見られる「趣味を高める」、「家族で読んでも顔を赧らめることなく読める」、「道徳性」等々の要素は、第一章においても引用し紹介した、菊池幽芳の『家庭小説乳姉妹』前編の「はしがき」における文言とほとんど同じであることが分かる。繰り返しになるが、再度、引用する。

（略）全体私は私共の新聞に講談を載る事をだん〴〵廃したいといふ考で、それには何か之に代る適当なものを見つけたい。今の一般の小説よりは最少し通俗に、最少し気取らない、そして趣味のある上品なものを載せて見たい。一家団欒のむしろの中で読れて、誰にも解し易く、また顔を赤らめ合ふといふやうな事もなく、家庭の和楽に資し、趣味を助長し得るやうなものを作つて見たいものであると考へて居ました（略）

この『家庭小説乳姉妹』前編の「はしがき」は一九〇四〔明三七〕年一月に春陽堂から刊行された単行本におけるものであり、一八九七〔明三〇〕年時点での「帝国文学」の「家庭小説」言説のほとんど引き写しとなっている。『家庭小説乳姉妹』前編が刊行された際、「帝国文学」がこれの書評を掲載し（一九〇四〔明三七〕・二）、「好個の家庭小説として推薦の栄を負ふて余り有らむ」と絶賛していたのも当然のことと言えるかもしれない。

ここで言う「一家団欒」と「家庭の和楽」という言葉については、山本敏子[*14]による注目すべき研究がある。これによれば、一八八八〔明二一〕年の時点で「ホーム」の中核理念として把握されていた家庭の幸福＝「一家の和楽団欒」は、「家庭の和楽」と「一家団欒」とに分裂していき、このうちの「一家団欒」は、日清戦争後に一種の家庭信仰にまで高められていくという。そして、「家庭の和楽」は、「「一個一個の人」そして「邦国、および社会」の双方にとって基礎的な単位である家族が究極的に目指すべき理念として語られ、かつての家庭の幸福から家庭の平和・秩序を意味するものに変容してくる」のに対して、「一家団欒」は、「「種々の遊び方を用ゐて、一家ともに楽しむ」ことである「家庭の遊楽」を意味するようになり、（略）先の家庭の平和・秩序＝「家庭の和楽」を実現・維持するための方法として説かれ、単なる憩いの場として析出してくる」と論じている。これを踏まえるならば、一八九七〔明三〇〕年時点での「帝国文学」における「一家団欒の和楽」という言い回しが、一九〇四〔明三七〕年時点での幽芳の「一家団欒のむしろ」と「家庭の和楽」という言い回しへと変化しているのが分かる。幽芳にとって「家庭小説」とは、家庭が目指す理念に資する、家庭のむしろ（＝宴の意）のなかで読まれるにふさわしい小説として理解され、『家庭小説乳姉妹』の枠組みとされたと言えるだろう。

だが、一八九七〔明三〇〕年の時点で「帝国文学」が「家庭小説」の必要性を主張したときには、その主張に見合った実作品はいまだ存在せず、そのため、如上に示したように、ハイネやゴールドスミス、弦斎や紅葉や近松といった古今東西の諸作家の作品を強いて挙げている状態であった。そして、後述するように、一八九七〔明三〇〕

年の「帝国文学」の提唱以降、「家庭小説」は今日、定着をみているジャンル・イメージとはほど遠いイメージのもとに、その実作品の特定が急がれていくのである。

## 4 「理想小説」と「光明小説」

ところで、前述した「帝国文学」における「小説と家庭」という批評文が掲載された号には、実は「理想小説の呼声」（「帝国文学」一八九七［明三〇］・一二）という一文も同時に掲載されている。この一文においては「従来の写実的小説は殆んと地を払うて一掃せり、（略）現今の小説は総じて彼の所謂観念小説の中和され自然化されたるものゝみ」と述べ、これを受けるようにして「今日突如として理想小説の呼声を聞く、冀望としてはこは誠に然るべき事なるべし」と展開し、しかしながら、「想なき作家の理想小説は果して幾何の価値あるべきか」と疑問を投じ、「理想小説呼声の機運に乗して慢に軽操の態度を取らん者あらば、先つ須らく其筆を慎密にし、暫く其の哲理を講じ其想を精錬せよと一言の忠告を呈することを猶予せざるべし、若し夫れ詩人の理想と哲学者の哲理との混同すべからず、詩人の領域と哲学者の領域と自ら異なるものあることは固より余輩の認むる所なり、然れども極めて普通なる哲学的思想だもなき者、果して能く高尚健全の理想を抱き得べき乎」と憂慮も示している。「写実小説」→「観念小説」→「理想小説」という歴史的流れを意図的に作りだそうとする批評文であると同時に、「観念小説」がそうであったように、この「理想小説」もまた有象無象の作品群の軽々しい量産という事態に立ち至ることに危惧が抱かれているのである（ここに「高尚健全の理想」という文言のあることに注意を喚起しておきたい）。

従来、一般的には、「家庭小説」というジャンル名と、「理想小説」というジャンル名とは、同じ一続きの流れのなかで、期待される小説を求める言説として説明されてきた。しかし、「帝国文学」の一八九七［明三〇］年一二月号において、先の「小説と家庭」と「理想小説の呼声」の二つの批評文が並び置かれているのを見るとき、そしてまた内容的にも、ほとんど全く重なるところがないことに気がつくとき、「帝国文学」は当初、「家庭小説」を求める主張と、「理想小説」を求める主張とを、全く別個の違った問題として行っていた、と見る必要があるのではないだろうか。

さらに、年が明けて一八九八〔明三一〕年一月号においても「帝国文学」の雑報欄に掲載された「明治卅年の文芸界概評 小説界」では引き続き、「理想小説の呼声」について「余輩は双手を挙げて其我国当今の小説界に取て殊に滋養的なる冀望なることの点に於て大に之を歓迎せざるを得ず」、「思ふにこれより吾人は多少の慰藉安心の微温に沐浴するを得べきか」、「明治卅年の小説界は如此甚だ不振不作にてありき、然れどもこれも進歩の道中に於て一度は経ざる可らざるの筋道なり、此筋道の終りに於て遂に一道の光明を認め得たるが如きものなしとせざるは、是れ大に祝すべきに非ずや」というように「理想小説」に期待を抱き、これを歓迎している（先ほどと同様にここに「一道の光明」という文言のあることに注意を喚起しておきたい）。同じ年の同じ月に発行された「国民之友」（一八九八〔明三一〕・一）における「戊戌文壇を迎ふ」のなかで浩々歌客もまた、「一時の偏局なる観念小説は、社会状態の変移と思想界の沈滞との影響によりて、恰も社会問題と触接して、写実小説の気運を呼び、所謂社会小説の声高く、下層社会の描写となり、（略）凡人小説狭斜小説の名を付せらるゝ作品の続出とな」ったと論じ、「茲に新なる戊戌文壇を迎ふるに詩美的性霊の包蔵ある理想小説出生の希望を以てせんと欲す。（略）作家意を此に着けて人生を描くもの即ち理想小説にあらずや」と述べたあと、「紅葉山人の「金色夜叉」の如き其萌芽を示すもの、吾人は作家が其思想観念を偉大なる宇宙に向け、人生を下瞰して、其製作に臨まんことを望む」と結んでいる。ここでは「観念小説」→「写実小説」→「社会小説」→「理想小説」というように、先の「帝国文学」の「理想小説の呼声」と同じような、しかし少し趣向を変えた、歴史的流れの意図的な創出が見られると同時に、論旨としては「帝国文学」の主張に同調するかのような「理想小説」への希望を明らかにし、前年度から「読売新聞」紙上で連載のはじまった紅葉の「金色夜叉」に期待を抱いている。

こうした「理想小説」の呼声とは、一体いつから誰によって唱えられはじめたのか、何か起点となるような批評文がどこかに明確にあるのかと言えば、実ははっきりとは分かっていない。だが、この翌月の「帝国文学」において「光明小説」（一八九八［明三一］・二）という一文が載り、このなかで「英雄小説起るべく、滑稽小説起るべく、光明小説固より起らざるべからざる也。歳晩残忍小説に飽ける結果として、文界の与論は滑稽小説理想小説の呼び声なりき、（略）余輩は紛々たる新春の諸作に於て、微かながらも光明小説の一閃光を見たり。曰く柳浪の「羽ぬけ鳥」。（略）それ柳浪は写実的深刻小説に於て妙を得たるもの、其尤も太甚しきものは鬼気啾々として将に人を襲殺せむとす。而かも今や光明的理想小説に於ても其手腕見るに足るべきものあり」と批評し、一月前に出たばかりの広津柳浪の「羽ぬけ鳥」（『新著月刊』一八九八［明三一］・一）を「光明小説」「光明的理想小説」として認定している。この「光明小説」については、一八九八［明三一］年四月号の「帝国文学」に掲載された「宗教小説と家庭小説」という批評文の冒頭において、「曩に柳浪が「羽ぬけ鳥」に於て人生の光明的方面を描破せしより、余輩は之れに光明小説なる称呼を与へて」と述べていることから、「帝国文学」が「光明小説」という自らの名づけについて自覚的であることがうかがえるだろう。

ここで想起すべきことは、先に注意喚起したように、「理想小説の呼声」（『帝国文学』一八九七・一二）という文章に「高尚健全の理想」という文言が見えると同時に、「明治卅年の文芸界概評　小説界」（『帝国文学』一八九八・一）という文章に「一道の光明」という文言が見えることである。このことに着目するとき、この「健全」や「光明」という文言が、実は、前節において確認した「社会小説」論議での浩々歌客の「小説管見」（『国民之友』一八九七・七・二四）のなかで使われていた文言と同じものであることに気づかされる。おそらく「帝国文学」が喧伝する「理想小説」の呼声とは、この浩々歌客の「小説管見」を受けつつも、「社会小説」に関する一連の論議には与しない形で、自ら期待される小説イメージをめぐる論議の火つけ役になろうと目論む「帝国文学」自身による名づけであったのではないだろうか。そして、浩々歌客が「帝国文学」による「理想小説」という名づけのすぐあとに、それに賛同し、「金色夜叉」を名指すなどして、具体的な実作品探しの試みをしていくことによって、「帝国文学」の目論見は一定の実現を見ることになるのである。

## 5　クロス・ポイントとしての「くれの廿八日」

こうした「帝国文学」による○○小説という名づけと、それを受けたあとの浩々歌客による具体的な実作品探しの試みとは、このあと何度か繰り返されていく。先にも引用したように、一八九八［明三一］年二月号の「帝国文学」では、「光明小説」という一文において柳浪の「羽ぬけ鳥」を「光明小説」と名づけ、同じ号に載った書評[*15]のなかでも「羽ぬけ鳥」に対して「崇高なる光明の胸間に輝くを覚ゆ」と賛辞を送っているのだが、浩々歌客はこれに一月遅れて「時文初観」（「国民之友」一八九八・三）において「柳浪の「羽ぬけ鳥」が、人生の明境を描きたるの故を以て歓迎したるは、独り吾人のみならざりしなり。之を光明小説といふもまた宜なり。（略）宙外の「思ひざめ」が理想小説の先駆なりと、吾人の思為せるは、其人格に理性あり思想ありて、其悲しき運命の結局は、実に理性と思想との犠牲となれる所に存し、恋愛をして其慰藉とし描きたるを以てなり。人格が一例に感情的ならざりしを以てなり。「羽ぬけ鳥」の優色あるは、また実に道徳の情操が恋愛の情緒を制せる所に、超詣の美を有せるに因由す」というように、「羽ぬけ鳥」を「光明小説」として追認すると同時に、さらに後藤宙外の「思ひざめ」（「新著月刊」一八九七［明三〇］・一二）は「理想小説」の先駆だったと述べて、三ヶ月前に発表された「思ひざめ」を遡って採り上げている。

このとき「早稲田文学」（一八九八・三）では、社説で「光明小説とは何ぞや」という一文を載せ、「社会小説」論議のときのように、事柄を整理し、交通整理役に徹しようという身振りを示している。注目すべきは、「謂ふ所光明的小説の義如何」と問いかけながら、「罪悪を描き、過誤を描くは可し。唯ゝ罪悪の中に光明あり、過誤の中に神性あり、私情の中に公情あり。朽墻に花さき、濁浪に月華あり。悪漢、凡夫、また此の二面の糸に織り成されたるを思へば、今の評家が光明を説くの意おのづから了すべきにあらずや（略）人性に凡所と聖所とあり、此の二大事実に眼を閉ぢずして読者の意識に触るゝの方面を広くせよ。吾人が一派の評家と共に作家に望む所は此にあり、要は詩正義《ポエチカル、ヂヤスチス》の存在なり、必ずしも光明的小説と言ひ、理想的小説と言はざる也」と論じていることである。つまり罪悪や過誤や凡所にばかり注目するような小説ではなく、これらの対極にある光明や神性や公情や聖所にも注目せよと提唱し、この両面を描いていれば「光明小説」や「理想小説」などと言う必要などないと述べているのである。「光明小説」について論じながら、最終的には「理想小説」と併置しつつ一蹴しているあたりには、「帝国文学」の主張に反して、この両者の区別を不必要だとする態度を見て取ることができる。なお、この文章のなかで言及されている「公情」という文言は、先述した「社会小説」論議における「新著月刊」（一八九七〔明三〇〕・四）の「社会小説論」のなかでキーワードとなっていたものである。つまり、ここでは、「光明小説」と「理想小説」と「社会小説」とは、ほとんど区別のない言葉として使用されていることになる。以上のことから見えてくるのは、「光明小説」「理想小説」という名称は、「社会小説」から派生したもの、「社会小説」と地続きのものだったということではないだろうか。

このことは、「新著月刊」（一八九八・三）における広津柳浪の「文家雑談」において顕著に表れている。今後の小説の趨勢について問われた柳浪はここで、「所謂一種の理想小説といふやうな物になるだらうと思ふ」と述べ、具体的には「作全体の上に作家の理想が冥々の裏に動くものが、勢力を占めやうと思ふ、又爾でなくては困ると思ふ、例へば社会問題に触れても、此の趣でゆくだらうと思ふ、矢場や銘酒屋をかくにしたところで、其れに就いて作家が一個の理想を以て観察して、高い考へさへあツてかけば少しも不都合はない、社会小説をかくことにすれば、労働者なら労働者を写すと共に、当時の時勢も見えるやうにか丶なくてはなるまいと思ふ、例へば、人力挽は憫れな境遇だとか、又時には幸運の位地に立つこともあるが爾なるのにはいろいろな周囲の事情があツてなるのだから、勿論その因縁を何も議論するやうにかけと云ふのではないが、自然にその影の見えるやうに描きたいものです、約めて云へば、一個人を中心にして、労働社会の大勢を窺ひ得るやうにか丶なくては面白くないと信じてゐるのです」と述べているように、今後の小説について「理想小説」のようなものになるだろうと言いながら、いつのまにか「社会小説」の話へと移行してしまっている。「理想小説」と「社会小説」とがほとんど重なり合ってイメージされているのである。

さらに内田魯庵の「くれの廿八日」が一八九八〔明三一〕年三月号の「新著月刊」に掲載されると、「国民之友」の浩々歌客も「帝国文学」も、翌月にそろってこの小説を採り上げている。このとき、浩々歌客はこれまでのように「帝国文学」に一月遅れを取ってはいない。だが、その内容を見ると、浩々歌客はその「時文所観」（一八九八・四）と題した文章において、「最も注意をひきたるは、暮の二十八日なり。全篇百六十余頁不知庵が久しく蘊蓄せる腹案の精錬を経て成れるものと聞く。吾人は先ずその杜撰の作ならざるを観て之を歓ぶ。（略）即ち本篇は光明的理想的結構に於て近日の文壇に樹立し得て優色あるもの之を本年に入りての傑作といふも過褒に非ず」と述べており、「くれの廿八日」をこれまでのタームを用いて「光明的理想的結構」と評価している。これに対して「帝国文学」では「宗教小説と家庭小説」（一八九八・四）という一文を掲載し、そのなかで、「曩に柳浪が「羽ぬけ鳥」に於て人生の光明的方面を描破せしより、余輩は之れに光明小説なる称呼を与へていさ丶かの推奨を為したりしに、世の識者又之れに唱和して光明小説の如何は現今文界の重要なる題目となれりき。爾後二月にして余輩は不知庵の「暮の廿八日」を紹介し得るを喜ぶ。是れ疑ひもなく、光明小説の第二駆として、「羽ぬけ鳥」に比して更らに一層深遠なる意義を包蔵すれば也。何ぞや、其基督教の淡々たる信仰を活現するに於て、和気靄々たる家庭の描出を帰結と為すに於て、余輩は十分に宗教小説と家庭小説との萌芽を看取し得たれば也」と絶賛し、「理想小説として人生の光明なる方面を描」くことを提唱、「「暮の廿八日」一編は優に宗教小説と家庭小説との体裁を具へて、近日出色の文字とす」と批評し、「くれの廿八日」を「光明小説の第二駆」としながらも、さらに「宗教小説」「家庭小説」でもあるとして評価している。またしても「帝国文学」は他に先駆けて○○小説と名づけて、一歩先んじたということになる。「家庭小説」にはじまり、「理想小説」「光明小説」「宗教小説」というように、「帝国文学」の書き手が○○小説と名づけることにいかに腐心しているか、この名づけによって批評界をいかにリードしようと腐心しているかを見て取ることができるだろう。「帝国文学」では、この翌月にも「評家の要訣」（一八九八・五）という批評文を載せ、「光明的描写の欠陥は未だ人生の全体を表現し得たるものと為す能はず。故に悲惨的創作の出現は余輩敢て之れを排擠する能はざると同時に、又光明的創作の出現を嘱望せざるを得ず。（略）光明的創作出でたりとすれば評家は当に大声疾呼之れを鼓吹し、之れを推奨せむことを努むべき也」というように「光明小説」を嘱望している。

ここまでのところを整理すれば、以下のようになるだろう。「光明的理想小説」や「光明的理想的結構」という言い回しからうかがわれるように、「光明小説」と「理想小説」は当初からほとんど同じような名称として区別されずに使い回わされていた。そして、この「光明小説」「理想小説」というタームは、実は「社会小説」とも非常に近接した、あるいは重なり合う名称として使われていた。さらに前節において挙げた「光明小説」「理想小説」に関わる言説のなかでは、「くれの廿八日」の同時代評が出てくるまで、「光明小説」「理想小説」というタームは

「家庭小説」という名称や「家庭」にまつわる言説と混同されることなく、この両者は全く重ならない名称として明確に区別されていたようである。「家庭小説」や「家庭」にまつわる言説は、「帝国文学」のなかでは「社会小説」論議と平行して、同時に行われていたのだ。従って、「社会小説」論議のあとに「家庭小説」論議が出てきたというような系譜学的なパースペクティブは、明らかに実際の言説そのものの実態からは遊離している。「くれの廿八日」という作品が世に出現したとき、「社会小説」と極めて隣接した形で存在していた「光明小説」「理想小説」という名称は、はじめて「家庭小説」という名称と出会い、重なり合っていったのである。

## 6 「帝国文学」の「中心性」

これまでのところを踏まえると、「帝国文学」が「家庭小説」のキャンペーンの「中心的位置を占めていた」という意味については、他に先駆けて○○小説という名づけを行い、言論界をリードしようとする「中心性」として理解することができるように思われる。しかし、ここで実際に生起していたのは、むしろ「帝国文学」と「早稲田文学」という二つの雑誌による文壇内でのヘゲモニー闘争とでも呼ぶべき事態であった。「社会小説」論議に積極的に関与しながら、それ以外の○○小説にはあまり関心を示さず、とりわけ「家庭小説」や「家庭」にまつわる批評文を一切載せない態度を示す「早稲田文学」と、「社会小説」論議には積極的に関与せず、くだらないとばかりに一蹴する一方で、別の○○小説の立ち上げに腐心する態度を示す「帝国文学」。こうした当時の二大雑誌の力学を等閑視し、「家庭小説」に関する言説編成のみを追うとき、それは「帝国文学」の「中心性」として見えてしまうのである。また、「帝国文学」の○○小説という名づけに積極的に関わってきた浩々歌客の批評文が載った「国民之友」が一八九八〔明三一〕年八月に終刊し、○○小説と名づけられるに値する新しい小説が載るのではないかとの期待の目でもって新刊が待たれたであろう「新著月刊」も一八九八年五月に終刊を迎える。「家庭小説」や「家庭」にまつわる批評文を一切載せない「早稲田文学」もまた一八九八年一〇月に終刊となり、これ以後、文芸メディアは「帝国文学」の独壇場となるために、「帝国文学」が「中心的」存在となるということは、確かに指摘できるだろう。

とはいえ、「家庭」にまつわる言説それ自体については、牟田和恵や山本敏子らによる、社会学や歴史学といった分野での研究成果によって、日清戦争後の一八九六〔明二九〕年頃から一九〇一〔明三四〕年頃にかけて集中して表れるという傾向が確認されており、その後、各雑誌によって多少の時期のズレがあるものの、このあと次第に総合誌や評論誌などから「家庭」に関する記事が減少していくことが明らかにされている。[*16]「帝国文学」における「家庭小説」や「家庭」にまつわる批評文も、このような「家庭」言説の変遷の大枠から逸脱するものではないと言える。

「くれの廿八日」の絶賛のあと、「帝国文学」においては「家庭小説」や「家庭」にまつわる批評文が、一八九九〔明三二〕年、一九〇〇〔明三三〕年、一九〇一〔明三四〕年に、それぞれ年に一度くらいの割で継続して載るが、[*17]それ以後、この種の記事は全く姿を消す。例えば、「帝国文学」の一八九九〔明三二〕年六月号に掲載された「家庭の描写」では、小説家に対して「家庭の描写」が推奨され、「かの魯庵一輩が学者社会の議笑を招きつゝも、なほよく多少の読者を失はざるを見ば、思ひ蓋半にすぐるものあらむ」と述べ、魯庵が「家庭の描写」をしたと言及している。また、一九〇〇〔明三三〕年七月号に掲載された「蕉窓漫言」では、「厳粛純潔なる家庭に用ゐらるべき趣味ある読物」として「露伴の述作ならむか」と述べ、「家庭小説」の書き手として新しく幸田露伴を加えている。さらに、一九〇一〔明三四〕年九月号に掲載された「喜ぶべき現象」では、「社会の改良は家庭の改良に在り、家庭の改良に、大勢力を有するは、家庭小説なり」と述べて、社会改良のための家庭改良の必要性、家庭改良のための

「家庭小説」の必要性を主張し、「家庭小説は、此等暗黒なる社会と、冷酷残忍なる文壇に、光明を与ふるものなり、而してその作物や、僅かに指を屈するばかりなるも、意外に多数なる読者を得、非常なる歓迎を博せんとせるなり」と述べて、具体的な実作品を挙げずに、「家庭小説」のわずかな実作品が支持されていることを強調している。そして、これらの文章のほかにめぼしい「家庭小説」言説、「家庭」言説は見当たらない。

この時期は一方で、「一昨々年（一八九六〔明二九〕年——引用者注）の小説全盛時代に比すれば一昨年（一八九七〔明三〇〕年——引用者注）は漸く不振に、次で昨年（一八九八〔明三一〕年——引用者注）に入りてより益々其不振の度を強めぬ」（「明治三十一年文芸界概評　小説界」、「帝国文学」一八九九〔明三二〕・一）と言われ、「寂寞不振の嘆声の裡に葬り去られし三十一年の文界の後を承けて、一般の読者及評家に、新しき光明を見出すべき希望を以て迎へられたる昨年の小説界は、果して如何なる光景を呈したりしか。これを寂寞と云はゞ寂寞なり。これを不振と云はゞ不振なり。もとより盛観を呈したりとは云ふべからず」（「明治三十二年文芸界概評　小説界」、「帝国文学」一九〇〇〔明三三〕・一）と続けて言われるように、一八九八年も、一八九九年も、文壇不振が指摘されており、「帝国文学」では、一九〇〇年一月号にも、一九〇一年一月号にも、前年の文壇を総括する記事を掲載していない。一九〇六〔明三九〕年一月の「早稲田文学」復刊第一号では、一九〇〇年について「此の年は、文壇の留守時代ともいふべく、坪内逍遙氏は先年来倫理教育の事に身を委ね、森鷗外氏は遠く九州の果てに在りて文壇の末流を論ずるなどのことあり、尾崎紅葉氏は宿痾の故を以て「煙霞療養」の客となり、幸田露伴氏は漁翁と化してまた多く筆を執らず」と回顧されており、名だたる書き手があまり書かなくなった年であると説明されている。実際、先に言及した、「くれの廿八日」の絶賛のあとの「帝国文学」における「家庭小説」や「家庭」にまつわる批評文の少なさは、すでに確認してきた〇〇小説という名づけが行われた時代に比べると、活気に乏しく、話題性のあるものではないという印象を受けざるを得ない。

しかし、実はこの文壇不振が指摘されている時期こそは、今日の我々が思い浮かべるような一連のいわゆる「家庭小説」が新聞紙上で連載され、また単行本化もなされている時期なのである。例えば、紅葉の「金色夜叉」（「読売新聞」）はすでに一八九七〔明三〇〕年から連載されているし、徳冨蘆花の「不如帰」（「国民新聞」）は一八九八〔明三一〕年から一八九九〔明三二〕年にかけて連載されている。また、幽芳の「己が罪」（「大阪毎日新聞」）も一八九九〔明三二〕年から一九〇〇〔明三三〕年にかけて連載されているし、中村春雨の「無花果」（「大阪毎日新聞」）も一九〇一〔明三四〕年に連載されている。「金色夜叉」も「不如帰」も「己が罪」も、一八九八〔明三一〕年から一九〇一〔明三四〕年にかけての間に、それぞれ単行本化[*18]されている。しかし、「帝国文学」誌面において、連載時にはこれらの作品に対する言及は全くなされず、単行本化の際にも、いくつかの作品に対する書評が散見されるに留まっている。文壇不振の時期と言っていい一九〇一〔明三四〕年までの間に、「帝国文学」において書評が載るのは、幽芳の『己が罪』中編、中村春雨の『無花果』（「帝国文学」一九〇一・八）と、さむしろ女史の『家庭小説第二篇　紅薔薇』（一九〇一〔明三四〕・一二）だけである。しかも、このうち『己が罪』中編は否定的に紹介されるだけであり、「家庭小説」として見なしているかどうかも判然としない書評（「帝国文学」一九〇一・二）である。『無花果』は「宗教小説」として紹介され、「現代の厭ふべき似而非写実小説をして顔色なからしむる処」があると批評されており（「帝国文学」一九〇一・八）、これもまた「家庭小説」としてではなく「宗教小説」「写実小説」として高い評価が与えられている。「家庭の読物として恰好なるべし」とされ（「帝国文学」一九〇一・一二）、「家庭小説」として認められているのは、『家庭小説第二篇　紅薔薇』だけである。

このように、新聞連載の時点で掲載紙に多くの投書が寄せられ、話題を呼んだと言われる[*19]これらの新聞小説に対して、「帝国文学」の書き手が関心を示さないのは、一体なぜなのか。それは、おそらく「家庭小説」という名づけを行い、文壇をリードする立場にいると自負する「帝国文学」としては、単なる〈続き物〉に過ぎない新聞小説を、自らが唱道しようとする芸術としての「家庭小説」として認知するのはためらわれるということだったのではないだろうか。

そもそも、第三節で論じたように魯庵の「くれの廿八日」が世に出るまで、「帝国文学」誌面において「家庭小説」らしきものとして名指されたのは、弦斎の小説、紅葉の『多情多恨』のほかは、近松であったり、ハイネのローレライや、ゴールドスミスの『ウェイクフィールドの牧師』であった。このうち、近松、ハイネ、ゴールドスミスらと彼らの作品はいずれも一〇〇年以上の長いときをかけて広く人口に膾炙した人物であり作品であった。そして、弦斎の小説や紅葉の『多情多恨』にしても、当時、新聞紙面を通して一定程度の人々に広く読まれていた作者であり作品である。つまり、「くれの廿八日」が登場するまで、実は「帝国文学」の推す「家庭小説」とは、限定つきではあれ新聞小説として広く「家庭」に浸透していくイメージが持たれていたのである。

だが、「くれの廿八日」の登場と、これに対する絶賛ののち、「帝国文学」は「家庭小説」の書き手として露伴の名を加え、同時に一時は限定つきで評価を与えていた弦斎についてはその名を貶める一方となる。「批評家の口頭にのぼること稀な」「講談物と弦斎の小説」が「現今の読書社会に隠然勢力を占むる」様子に対して「一驚を喫するの外なかるべし」と述べ、「吾国民が如此の作を歓迎する間は明治文学も万々歳なる哉」(「弦斎居士」、「帝国文学」一九〇〇〔明三三〕・一〇)と皮肉をきかせる文面からは、もはや「家庭小説」として弦斎の小説を肯定的に評価しようとする態度は全く見受けられない。

このことは、次のようなことを意味するだろう。「帝国文学」が「家庭小説」というものを提唱しはじめたとき、いまだその理念に適合する実作品が存在していなかったからこそ、当初、「帝国文学」が想定する「家庭小説」の射程には新聞小説も入っていた。しかし、実際に「くれの廿八日」という新聞小説ではない作品――しかも、それは文壇内において批評の対象たり得る優れた作品を数多く世に送り出してきた「新著月刊」に載った作品であり、なおかつ、その作者は文壇内で盛んに評論活動を展開し、自他ともに認める文学者として名の通っている魯庵であった――が「家庭小説」として登場したあとには、専ら新聞小説ではない（つまり新聞記者の作品ではない）、文壇内の批評に堪え得る作者および作品が求められるようになった。そして、文壇作家としての露伴の名が登録され、新聞小説作家としての弦斎の名は貶められるに至ったのである。

そして、こののち「帝国文学」では「家庭小説」に対する関心そのものが失われていった。しかし、他方で、大阪を拠点とする「大阪毎日新聞」を中心的な発信源として、一連の新聞小説が一世を風靡し、評判を呼び、それらはいつしか「家庭小説」としてカテゴライズされていく。その経緯はいまだ詳らかにしないが、「帝国文学」が一時的であれ「家庭小説」というジャンル名に期待した芸術的で高邁な小説イメージは、新聞記者による新聞小説へと手わたされる。そして、このとき「家庭小説」という〈器〉には、当初、期待されたのとは大きく異なる〈中身〉が盛られたのである。後年の文学史家たちが、しばしばネガティブに「家庭小説」について語るとき、そこでは、こうした〈器〉と〈中身〉の不釣り合いについて、ほとんど顧みられることがない。しかし、このようなズレに注目するとき、近代日本の「文学（史）」が何を見ないことによって構築されてきたのかということが明らかになるだろう。

**注**

＊1　山田博光「社会小説」（『日本近代文学大事典』講談社、一九七七・一一、なお書誌情報は省略して引用した）。ほかに、三好行雄が「個々の人間を社会との関係で捉えようとする社会小説や政治小説の提唱もあり、内田魯庵が家族のきずなと個人主義の確執をえがいた『くれの二十八日』や、政界の裏面をあばいた後藤宙外の『腐肉団』などが書かれた」（「近代文学史概説」、三好行雄編「別冊国文学　近代文学史必携」一九八七・一）と述べたり、滝藤満義が

「実作者の中心は内田魯庵で、『くれの廿八日』、『破垣』、『社会百面相』等がその代表作である」(「社会小説」、同書)と説明したりしている(同様に作家の生没年と書誌情報は省略して引用した)。

＊2　山田博光「社会小説論――その源流と展開――」(「日本近代文学」第七集、一九六七・一一)

＊3　片岡哲「内田魯庵の社会小説」(「青山語文」第八号、一九七八・三)。ほかにも、木村毅が「くれの廿八日」について「不知庵自身としては社会小説論を提唱するより以前の作に係るが、勿論十分にその資格を具備している」(『明治文学展望』改造社、一九二八・六)と述べたり、稲垣達郎が岩波文庫の「解説」のなかで「社会小説論議は、戦後文壇におこるべくしておこった、まことに切実なものであった。しかし、さかんな論に反して、みるべき作品が皆無だった。そこへ、『くれの廿八日』があらわれ、社会小説論議は実質的にある程度カヴァもされ、また、希望をあたえられもしたのであった」(内田魯庵『くれの廿八日、他一篇』岩波書店、岩波文庫、一九五五・一二)と説いたり、「「くれの二十八日」(『新著月刊』三一・三)以下の実作は悉く失敗といってよい」(野村喬「時代精神と社会小説の論」、「国文学　解釈と教材の研究」一九六二・一)、「筑水が『所謂社会小説』を発表した翌月、魚日庵魯生の署名になる『くれの廿八日』が「新著月刊」に掲げられた。いうまでもなく内田魯庵による社会小説の第一作である」(佐藤勝「社会小説論」、『講座日本文学9近代編Ⅰ』三省堂、一九六九・四)など、挙げれば切りのないほど事例がある。

＊4　飛鳥井雅道「社会小説の発展――明治三〇年代社会小説(一)――」(「文学」一九五九・九)

＊5　野村喬「「くれの廿八日」の性格考」(吉田精一博士古稀記念論集刊行会編『日本の近代文学――作家と作品――』角川書店、一九七八・一一)。注3で挙げた稲垣達郎も同じ岩波文庫の「解説」のなかで「早稲田文学」「国民之友」「帝国文学」などの同時代評において「「光明小説」ないしは「家庭小説」・「宗教小説」として認められるゆえをもって歓迎」されたことを指摘している。

＊6　この予告は、実際には、一八九六［明二九］年一一月七日の「国民之友」にも、また、同年の「国民新聞」(一〇・二一、二二、三〇、三一、一一・五)にも掲載された。結局、一つも実現されなかった企画であるとはいえ、予告を何度も眼にした者は、本格的な企画として感じ取ったことと思われる。

＊7　この五点の要点とは以下のようなものである（「早稲田文学」一八九七・一一・一六）。

（一）社会小説とは、貧民又は労働社会の為に気炎を吐かんとする一種の傾向小説也、（『帝国文学』記者の解これに近し）

（二）社会小説とは、敢て貧民又は労働社会の為に、特に弁護するものにあらずと雖も、在来の作家が見落とせる社会下層の真相を主題とするものを云ふ、（『太陽』記者の説これに近し）

（三）社会小説とは、従来の作が恋愛小説の一隅にのみ偏せるに対し、社会の全体即ち政治、宗教その他あらゆる部面に、広く材を取るものを云ふ也、（『八紘』記者の説これに近し、『太陽』記者にも或所にては此の説に似たる趣見ゆ）

（四）社会小説とは、人間の心裏の波瀾を精写する在来の心理小説、個人を描くに偏せる在来の写実小説に対し、社会を主として個人を客とし、心的状態よりも外界の現象に重を置くものたらざるべからず、（『世界之日本』）記者の論これに近し）

（五）社会小説とは、一代の風潮を指導し、社会の予言者たる任務を尽くすに堪ふるものたらざるべからず、（『毎日』記者の論これに近し）

このような要約ののちに、同記事内では、次のような批評を加えている。

第一解の「社会小説」の奨励すべきものならぬは無論也、第二解の「社会小説」は（略）特に之れが為に小説に異目を樹つるの要を見ず、第三解は（略）毫も其の意異なる所なし、第四解に至りては、其の言美にして其の実行はるべからざるの説にはあらぬか、（略）第五解は大詩人の手に成る傑作が、往々生ずるの結果を、今日の文壇に要求せるもの、希望としては至当なれども、之れを強ひて主張すれば、小説をして一種の空想談もしくは冷硬なる論策の書となしむるの虞なしとせず。

*8　この金子筑水による「社会小説」のまとめ直しは以下のようなものとなっている。すなわち、「曰はく（一）現在の社会に何等かの精神を鼓吹する作を出だすべし、曰はく（二）社会組織より生ずる重要なる事件に関する作を出だすべし、曰はく（三）個人的描写を主眼とせず社会的描写を中心とせる作を出だすべしと。即ち所謂社会小説は現在の社会の重要なる事件を写すと《ママ》主眼とすといふにあるべし」とまとめた上で、「必しも斯くの如き小説現存せりと言ふを要せず」と述べ、「（一）近世の社会主義《ソシアリズム》に関する事想を画けるもの／（二）社会の個人に対する関係を画けるもの／（三）漠然謂ふ小社会に関する事想を画けるもの／（四）全体としての社会の行動を画けるもの」だと自分の言葉で言い換えている（金子筑水「所謂社会小説」、「早稲田文学」一八九八・二、なお、このときの署名は「金子馬治」）。

*9　中丸宣明「近代小説の展開」（『岩波講座日本文学史』第一一巻、岩波書店、一九九六・一〇）

*10　金子明雄「明治30年代の読者と小説――「社会小説」論争とその後――」（杉山光信・大畑裕嗣・金子明雄・吉見俊哉による共同研究「近代日本におけるユートピア運動とジャーナリズム」、「東京大学新聞研究所紀要」41、一九九〇・三）

*11　石川巧「〈教科書《イデオロギー》〉としての家庭小説――草村北星『濱子』考――」（「敍説」X、一九九四・七）

*12　飯田祐子『彼らの物語――日本近代文学とジェンダー』（名古屋大学出版会、一九九八・六）

*13　引用文中においては「ゴールドスミスのヴィカァ」とある。「ヴィカァ」とは、オリヴァー・ゴールドスミスの *The Vicar of Wakefield*（一七六六年）のことである。現在では『ウェイクフィールドの牧師』という邦題の下に翻訳されているが、かつては『ヴィカー、ヲブ、ウェークフィールド』（浅野和三郎訳、大日本図書、一九〇三［明三六］・七）というタイトルで刊行されており、現在、国立国会図書館では『ヴィカー物語』とされて（おそらく便宜的に付されたタイトルであろう）、所蔵・公開されている。

*14　山本敏子「日本における〈近代家族〉の誕生――明治期ジャーナリズムにおける「一家団欒」像の形成を手掛り

に――」（『日本の教育史学』第三四集、一九九一・一〇）

＊15　この書評のタイトルは「新著月刊第二年第一巻 東華堂発行」となっている。

＊16　牟田和恵『戦略としての家族――近代日本の国民国家形成と女性――』（新曜社、一九九六・七）、山本敏子「日本における〈近代家族〉の誕生――明治期ジャーナリズムにおける「一家団欒」像の形成を手掛りに――」（注14参照）

＊17　一八九九［明三二］年は、全国高等女学校校長会議において「女学生の小説読書を禁止する案」の決議がなされ、これに対する反応として、この頃、小説と教育というテーマが浮上した。このため、「家庭小説」言説や「家庭」言説のなかに、少年文学や児童文学を前提としたものも混在してくるようになるが、ここでは論旨が異なるため、割愛した（例えば、「帝国文学」の一八九九年七月号の「家庭の観念」など）。

＊18　正確には、『金色夜叉』前編が一八九八［明三一］年七月に、中編が一八九九［明三二］年一月に、後編が一九〇〇年一月に、『不如帰』が同年一月に、『己が罪』前編が一九〇〇［明三三］年八月に、中編が一九〇一［明三四］年一月に、後編が同年七月に、『無花果』が同年七月に、それぞれ単行本化された。

＊19　新聞連載時に多くの投書が寄せられ、話題を呼んだという点については、第四章参照。

# 第三章　「家庭」をめぐるジェンダー・ポリティクス
## ――「大阪毎日新聞」の言説から――

　すでに第二章において見てきたように、「家庭小説」というジャンル名は、「帝国文学」誌上において一八九七〔明三〇〕年あたりから使われはじめ、その後、ほどなくして「帝国文学」を中心に中央文壇を賑わすタームとなっていったものであった。一方、これに対して、「家庭」という語については、この約一〇年前から「女学雑誌」を皮切りとして世紀の変わり目頃に多方面において広く使われた言葉であった。七種の総合評論誌を分析した牟田和恵によれば、「〔明治――引用者注〕二〇年代後半から三〇年頃を転換点として各誌での家族の取り扱いが変わ」り、「家庭や家族は公論の対象から除外され、もっぱら女性を対象として女性にのみ関わるものとして語られていくようになる」という。[*1]

　だが、今日の事典や解説、概説書の類における「家庭小説」についての説明文のなかで、その筆頭に必ず掲げられる菊池幽芳の「己が罪」（前編は一八九九〔明三二〕年八月一七日～一〇月二一日、後編は一九〇〇〔明三三〕年一月一日～五月二〇日）と中村春雨の「無花果」（一九〇一〔明三四〕年三月二八日～六月一〇日）とは、「大阪毎日新聞」に連載された当初、実は書き手と読み手の双方において「家庭小説」というジャンル意識はなかった（「己が罪」については第四章、「無花果」については第七章において、それぞれ詳述する）。すでに「帝国文学」などの中央文壇において「家庭小説」という言説自体は使い回されていた時期に、のちに「家庭小説」というジャンルにカテゴライズされる二つの新聞小説が発表されるに当たって、「家庭小説」として書かれたのでも読まれたのでもなかったという事態は、「家庭」と言えば女性の領域というような、「二〇年代後半から三〇年頃」を転換点とするような言説空間の力学とは別の力学が働いていたことを意味している。このことは、限定された雑誌の分析に基づきながら明治という時代全体の傾向を捉えようとした牟田の論考では、「家庭」言説が平板で単純な一枚岩のものとして描出されてしまうという限界をも示しているだろう。だが実際には、本章において考察するように、「家庭」という語は、メディアが異なれば、その使われ方や意味内容が異なってくるし、文学と絡めて話題となるときにもまた、その使われ方や意味内容が変容する言葉であった。だから、牟田が言う「二〇年代後半から三〇年頃の転換点」という見取り図も、簡単には成立しないのではないだろうか。

そこで、本章では、今日「家庭小説」にカテゴライズされる小説の多くが連載された「大阪毎日新聞」の紙面構成を丹念に検証することで、「家庭」や「家庭小説」といった言説が、そこでどのように扱われ、「己が罪」や「無花果」といった新聞小説とどのように結びついていくのか、その様相を確認していきたい。

## 1　「家庭」のための「健全なる文学」

新聞連載時における「己が罪」は、新聞読者に対する配慮から、その前編と後編がそれぞれ別の物語として読まれる可能性を前提として書かれていた。実際、「大阪毎日」の投書欄「落葉籠」に寄せられた読者の声を見る限り、前編では専ら親子関係（「子」とは男女両性を含む「子女」）における教育効果が読み取られていたのに対し、後編では夫婦関係ないし家庭における感化・啓蒙の効果が読み取られていた。そして、このことは明らかに「大阪毎日」における紙面での他の記事と連動していた（第四章参照）。

一八九九〔明三二〕年の八月から一〇月にかけて「己が罪」前編が連載されている最中、「大阪毎日」においては文学欄の梃子入れを行うべく、社説「健全なる文学」[*2]（一八九九・九・一四）において、「常識に富む文学」「健全なる文学」のない日本の文学のために、「健全の思想と常識に富める」「英文学趣味を注入するに勉めよ」との主張が展開された。そして、この約一週間後、文学欄に幽芳の「啓上」（同・九・二二）が掲載され、関西文壇に対する英文学趣味注入のため、幽芳の実弟である文学士の戸澤正保（蘐姑射山人）を客員として迎え、「英文学史談」の連載が告知され、実際、半年間にわたって連載された（一八九九・九・二三～一九〇〇・三・二三、全三八回）。また、「己が罪」前編の連載終了後（一八九九・一〇・二二に終了）には、未発達で未成熟な日本の文学の「趣味の段階」を論じた後藤宙外の「趣味の段階と文学」（同・一〇・二三）という文章が掲載されたことも注目すべきであろう。宙外によれば読者のあり方は、第一段階として「事柄の筋に専ら趣味を置く」読者、第二段階として「事柄の遷次と文章の趣味とを併せ読む」読者、第三段階として「前二者の観取する所のものを合せて更に加ふるに世態の機微と人情の真趣とを味ふ」読者の三段階に規定され、第一段階から第三段階に向かって漸次、読者が導かれていく必要性が論じられている。ここでは「低き者」「高き者」、「有害」「無害」「滋養分の饒多なる物」、「低き趣味」「高き趣味」というような優劣論によって読者が分けられ、それぞれの段階に応じた小説を提供しつつも、最終的には全ての読者が第三段階に至ることが希求されている。要するに、ここで語られているのは「健全」で「趣味」のよい文学が登場することへの期待であるが、この背景として想起されるのは、現状における社会全体（とりわけ関西社会）が未発達の状態にあること、日本（とりわけ関西）の人々の読書に対する姿勢もまた、未発達の状態であるということだ。そして、水谷不倒が「小説の好題目」（同・一一・二四）において述べるように、「家庭小説は、其呼声高けれども、是迄我が文壇には産れざりき」という状態にあると認識されていたのである。

ここで注目しておきたいのは、こうした言説に頻出する「健全」と「趣味」という言葉である。この二つの語は、この当時において、文学以外の物事を語る上でも様々な局面で使い回されていた言葉であったが、[*3]とりわけ文学を語る際のキータームとなっていた。特に「健全」の語は、一八九三〔明二六〕年頃の「文学界」グループと民友社との対立のなかで前者が後者によって「不健全」のレッテルを貼られたり、一八九五〔明二八〕年頃に流行した観念小説、悲惨小説等を「不健全」だと呼んだりするなど、ネガティブな文脈において流通しており、このような小説の流行に対して「健全光明」（戸川秋骨「近年の文海に於ける暗潮」、「文学界」一八九六〔明二九〕・一）の小説が待望されていく。[*4]この「健全光明」の小説の待望が、やがて「社会小説」「理想小説」「光明小説」「家庭小説」等の〇〇小説という名づけによって、中央文壇において喧しく論議されていくこととなる。いずれも、期待される小説イメージが評論文において先行して論じられるばかりで実作品としての小説は、いまだどこにも書かれていない状態であった。

ところが、「大阪毎日」の紙面をつぶさに検証するときに浮上するのは、「己が罪」後編が連載されている最中に、この小説が読者によって「家庭」ないし「家庭小説」と結びつけて読まれているという実態を、新聞社サイドが次第に自覚していく様相である。

「己が罪」後編は、前編連載の翌年、一九〇〇〔明三三〕年一月から五月までの長きにわたって連載されたが（単行本化の際には中編と後編の二冊に分けて刊行されるほどの長さであった）、この連載時の前半に当たる一月から二月にかけての間、物語のなかでは、無妻主義の桜戸隆弘に対して叔母の綾子が「楽しい家庭」「幸福なる家庭」「暖かい家庭」を説き聞かせ（第七回、第一〇回、第一七回など）、隆弘と環との結婚を実現させ、隆弘と環も「幸福な家庭」が成り立っているという実感を抱く（第三三回〜三五回）、という展開が進行中であった。このあと、さらに環の懐妊が分かると、綾子は「夫婦の愛」「神聖の愛情」「真正《ほんとう》の愛情」を味わうことのできた隆弘は今や「幸福な家庭」を築くことができたのだと隆弘を称賛し（第四〇回）、出産のあとには語り手も「愛の極意」を説き、「二身同体の愛」こそ「真実《まこと》の愛情」だと言う（第四七回）。

こうした「己が罪」の物語内での「家庭」言説と連動するようにして、一九〇〇［明三三］年二月には、投書欄「落葉籠」において恋愛論が盛んとなる。「落葉籠」では改行のないまま投書が並べられているが、市井の話題、相撲、新聞小説への感想など、話題ごとに整理して掲載されており、「己が罪」への直接的な感想とは別に、この恋愛論についての投書がひとかたまりとなっている。そして、こうした話題のなかでも、しばしば幽芳および「己が罪」の名が散見されるのである。すなわち、「愛《ラブ》に関する金言を二ツ三ツ教へて下さい、ならば幽芳足下に聞きたきものなり（ペッシミスト）」（二・九）という投書からはじまり、「ペッシミスト君よ、愛《ラブ》とは幽芳君否立花綾子夫人の説れし如く最も真正なるものあり（略）幽芳君の如き今後の己が罪に依つて大いに神聖なる恋愛の極致を発揮せらるゝものならんと信ず多謝々々（プラトー）」（二・一三）や、「真正の恋を知らんとせば幽芳君の己が罪を熟読し玉へ、真正の恋とは何ぞといふことを全篇が説明して居るのである（注告生）」（二・二〇）などというように、恋愛論と言えば「己が罪」という連想を働かせる読者の姿を見出すことができるのである。こうした登場人物たる綾子の発言を、そのまま作者の幽芳の言葉として受け取る投書などには、小説を単に物語として享受するのみならず、そこから教養、教訓を得ようとする読者の読書態度が透けて見える。そして、このように新聞読者の注目を集めたこの小説に対しては、「屢々東京の文壇に叫ばれて未だ実現し来らざる家庭小説のこの関西文壇に現はれたるものにあらず、幽芳子の想と筆とを以てして空前の喝采を博しつゝある事決してその偶然にあらざるを認む（沈黙文士[*5]）」（二・二七）という投書が寄せられることとなる。

このような読者の反響を受けた「大阪毎日」は、一九〇〇［明三三］年三月以降、すなわち「己が罪」後編の後半が連載されている時期、その紙面において、にわかに「健全」で「趣味」のよい文学というものを、家庭で読まれるべき文学として意味づけはじめる。例えば、桜井芳水の「文学と家庭」（一九〇〇・三・三一）では、「文学趣味」

の欠乏している大阪人士に、とりわけその家庭に、文学を勧めたいと述べながら、「円満なる家庭は趣味ある家庭なり、趣味ある家庭は趣味ある娯楽によりて之を形づくり得べし、而して趣味ある娯楽は文学に如くものあらじ」、「(略)一家内に小図書館を設け、(略)家庭の読物としてあらゆる有益なる書籍を備へつけんこと最も妙なるべしと思ふ」と言う。芳水はまた「健全なる文学」(同・五・七)においても、かつての悲惨小説の流行は「作家の思想の不健全」を示していると述べて「健全なる文学」を待望しており、この「健全なる文学」とは「清潔にして家庭に容れらるべき者」「常識を以て読まれ得べき者」「其趣味の高尚にして卑汚に失せざる者」だと説明している。

一方、「家庭」という言葉こそ出てこないものの、梁田晴嵐の「時文小観(二)」(同・三・一二)では、幼稚だと噂される関西の読者にとって幽芳の「己が罪」は「難渋の文字」「倦厭の読本」なのではないかと心配したが、「落葉籠」を見ると「幾万の読者が、能く之を精読黙解して、驚くばかり」だと述べ、「関西読者の、驚くべき非常なる好評を博しつゝある」ことを喜び、幽芳が読者に「情的趣味」を与えることに成功しつつあると論じている。

そして、以上のような展開を受けて、「大阪毎日」では、社説「新聞小説(上・下)」(同・五・二二〜二三)において、新聞小説の機能についての定義を試みるのである。いわく、もはや新聞小説が「続きもの」として劣等視されていた時代は過ぎ去ろうとしており、いまや日本の小説、なかんずく日本人の「読小説趣味」は「刊行小説」よりも、むしろ新聞小説によって発達し養われており、「日本人は総て新聞紙によつて教育せらるゝの有様」である以上、新聞小説が「読者に及ぼす趣味の感化」の重要性は言うまでもない(「上」)。新聞小説の責任は「刊行小説」に比して大きいが、それは「己が罪」のような小説が、日本の読者の「趣味」を教育し感化する力を発揮していたことを思えば、新聞社および新聞小説を書く者はその責任の大きさを自覚するべきだ(「下」)。このような論調から見えてくるのは、「大阪毎日」が「己が罪」の反響の大きさによって、新聞小説というものの果たすべき役割について自覚を新たにしていく様子である。

このように、「大阪毎日」では、「己が罪」前編が連載されていた一八九九〔明三二〕年の間には、「健全」で「趣味」のよい文学が単純な形で期待されており、このとき読者に紹介し啓蒙する文学的素材も英文学であったのに対し、「己が罪」後編が連載されていた一九〇〇〔明三三〕年に入り、「己が罪」のなかで「家庭」言説が展開され読者の大きな反響を受けると、紙面において家庭と文学とを結びつける言説を繰り広げ、読者の啓蒙を図ろうとしはじめるのである。いまだ「家庭小説」というジャンルにカテゴライズされていない「己が罪」が「家庭」言説と結びつく瞬間がここにあったと言えるだろう。

## 2　「大阪毎日新聞」と「家庭」イメージ

「健全」で「趣味」のよい文学を「家庭」に、という「大阪毎日」の読者啓蒙戦略は、「己が罪」連載が終了した一九〇〇〔明三三〕年五月以降も引き続いて行われた。管見によれば、少なくともその下限は、一九〇二〔明三五〕年の年明け頃であることを確認できる。この読者啓蒙戦略の一端を示せば、例えば、一九〇一〔明三四〕年に掲載された社説「少年の読みものを作れ」（一・二八～二・二にわたって四回掲載）では、「文学の家庭における地位を了解し得べ」きであり、「健全なる趣味を包める小説の、家庭に健全なる趣味を扶植するに効ある事尋常道徳の書に倍する事を知るなり」と述べ、少年が読むに相応しい小説について論じており、平尾不孤の「家庭□観」[*6]（二・一二）では、「趣味に乏しい大阪の家庭」では日常会話も金儲けなどの無趣味な話題ばかりであるから「読書癖を養成することが何よりも急務である」と大阪の地に話を限定しながらも、「我国民が文学を鑑賞するの趣味の低き」ことを嘆じ、「文学が一日も家庭を離るべからざるもの」となって「真に文学を味わう」ことのできる「偉大なる国民」となることを期待するというように、国全体に話を拡大して語ってもいる。

だが、このような、文学と家庭とを直接的に結びつけて語る言説以上に眼を惹くのは、「健全」で「趣味」のよい「家庭」そのものの具体的なイメージの多さである。そのなかでも、とりわけ注目に値するのは、一九〇一［明三四］年に、家庭欄「かていのしをり」[*7]に掲載された平尾不孤の「家庭雑感　絵はがきの話」（一・二二）である。ここでは、「日本の家庭ほど無趣味なものはな」く、「国民に文学を鼓吹する前に先づ家庭を説」く必要があり、「家庭に趣味を普及するには、可成卑近な方面から導く」必要があるとして、西洋の絵はがきを具体例として取り上げ、これがいかに趣味に富んでいるかを次のように分かりやすく説明している。

西洋の絵はがきには大概歴史上有名なる詩人や政治家や、其外多くの偉人の肖像とか、地理上に於て或物を連想さすべき景色とか、乃至世界の名画とか、稀世の宝器などの写真絵とか、古戦場とか古跡とか、みんな趣味に富んだ、説話の材料に富んで有益なものばかりだ。

例へば、吾輩の観たものゝ中でいふならば、先づ詩人の肖像としては、ゲエテや、シルレルや、はた古跡としては、その書斎や、別墅や、ルウテルが宗教革命を唱導した為め、国民に迫害された折、時の王に隠まはれたといふ書斎や、其書斎に投げつけたインキの汁痕に就いての説話や、ナポレヲンが大学在学中監禁されたことのある室内や、その室内の楽書《らくがき》の事実や、ゲエテが一泊したといふ宿屋のある村落や、その他之に類する趣味津々たるものは挙げて数ふべからざるほどあつた。

かういふ種類の絵はがきが飛び込む、家庭に於ける子弟はその父兄に向つて、父様これは何の絵ですか、兄様これは何のお話？　と尋ねる、すると父兄はこれはこんな歴史を持てる話しだ、あの絵の人は非常な偉業をした人物だ、とか一々説明して聞かす。此間に家庭の教育は知らず〳〵の間に行はれてゐるのだ。

同様の事例として、「トルストイ伯の家庭」（四・二二）という記事も挙げられるだろう。このなかで、不孤の「家庭」イメージと重なるのは、九人の子どもたちについての次のような説明であろう。

兄弟姉妹打揃うて数ヶ国の語に通じ、又音楽に堪能にして一度伯が門を訪う者は家族に上下の隔なく、其家庭の如何にも快活に如何にも淡泊なるを感ぜざるを得ずと言ふ、是伯が方針としてルーソーの自由主義に基づき、児女の教育を為し、敢て叨りに之を叱責するが如き弊風を避くるの片影に外ならざるなり。

この両者の記事に共通しているのは、家族内で親子が分け隔てなく教養ある会話を繰り広げる「家庭」イメージであり、これこそが「健全」で「趣味」のよい「家庭」の具体的イメージであった。こうした「家庭」についての具体的イメージは、この記事の前後にいくつも見出すことができる。例えば、あきしくの[*8]「小児観察」（一九〇〇・三・一七〜四・四、「家庭の志をり」にて六回連載）や、あきしくの「よつちゃんの帰省」（一九〇〇・一二・一九〜一九〇一・二・一二、「かていのしをり」にて一六回にわたって連載）などにおいて、幽芳の子どもの愛らしい様子と、子どもを中心とした無邪気な家庭の様子が紹介されている。「よつちゃんの帰省」と併行して掲載された寒川つゆ子の「楽しき我が家」（一九〇〇・一二・一七〜一二・三〇、「かていのしをり」にて八回にわたって連載）においても、戦国大名の結城の一族だという寒川の家が、いかに新しい「理想の家庭」「スウヰートホーム」を作っていたかを物語るなかで、家族が友達のように会話をする様子や、家族で政治の話をしていると子どもまでが政治の話を無邪気にしはじめる様子、教養ある父が近所の人に新聞や雑誌を読んであげるので倶楽部のようになっていること、この父の話を聞きたさに近所の子どもたちがいつも集まってくることなどが「楽しい家庭」として描き出されている。りう子[*9]「婦人の面影」（一九〇一・三・四〜五・二〇、全二二回連載）でも、社会的地位のある名望家の夫人や、独身のまま名をなした歌人や画家など、様々な女性が多数、紹介され、彼女らの育った家や嫁いだ先の家庭の様子が描き出されており、ここでは、家族間の上下の隔てだけでなく、主従の隔てさえもがないこと、家族が小説や音楽を好むことなどが「一家団欒」「楽しい家庭」として語られている。二回に分けて掲載された虚吼生の「米国通信　家庭雑話」（一九〇一・六・三、六・一〇）では、アメリカ在住の筆者によって当時のアメリカの家庭における文学趣味が紹介され、アメリカのような「家庭的楽しみ」を勧めるに当たって、「日本人の様に家庭で真面目腐つて居つては」いけないと彼我の違いが強調されている。

これらの記事に見られる、上下の隔てなく教養ある会話のできる「家庭」イメージの頻出は、当時の日本の「家庭」の現状と裏返しの理想であり希望であった。例えば、当時においては子どもをしきりに「叱責するが如き弊風」（前掲「トルストイ伯の家庭」）がはびこっていたり、特に大阪では日常会話が金儲けの話に終始したりするなど（前掲、不孤「家庭□観」）、「大阪の家庭では一家団欒の楽しみといふ事が至つて少な」く、「主人《あるじ》は多忙《いそが》しう商売に駆廻て居るのに、妻君は気楽さうに芝居観に行つて居るとか、（略）兎角別れ〱に娯楽をする」ため、「固より文学だの高尚な音楽、絵画とかいふ様な思想は余り養はれて居」ないから、「自然談話の品位も下つて来て、芝居の話でなければ、役者、落語、其他芸人の品評《しなさだ》めか、手近な人の善悪《よしあし》を云ひ合ふ」（岸本りう子「大阪の家庭（三）[*10]」一九〇二・一・四）というような光景が常態となっていたからにほかならない。

だからこそ、「大阪毎日」としては、社説において「家庭改良」というものを喧伝し、読者の啓蒙を図らざるを得なかった。一九〇一［明三四］年に掲載された社説「社会改良と家庭」（一・一九）において、「社会を形作る」のは「家庭」なのだから、社会改良のために「家庭の改良」こそが今日の急務であり、「健全なる思想を社会に樹立」するために「健全なる家庭」を要望しており、社説「大阪人と家庭」（一・二〇）において、「家庭的思想に乏しい」「大阪人士」に対して、「家庭に対する健全なる思想」の涵養の末に「健全なる国民」の形成を企図している。「家庭改良」は、「社会改良」のため、ひいては「国家」や「国民」の改良のため、是非とも必要なのだと言う。ここにも「大阪毎日」における新聞というメディアの読者に対する役割や責任感というものを見出すことができるだろう。

以上、当時、まだまだ劣っていると実感されていた「大阪毎日」の読者、とりわけ大阪の読者に対する啓蒙戦略として、「大阪毎日」では、論説文とは違う「家庭」の具体的イメージがこれでもかと言わんばかりに紙面上に配置され、上下の隔てなく教養ある知的な会話が展開されるような「家庭」の光景が理想的なイメージとして読者の頭に分かりやすく刷り込まれていったと思われる。「家庭」の「趣味」向上のために文学を、という議論が展開されているとき、その前提となる「家庭」観とは、概ね以上のようなものであった。

さらに、ここで再び留意しておきたいことは、一九〇〇〔明三三〕年から一九〇二〔明三五〕年の期間における、このような「大阪毎日」紙上での「家庭」イメージを強調した啓蒙的紙面構成の展開が、後年、いわゆる「家庭小説」というジャンルに括られる小説の単行本の刊行時期とぴたりと符合していることである。第二章において述べたように、一九〇〇〔明三三〕年一月には徳冨蘆花の『不如帰』が、その年八月には『己が罪』前編が、翌年の一九〇一〔明三四〕年一月には『己が罪』中編が、同年七月には『己が罪』後篇と春雨の『無花果』が同時に、それぞれ刊行されている。そして「無花果」が「大阪毎日」に連載されたのも、この期間内であった。連載中に好評を博したこれらの新聞小説が、単行本として刊行されることと、連載紙である「大阪毎日」において「家庭」イメージが強調されていたこととは、これらの小説が後年「家庭小説」としてカテゴライズされていくことを考える場合、看過できない符合であると言えるだろう。*11

## 3　男性が領有する「家庭」

すでに述べてきたように、不孤の「家庭雑感　絵はがきの話」のなかでは、理想的な「家庭」の光景として、「父兄」と「子弟」の会話の様子が具体的に描写され、紹介されていた。実は、この「家庭」イメージにおける「父兄」――「子弟」の前景化は、上記で紹介してきた「大阪毎日」の言説において一貫して保持されている論説態度であった。例えば、芳水「文学と家庭」では、「寒夜炉を囲みて近刊の小説を抜き父老若くは子弟に之を説き聞かしめ、更に之を評し之を語りなば如何、靄然たる和気の其間に生じて少くも一家融和の媒介たるものあるべし」というように「父老」――「子弟」が話題に上っていた。社説「社会改良と家庭」でも、「家庭の父たり母たるもの」に「家庭《ホーム》の何たるを自覚」させたい、「健全なる紳士は健全なる家庭より生」れるのだと主張し、社説「大阪人と家庭」でも、「父兄が、よくその家庭における神聖を保ち得」べきこと、「中流以上を占むる処の紳士に」こそ「家庭の何ものたるを自覚し」てほしい、子女に対する「父兄の教育」が期待されていることを説くなど、「父」「父兄」「紳士」が前面に迫り出していた。不孤の「家庭□観」でも、「大阪の家庭に於ける父兄は、啻に文学を容れざるのみならず、子弟に文学を味はうの余裕をさへ容《ゆる》さぬ」というように「父兄」――「子弟」にとっての「趣味」ある「文学」が問題となっていた。

言うまでもなく、ここでいう「父兄」とは比喩的な言い回しとしての「保護者」の謂いではなく、明確にジェンダー規範の意識が内包されている、すなわち「男性」を示す言説であることは、社説「少年の読みものを作れ」において「父兄」と「母姉」という言葉が使い分けされていることによっても明らかである。この社説では、少年を善導し好感化を与えるために、まず「父兄の心掛」が期待されており、けっして「母姉の心掛」など期待されてはいない。この当時にあって、新時代にふさわしい「家庭」とは「父兄」「紳士」と「子弟」といった男性たちによって作られるものであったのだ。この社説においては、タイトルにも明らかなように「少年」すなわち男児に対する読み物が待望されている。西洋には「神仙譚」「武勇譚」「寓意談」「冒険談」などの存在することが紹介され（「少年の読みものを作れ（三）」一九〇一・一・三一）、より具体的には「スマイルの立志編《セルフヘルプ》」や「フランクリンの自叙伝」などについての言及が見られる（「少年に読みものを作れ（四）」同・二・二）。久米依子[*12]によれば、このような「少年」に対する物語の要請に対し、「少女」に対しては「「家の娘」としての自覚を持ち、家庭内の役割を十全に果たすこと」が規範として求められた結果、「外出失敗物語」すなわち「保護者＝親の管轄域からの離脱」に対する「厳しい禁止」の物語が量産されていたという。少年向けの代表的な雑誌である「少年世界」の「少女欄」を分析した久米は、少年向けの物語として「勇壮な戦争物語」や「未開地や大洋への冒険」、「古今の偉人の立身出世物語」というような「外部世界に躍進」する少年の姿が描かれる一方で、「少女欄」にはこれとは対照的に「外出した結果、失敗・後悔する」「家の娘」が描かれていることを指摘している。このことからも「大阪毎日」の社説「少年の読みものを作れ」が、男児（女児ではない）に対する読み物をいかに待望し要請しているかが分かる。

　だから、この当時の「家庭」言説を捉え返す際に気をつけなければならないことは、今日の「家庭」という語の持つジェンダー・バイアスの感覚そのままに言説を読んではならないということである。もちろん、こうした「父兄」「紳士」――「子弟」によって形作られるべき「家庭」についての具体的イメージの横で、「家庭」のなかでの女性の役割や、育児の場面における女性の責任といったように、「家庭」と言えば女性の領域という、今日的な「家庭」表象につながる語られ方も存在しており、これも「家庭」言説として無視し得ない言説ではある。だが、こと文学を語る文脈においては、「家庭」はにわかに男性の領有物となり、「健全」で「趣味」のよい文学を「家庭」に注入するのは専ら男性の役割だとされる。そして注入される対象は「子弟」すなわち男児であり、けっして女児ではないのである。教養高い文学を扱うべきであるのは男性だという、文学が帯びたジェンダー規範が前提となる文脈のなかでは、新時代のキーワードたる「家庭」はけっして女性側にジェンダー化された用語ではなかったのである。だから、このような男性によって実現されることが期待される教養ある「家庭」のイメージは、「大阪毎日」紙上においても男性読者こそが念頭に置かれて提示されていたと言えるだろう。

そして、このような男性によってもたらされる「健全」で「趣味」のよい「家庭」イメージと、そこで読まれるにふさわしい文学についての当時の言語感覚というものを踏まえるとき、春雨の「無花果」が「大阪毎日」紙上で連載されるに先だって紙面に掲載された「懸賞小説掲載の披露」（一九〇一・三・一八）という連載予告の記事の文言もまた、同様の文脈のなかで読み取られる必要があるだろう。すなわち、この記事のなかで「無花果」は、「所謂光明小説にして、同時に家庭に於ける良好なる読物」であり「子弟も読むべく、父兄も読むべく、教育家も、宗教家も、共に再誦を値す」る小説だと宣伝されていた（単行本化されたあとも、例えば「明星」（一九〇一・九）に掲載された広告には、ほとんど同じ文面による宣伝がなされている）。この宣伝文句を以て、「無花果」は今日的な意味でのいわゆる「家庭小説」＝婦女子の読みものとして登場したのだ、と言うことは、もはやできない。むしろ、「家庭」を担う「父兄」とその「子弟」という男性こそが読むべき新小説として「無花果」は紹介されていると捉えるべきである（「無花果」が「家庭小説」＝婦女子の読みものとして登場したのではないということについては、第七章で改めて詳述する）。

ここまで確認してきた如く、「大阪毎日」という新聞メディアにおける「家庭」イメージと文学との間にあった関係性に鑑みるとき、「（明治――引用者注）二〇年代後半から三〇年頃を転換点として」「家庭や家族は公論の対象から除外され」ていくという牟田の概括は適切さを欠くと思われる。少なくとも「大阪毎日」においては、一九〇一［明三四］年前後に「家庭」が社説で繰り返し主題として取り扱われ、「公論」の対象そのものとなっていた。このことは、「少年」の読み物においても、先述したように一八九六〔明二九〕年の雑誌において見られたものと同様の言説が、「大阪毎日」では一九〇一〔明三四〕年前後に見られることと一致している。

しかも、後年になって「家庭小説」＝婦女子の読みものとしてカテゴライズされる「己が罪」も「無花果」も、ほかならぬ連載紙である「大阪毎日」紙上において、いまだ「家庭小説」と呼称されてはいなかった。先述したように、投書欄「落葉籠」における「己が罪」こそ「家庭小説」ではないのか」という読者によるジャンル規定がわずかに一度だけあったほかは、紙面において「家庭小説」の語自体が論説文等の話題に上ることは、本章で調査対象とした期間中にはない。では、一体、いつ、どのようにして「己が罪」や「無花果」が「家庭小説」として括られていくのか。この疑問に応えるためには、そもそも新聞紙面において「家庭」と文学についての啓蒙言説（ただしその対象は専ら男性）と併置されていたこれらの小説が、その後、新派劇として舞台化され、何度も上演が繰り返されて、通俗的なドラマとして消費されていくという現象のなかで、捉え返される必要があるだろう。東京の文壇において、理念だけが先行する形で待望された「家庭小説」の具体的作品として、内田魯庵の「くれの廿八日」や蘆花の「おもひでの記」が取り沙汰されていたことをも含めて、今後さらなる検討が求められる。

注

＊1　牟田和恵『戦略としての家族――近代日本の国民国家形成と女性――』（新曜社、一九九六・七）。なお、牟田が分析の対象とした総合評論誌とは、「明六雑誌」「近事評論」「家庭叢談」「六合雑誌」「国民之友」「中央公論」「太陽」の七種である。また、小山静子『家庭の生成と女性の国民化』（勁草書房、一九九九・一〇）も、牟田の先行研究を踏まえた論考となっている。

＊2　「大阪毎日」における社説は基本的に無署名記事であるが、この社説については、このあとに言及する「啓上」に

おいて幽芳が書いたということが明かされている。

＊3　これらは枚挙にいとまがないが、一例を挙げれば、「健全」の場合では、「日本女子の不健全」（一八九九・一一・一六）というタイトルの社説が見受けられるほか、社説「学生以外の体育」（一八九九・一一・二三）では「健全なる精神が健全なる身体に宿るの言」、家庭欄「家庭の栞」では、「健全の小児《こども》」、「不健全な炬燵」（執筆者注、不経済の意）（一九〇一・一一・一四）などがある。「趣味」の場合では、このあとにも、いくつか例示するもの以外に、「今の社会は趣味なき社会なり」（弔花生「漫言」一九〇〇・五・一一）、「社会一般に趣味が低い」（執筆者注、斎藤緑雨の発言を紹介する文面のなかで）（後藤宙外「文壇雑俎」一九〇〇・五・三一）などがある。

＊4　十川信介『「ドラマ」・「他界」――明治二十年代の文学状況――』（筑摩書房、一九八七・一一）のうち、「不健全な文学Ⅰ」、「不健全な文学Ⅱ」を参照。なお、戸川秋骨の引用文はペンネームである早川漁郎を用いて発表されたものである。

＊5　文意の取りにくい投書であるが、以下のように「や」を補って読むべきと思われる。すなわち「己が罪」は「屡々東京の文壇に叫ばれて未だ実現し来らざる家庭小説のこの関西文壇に現はれたるものにあらず【や】、幽芳子の想と筆とを以てして空前の喝采を博しつゝ、ある事決してその偶然にあらざるを認む（沈黙文士）」と。

＊6　「□」部分は、原紙の違う複数のマイクロフィルムによって確認してみたが、いずれも文字がかすれていて読解不可能であった。

＊7　「大阪毎日」における家庭欄は、「家庭の栞」「家庭の志をり」「かていのしをり」など、ときにより表記が変化するが、内容との連動、使い分けといったものはないように見受けられる。

＊8　あきしくは、「家庭小説乳姉妹」を「大阪毎日」に連載したときの菊池幽芳の別名である。

＊9　りう子は、「大阪毎日」の女性記者、岸本柳子である。

＊10　岸本りう子の「大阪の家庭」は四回にわたって連載された（一九〇二・一・一～一・四）

＊11　蘆花の『不如帰』については、連載された新聞が「国民新聞」であるため、別に検証が必要であろうと思われる。

＊12　久米依子「少女小説――差異と規範の言説装置」（小森陽一・紅野謙介・高橋修編『メディア・表象・イデオロギー――明治三十年代の文化研究』（小沢書店、一九九七・五）。久米はこの論文のなかで、「少年世界」に掲載された少年向けの読み物として「フランクリン氏の自叙伝を読む」（一八九六〔明二九〕年掲載）があることを紹介している。既述のように、「大阪毎日」にも「フランクリンの自叙伝」についての言及が見られることから、「少年世界」よりも時期は下るものの、「大阪毎日」という新聞メディアにおいて、同じような「少年」の読み物のイメージを喧伝しようとしていることがうかがえる。

# 第四章　紙面のなかの「己が罪」

## ――大阪毎日新聞「落葉籠」欄にみる読者たち――

「家庭小説」とは「家庭に於て読まる、にふさはしきもの」、「家庭で、親子兄弟、団欒して読んでも、些とも差支へ無いやうな小説」であり、「道徳の勝利」が謳われているものというジャンル規定上の説明が昭和期初頭になされて以来、現代に至るまでこの説明が踏襲されていることは、すでに第一章において詳述した通りである。そして、こうした「家庭小説」定義の文脈において、その典型例として必ず言及されてきた作品が菊池幽芳の「己が罪」である。「己が罪」以前に書きはじめられた「金色夜叉」と「不如帰」が、「家庭小説」的であると同時に「社会小説」的であると見なされ、ジャンル上、両義的な作品と見なされているのに対し、「己が罪」のジャンル規定については疑われることがなかったと言える。

それゆえ、「己が罪」を通読したときに感じる「単純素朴な疑問」が真銅正宏によって提出されたりもする。すなわち「妻の過去（私生児出産）を知って別れた夫が、のちに悔悟し妻の過去が許されるというこの小説の結末が、果たして加藤（武雄――引用者注）の言うところの『道徳の勝利』と言えるのかどうか」「百歩譲ってもしそうだとしても、女学生の私通による懐妊から始まるこの小説の一体どこが、『家庭の団欒』において読まれるにふさわしいものなのであろうか」と。実は、こうした疑問を提出したのは真銅がはじめてではなかった。例えば、「諸君まあ全編の骨子といふ、其何物に出来てるかを見給へ、吾人は憚りなく答ふることが出来る、曰く『良家の処女が穴隙を鑽りたること』一なり、『私通の結果私生児を生みたる』二なり、『汚れたる節操を清しと詐り、良家に婚を求めたる』三なり、『其私生児の為にいかに公直なる其夫を欺瞞せんかに苦しめる』四なり、凡そ四つは世間婦女子たるものの無情の罪極であつて、その悪毒天知を納るる能はざるもの、(略)家庭的としては価値は寧ろゼロ、或は有害となるかも知れぬもの、(略)」(炭団の黒磨「三寸舌」、「文庫」一九〇一[明三四]・八)というような同時代評がすでにある。

だが、第三章でも述べたように、そもそも「己が罪」は「家庭小説」として書かれ、読まれたわけではなかった。「己が罪」が連載された「大阪毎日新聞」の紙面や、その投書欄である「落葉籠」に寄せられた「己が罪」への感想・意見を精読してみるとき、作者にも読者にも「家庭小説」としての認識はあまりなかったように思われる。真銅は「作品と読者との往還」について明らかにする必要性を指摘する[*6]のみでその具体的な分析を行ってはいないし、その後、この点についての研究はいまだ行われてはいない。[*7]しかし、「落葉籠」の分析を通して「己が罪」を読むとき、実は新聞連載時と単行本とでは本文が大きく違っていることに気づかされる。このことは、作者の言葉が新聞というメディアを介して「家庭」のなかの読者たちの下に届き、さらにこの読者たちの声が作者の下へとフィードバックされるというインタラクティブな回路――真銅の言う「作品と読者との往還」の回路――が確かに形成されていたことを意味する。

本章では、単行本刊行時に行われた多くの改稿を、「落葉籠」に寄せられた読者の声と照合しながら検討し、後年「家庭小説」の典型として語られるこの小説が当初はいかなる読者に向けて書かれていたのか、そして読者の側がどのような反応を見せていたのか、という位相について確認しながら、ジャンルとしての「家庭小説」が定着をみる前の原初の光景を炙り出してみたい。そうした作業を通じて、文学史のなかで「家庭小説」が語られる際に切り捨てられていったリアルな読者たちの姿とその声が、そして、こうした読者たちの存在を強く意識しながら作品を紡ぎ出していた作家の存在が、浮き彫りとなるだろう。

## 1　教育される読者たち

今日通用している「己が罪」の本文は、いずれも前・中・後編の三部構成となっているが、これは初版本（前編は一九〇〇〔明三三〕年八月、中編は翌年一月、後編は同年七月にそれぞれ春陽堂より刊行）以来の構成である。しかし、「大阪毎日」連載時の本文は前・後編の二部構成であった（前編は一八九九〔明三二〕年八月一七日～一〇月二一日、後編は一九〇〇年一月一日～五月二〇日）。それゆえ、単行本化に際しては、新聞連載時に連続した流れのなかにあった話を途中で（ちょうど一九〇〇年三月一三日と一四日との間で）切り分けるために、単行本後編の冒頭に「子爵桜戸隆弘が夫人環と、児の正弘とを房州の海岸に伴ふべき事は、全く定まりて、日取さへ取極められぬ」という、連載時にはない文言を加筆する必要が生じることにもなった。このような成立事情を踏まえるとき、後編の連載開始に先立って、一月一日から三日間、上・中・下にわたって掲載された「前編大意」（単行本では中編冒頭に収録された）のさらに劈頭に見られる次のような但し書きは注目に値する。

著者曰く、前編と後編とは事実上の連絡至つて少なければ、前編を見ずに後編を見るも、別に不明の憂なかるべきも、なほ新年より非常にその数を増したる新たなる読者のために前編の大意を記述する事の、著者のためには非常なる利益なるあり、加之前編を読れたる諸君にも尚十分に前編の大意を了解せられん事を望むが故に、後編を掲ぐるに先つて、茲に前編の梗概を紹介する事とせり（「前編大意（上）」）

これによれば、連載時の「己が罪」前編と後編とは、新聞読者への配慮の下、全く違う独立した物語として読まれる可能性を前提として書かれたものということになる。では、「己が罪」前編は連載時には、どのように読まれたのであろうか。

「大阪毎日」の投書欄「落葉籠」は一八九九〔明三二〕年一月一七日から、それまでの「芸園落葉籠」が改題されて設けられた欄であるが、「己が罪」の連載開始当初、この投書欄は紙面から消えていた。これが再開されるのは、同年九月二六日のことであり、以後「己が罪」の連載と並行して断続的に掲載されていくようになる。再開初日に掲載された投書には、「己が罪」前編について次のように受けとめているものが紹介されている。

（略）題目『己が罪』とは環が不義の契を罪として薄命の婦人に終らしむる著者の心なるか、将た虔三をして自己の罪悪のためにその当然の結果を受けしむるの意乎、著者の深意素より窺う可からざれども（略）（門司小森江町愛読者総代城山某）

この日は「己が罪」前編第四一回、環と虔三とお嶋[*8]の修羅場を過ぎた部分が掲載された日であり、この時点での率直な感想として、「己が罪」とは環の罪なのか虔三の罪なのか、両方の可能性の下に読み進める読者の存在がうかがえる。また九月二九日には次のような投書も掲載されている。

（略）蓋し意志の薄弱にして節操の堅固ならざる少女（京阪地方に殊に多き）を戒飭するに於て此女主人公を逆境に処らしむるは、日頃家庭教育熱心[*9]との聞えある著者が微意ならんと信ず（夾衣楼主人）

貴紙小説『己が罪』は淫奔娘《いたづらむすめ》のよき鑑と存候（略）全体東京辺りへ大事の娘を他人に任して学問などさせるは大なる間違の原かと心得申候、父母たるもの丶必ず心得可き事と存候（堺冷血生）

これらの投書からは、「少女」「娘」と「父母」との関係の下に、ある種の教育効果が期待されていたことがうかがえる。

これと対照的なのが、次のような、懺悔・悔悟を表明する男性からの投書や、教育効果を読み取る投書の存在である。

僕は幽芳氏の『己が罪』を読みて諸君の前に懺悔をなさんと欲するものなり（略）余は実に塚口虔三と同一の所業をなしたるものなり、而も可憐の少女がその節操を弄ばれたるために如何なる苦悩をなしたるやの点には嘗て考へ及ばざりしが、今や『己が罪』に依つて（略）余が既往の罪悪を悟り、今より誓つて改心する事を断言せんとするものなり（wooman《ママ》 seducer）（一〇・一一）[*10]

予は当地某私立医学校の生徒なり（略）余は或処女に対し不徳義の行為ありたるが故、余の心は一層刺激せられ（略）今は鉄面を被りて諸君の前に懺悔し世上の若き娘を持てる父母に注意を促さんとするものなり、由来大阪の父母は児女の躾を等閑にするもの多ければ幽芳子の小説は実にカンフルの注射に優るの興奮剤といふ可く世道人心を稗益する事頗る大なり（略）（平野生拝）（一〇・一二）

（略）寧ろその罪は男子にあつて存するにあらずや（略）（岡山生）（一〇・五）

小説『己が罪』程関西の社会に好個の教育を与へたるものはあらじ、一篇の小説如何に関西の子女に感化を与へたる事の大なりしよ（略）（白眼居士）（一〇・一七）

「己が罪」が男性に向けてある種の教育効果が実際にあったことを示すと同時に、ここでも「児女」と「父母」との関係の下に読まれていることに気づかされる。すなわち、男女両性の「子女」への教育効果が読み取られていたのである。

一方、「己が罪」後編は、物語の軸が環と隆弘の関係性へとシフトし、全体に「愛」についての言説が散見されるようになる点から言って、親子関係における教育効果ではなく、夫婦関係ないし家庭における感化・啓蒙の効果があるものとして読まれていたことが、のちに詳しく検証するように、「落葉籠」に掲載された投書から裏づけられる。「己が罪」は前編と後編の間で明らかに断層を生じていると言わざるを得ないのである。

## 2 「平易の文章」という戦略

「己が罪」前編の連載終了から後編の連載開始までの間、幽芳は「東京所見（文壇及び社会上の瞥見）」（全一七回）と題する評論を一一月二五日から一二月二九日にかけて断続的に連載し、そのなかで、「文章を平易ならしめ且普通の読者に解し得るものならしめ」（「東京所見（十）」一二・一一）るべきであり、「小説は（略）広く読まれんとするには是非とも平易の文章を要す（略）」（「東京所見（十一）」一二・一二）と主張した。幽芳のこの「普通の読者」に対する「平易の文章」の提唱は、原敬を中心に発行部数の増大を目指して様々な戦略を打ち出していたこの時期の「大阪毎日」の動きと軌を一にするものである。

「大阪毎日」の一日当たりの平均発行部数は、一八八八〔明治二一〕年では約四三六〇部[*11]であり、そのほぼ七倍の約三〇〇〇〇部の発行部数を誇る「大阪朝日新聞」との開きは歴然としていた。だが、一〇年後の一八九八〔明治三一〕年には、「大阪毎日」の一日の平均発行部数が約八三八二〇部、「大阪朝日」のそれは約一〇一一二〇部となり、「大阪毎日」は「大阪朝日」に迫る勢いとなっていた。このような時期、一八九七〔明三〇〕年に原敬（のちに社長に就任）が編集総理として「大阪毎日」に入社した。「大阪毎日」は発行部数のさらなる拡大を図り、日本初の海外通信員を常設し、東京―大阪間の長距離電話開通に伴い、電話専門の速記者を置き、ニュースの速報性を高めることに腐心、同時に難解な文体や用字を改めるべく、社説欄にて「教育方針と漢字減少」（一八九九・九・二～七）「漢字減少論」（一九〇〇・一・二～一〇）「漢字減少論補遺」（同・二・五～七）「振り仮名改革論」（同・四・一〇～一三）等を掲載し（これらは全て「己が罪」連載中に掲載）、漢字制限や口語体の使用を推進し、一八九九〔明三二〕年一月から後藤宙外を主任とする文芸欄を設置するなどして、読みやすさを第一に掲げる施策を展開した。こうして発行部数が拡大し、読者数も増大したということは、それだけ読者層も低下したことを意味しており、「平易の文章」の提唱は、発行部数が増える一方の新聞社にとって必然であったということができるだろう。幽芳はこの増大した読者全体を「普通の読者」と呼んだのである。

そして、幽芳は、このような「大阪毎日」の戦略と呼応する働きを示している。同じ水戸出身の渡辺台水の引き立てにより「大阪毎日」に入社した幽芳は、のちにこの台水から「どうも大阪といふ処は文学趣味の非常に幼稚な処で（略）この趣味を導びくためには西洋小説の飜訳ものでも載せて、兎も角西洋の趣味を注入してやるのがよからう」（菊池幽芳「雑録「己が罪」について」、「小天地」一九〇一・二・二七）とアドバイスされたことを回想している。すでに第三章でも述べたように、幽芳はこの忠告に従い、「大阪毎日」の社説欄に「健全なる文学」（一八九九・九・一四）を載せ、そのなかで「常識に富む文学」の「健全」さの必要性を説き、「健全の思想と常識に富める」「英国紳士」の有する「健全なる英文学趣味を注入するに勉めよ」と主張するとともに、この英文学趣味注入のために英文学士である幽芳の実弟の戸澤正保（藐姑射山人）を「大阪毎日」の客員として招き、文学欄に「英文学史談」を連載させた（幽芳生「啓上」同・九・二二）。そうして、「己が罪」前編の連載を経て、先の「東京所見」での「平易の文章」の主張に至るのである。「大阪毎日」では、社説欄、文学欄、小説欄によって「平易の文章」をアピールし、部数拡大を図っている最中であったと言えるだろう。

「己が罪」は、しかし、その「平易の文章」ゆえに批評家たちからマイナスの評価を受けてしまう。同時代評では、佳作としながらも同時に、「其文章、会話、結構の点に於て、慊らざる所あり」（高須梅渓「文界小観」、「関西文学」一九〇〇・一〇）、「文章の技倆に到ては、まだ幼稚なり、噛みこなれぬ文字多し」（奥村恒「撃筑狂語」、「関西文学」同・一二）、「記述方法の平板を極めたると、事象の因果的関係をして合理的ならしめむと勉めたるとは、毫も上編と異ならず」（「批評　己が罪　中編」、「帝国文学」一九〇一・二）などというように、文章の「技倆」の幼稚さ、平板さを指摘する批評が相継ぐ[*12]。

これらに対する幽芳の応答とも言えるような文章が先の連載評論「東京所見」に見られる。幽芳は、「批評界と読書社会とが併行の進路を取らずして（略）批評界の方が実際の読書社会に何の反響をも与へざりし場合さへ多」く（「東京所見（一）」一一・二五）、文士と批評家とが度外視している間に「読書界は却つて着ゝとしてヨリ大なる進歩をなしつつあ」り（「東京所見（二）」一一・二六）、「大阪毎日」の「読者の進歩は時勢の促す処預《ママ》つてまた多きに居らん」（「東京所見（三）」一一・二七）と言う。ここには、文壇における批評言説と、幽芳が実際に向き合っている新聞読者とは違っていること、批評言説よりも実際の読者の声に耳を傾けるべきことに自覚的な、新聞人としての幽芳の立ち位置がうかがえる。これは同時に、「己が罪」前編の連載を終えて、読者からの投書によってその反響の大きさを感じ取った幽芳の率直な実感の表明でもあっただろう。

幽芳はまた次のようにも述べている。

小説は到底その目的多数の読者を相手とするものなり。こゝに於てか即ち俗受の必要起る。（略）俗受には自ら二様の意味あり。一は趣味の劣等なる下等の階級にのみ歓迎さるゝなり。一は全般の階級を通じて愛読さるゝなり。若し世人の所謂俗受なるものが第一の場合ならんには、俗受の最も卑しむべき事いふ迄もなし。然れども生の称する俗受なるものは、上下の階級を通じて愛読せらるゝの謂なり。俗受は読んで字の如く、世俗の人に受るなり。一般普遍の人士に受るなり。語を換ふれば高きにも低きにも満遍なく愛読さるゝなり。（略）この目的を達するがためにこそ、実に平易の文章と解し易き事とを要するなり。（「東京所見（十一）」前掲）

一部の狭い「批評界」ではなく、「全般の階級」「上下の階級」すなわち「一般普遍の人士」（＝「普通の読者」）という広い「読書界」に対して、換言すれば、増大した購読者に対して、「平易の文章」によって発信していくこと、これが幽芳の目指した新聞の、また新聞小説の、あり方であった。

## 3　作者と読者の対話

既述のように、「批評界」におけるマイナス評価に比して、「落葉籠」における読者の反応は、女学生の私通による懐妊と私生児出産というおよそ道徳的でもなく家庭の読み物としてもふさわしからぬ道具立てであるにもかかわらず（というよりも、であるからこそ、と言うべきか）、「己が罪」をある種の教育効果を持つ物語として歓迎するものであった。
「落葉籠」には、ほかにも単に感動したことを告げる投書や、環を不幸にしないでほしいという投書も散見されるのだが、ここで注目したいのは、描写に関する不自然さを指摘し、不満の声を上げる読者と、それにすぐさま応対する幽芳とのやりとりである。例えば、先にも言及した環・虔三・お嶋の修羅場の場面に対して「（略）全体に於て環とお嶋と明らかに性格の相違を認め得れども、仔細に看察すれば処女に似気なき情の世故に馴れたるが如き傾きあるは、宛ら二人同体の如き心地す（略）（在京都某）」（九・二九）という投書があると、そのすぐあとに続けて「拙著己が罪に対する様ゝの御批評難有奉存候、さるが中に京都の木村某氏より細評を寄せられたるは大に著者の参考と相成り感謝仕り候、尚此上ともに御叱責の程奉待候（幽芳生）」という幽芳からの返事が掲載されるといった具合である。幽芳の言う「京都の木村某氏」とその前の投書の署名「在京都某」とが同一人物であるのかどうかは判別しがたいが、ともかくも当該箇所を新聞連載と単行本とによって比較してみるとき気づかされるのは、そこに読者の指摘を受けたとおぼしき次のような改変が施されていることである。例えば、前編第三九回（九・二四）の連載時におけるお嶋の言葉のうち、次に挙げる箇所においては、傍線部分が単行本では削除されている。

お互にもう許し合つてる交情《なか》なんですから、いつでも婚礼を致せば公然（と力を入れて）夫婦になれるので御座いますよ、欺されて女房気取か何かで居らつしやるお方こそほんとにお笑止様で…申し貴嬢、くやしいと思召すんですか

両親が不同意でも公然妻の披露をなさるツて、おほ、そンな勝手な事は憚りながら、この嶋がついて居りますから致させはいたしませんで御座いますよ、そのやうな馬鹿げた念をお押なさるよりは、今の中従順に子供

の養育費でも手切代りにお取遊ばして、田舎へ引ツ込んでお産でもなさるのが、貴女の御身分相応で御座いますよ、失礼ですけれど、養育費の処は妾も口を利いてあげませう。

また、次の第四〇回（九・二五）でも同様に、次に挙げる箇所で傍線部分が単行本では削除されている。

『（略）妾がつれて帰ります、ハイ不用心な処へ置いては帰れません、いけづう〳〵しい…』。今は極りのつかずとも二人差向ひになれる時こそ、この問題を決するの余地はあれと、お嶋は心に期せるなれば、自分の是非とも男を伴ひ帰らんとせるとともに、環の方に残し置くを一方ならず危険と思へるなり、環はお嶋の言葉に色を作して『おや、どちらがで御座います、こゝは手前の宅で御座いますから、貴嬢はどうぞ早くお帰り下さいまし』。『ハイ帰りますとも、コンな家に居れといつたツて居りはいたしません、さア虔さん、帰らうぢや有ませんか、おもしろくもない』。と男の手を取れば、虔三は頻りに眼に知らして『嶋さん、先へ帰つておくれといふに、少し用があるんだから、一足先へ』。『いやで御座いますよ、お帰りなさる迄は動きません』。『貴嬢乱暴な事を仰しやるぢや御座いませんか』。『大きにお世話様で御座います、貴女の知つた事では御座いません』。お嶋は是非とも虔三と連立ち帰りて、環に見せつけずんば止まじとせるなり。

この箇所では、お嶋の「蓮葉」な性格が少し抑制され、環の性格は後編での性格に合うものとなっている。このような改変の契機は明らかに読者による投書にあったと言うべきであろう。

ほかにも、「環さんのお父さんが尋ねて来たが見れば縞の羽織だ、苟も娘の生命の親の処へ初めて行くのに縞の羽織とは、流石は大阪地方の人だと作者の用意に驚いた（須磨ＭＲ生）」（一〇・一七）という投書に対し、前編第五九回（一〇・一四）において「藍鼠萬筋縞絽の羽織を着流しつゝ」とある部分が単行本では「黒絽三紋の羽織」となっているのは、同様の事例と言える。「親友幽芳君足下、僕が夫人の不始末以来、無妻にて終らんと決心を固めたる事は君の熟知せらるゝ処にして叔母が一場の説法位に決心を飜へすものにあらず、然るに僕を以て斯くの如く感情の動き易き男子とせられたるは甚だ遺憾とする処なり、今後僕の性行を記さんとせらるゝには大に御注意あつて然るべし（天下茶屋にて桜戸隆弘）」（一・三〇）という揶揄めいた投書に対してさえ幽芳は敏感に反応し、隆弘がその日のうちに無妻主義を撤回する連載時の設定（後編第一一回、一・一四）を改め、単行本では三日かかって綾子が説得するというように改変している。

新聞連載時には本文末尾に読者へのメッセージが付されている例もある。例えば、後編第六〇回（三・四）の本文末尾には次のような付記がある。

著者　申す、前々回に腸窒扶斯患者の血液中に細菌を認むるやう記載せしは、著者が医学に通ぜざるの過誤にして腸の内容物にこそ細菌を認むれ、血液中には細菌を含まざるものなり、只ウヰザルト試験法を用ゐて患者の血液を試験するは、之に窒扶斯菌を加へ、その反応を試験し、果して窒扶斯なるや否やを検定するものなるが故に、こゝにその誤りを正し、殊に著者のために注意を与へられたる磯部某氏及び天王寺伝染病研究所松田氏の厚意を謝するものなり

これに対して、新聞連載時の「血液中の窒扶斯細菌の有無を試験します」「窒扶斯菌が血液中になければ」といった文言は、単行本ではそれぞれ「血液の反応を試験します」「窒扶斯でなければ」といった具合に改変されている。このような連載中におけるきめ細やかな訂正コメントは、読者への教育効果を考えてのことであると思われ

る。このことは、次節において述べる「家庭」を啓蒙する言説の頻出と連動していることだろう。

これらの改変には、前編、後編ともに一貫して、読者からの意見・感想に対して丁寧に応答する幽芳の姿を見ることができる。[*13] こうした投書や手紙を受けての本文の改変は、ほかにも多々ある。投書と関係のない部分についても、てにをはレベルの調整から大きな加筆訂正に至るまで随所に改変が施されており、単行本は連載時とはかなり異なる本文という趣である。

## 4 「家庭」を啓蒙する物語

にわかに「暖かなる家庭」「幸福なる家庭」という語が頻出しはじめ、「家庭」に関する啓蒙的色合いが濃厚になっていくという後編の特徴もまた、連載時本文において、より顕著なものであった。例えば、後編第三一回(二・三)での婚礼後の環と隆弘の会話の場面で「妾は身を粉にしてもお傍仕へいたします、妾の心は貴君に…お気に召されるようにと、祈りますほか何の望みも御座いません」という単行本での環の発言は、連載時には傍線部分が「愛して頂くより外に」となっていた。連載時での環の発言はより積極的な語りかけであり、「愛」がより強調された文言であったのに対し、単行本ではより控え目な言い回しに改変され、貞淑な環のイメージを打ち出す方向へと調整されている。また、後編第三九回(二・一二)で環に妊婦の心得を述べる綾子の「母親の精神はすぐ胎児に感ずると云いますから」、「窮屈にして居ると、ひどく胎児の発育を害すると申しますから」という言葉の語尾が、連載時ではどちらも「ものですから」となっており、単行本で伝聞体となっている箇所が連載時には断定的口調であったことが分かる。同様の改変は、後編第四〇回(二・一二)で隆弘に「神聖の愛情」を説く綾子の言葉の語尾にも、後編第四一回(二・一三)で環に胎教について教え諭す隆弘の言葉の語尾にも見られる。いずれも一方の人物から他の人物へ教え諭す場面での断定的口調であるが、これは、それぞれ、妊婦の心得（綾子→環）、神聖の愛情（綾子→隆弘）、胎教（隆弘→環）について啓蒙的に語る言説の、その啓蒙性を後押しする要素となっている。ほかにも第一〇（一・一三）～一一回（一・一四）での、無妻主義を固持する隆弘に対して綾子が説く「家庭」や、第三五回（二・七）での環に対して隆弘が説く女子の地位向上などがあり、「家庭」を啓蒙する言説が散見される。

紙面に目を向けるなら、これらの言説が「己が罪」に記されたまさに同じ時期に、家庭欄「家庭の栞」では、「健康の意味」（二・九）や「小児教育（乳の事）」（二・二六）（幽芳の別名である「あきしく」の署名での連載記事）が掲載されていたことに気づかされる。つまり「己が罪」のなかの言説はその外側にある家庭欄の言説と連動して、読者の啓蒙を果たしているとも言えるのである。また、一八九九〔明三二〕年一二月一六日の社説欄では女子の体育の必要性を説く「日本女子の不健全」という記事が掲載されており、ここでは、少女時代に不健全である場合、母や妻となったときに「貧血、神経衰弱、憂鬱病《ヒステリー》、消化不良」等の現象に見舞われ、これらは社会にも悪影響をおよぼし、「生産力の減少」や「体質不良の児子を生産」したり、「意志の薄弱を来し、善悪に対する制裁力を減」じ、子どもの悪に対しても「等閑に附する」などのことが起こると論じられている。これは後編第四八回（二・二〇）での環についての「健全なる婦人とは見えずなれるなり」という文言や、この翌日の回における「健全なる身と健全なる心と相待ちて、天晴完全なる感化を小児の上に与へたりしならんを（略）その身の健康ならぬにつけて自から小児の上に加へんとする制裁力の鈍りゆき」などといった文言と見事に一致する。読者は社説における危機意識の扇情と健全さへの志向を、環の人物造形を通してよりリアルに感じ取り、より増幅させることになっただろう。

「己が罪」と紙面のなかの他の言説とが響き合いながら発信されるこうした啓蒙的言説は、前編に対する読者の反響の多くが教育効果に期待するものであったことを一つのきっかけとしているに違いない。後編でのこれらの啓蒙的言説に対する「落葉籠」での反応を見てみると、例えば、先の胎教言説に対しては、「胎内教育と遺伝の事まことに噛んでくゝめるやうに御説明下され妾の如きものも大いに利益を得申候へども（略）（船場妊娠女）」（二・一五）という声が寄せられ、虔三の腸チフスの血清療法についても、「幽芳君足下、我医界のため腸窒扶斯に対し血清療法の存ぜることを記して世に紹介せられたるは生の深く日進医学のために謝する処なり（略）（孔憂生）」（三・四）という感謝の声が寄せられる。「現今の小説中、己が罪程、杏林に深入りせしものなし（略）（京都天香）」（三・七）という投書からもうかがえるように、「己が罪」後編の医学的言説の多さには読者が敏感に反応している。「己が罪」の様々な医学的言説が、あたかも「家庭の医学」のような趣でもって受容されていたと言っていいのではないか。

また、すでに第三章でも言及したように、「落葉籠」末尾にまとめて収載される「己が罪」に関する投書とは離れた箇所で、「恋愛論」が盛んとなり、「恋愛論」と言えば「己が罪」というような連想が読者の間で働いていたことがうかがわれる。「己が罪」を通して、「愛」「恋」「ラブ」や「家庭」「夫婦」といったものの具体的イメージを形成していく読者の姿を確認することができる。

こうした「家庭」を啓蒙する言説の突出に伴い、後編では、前編で読み取られていた親子関係の下における男女両性の子どもたちへの教育効果とは別の評価軸が浮上してくることが、投書の内容からうかがわれる。

己が罪一編は真に最良の家庭教育書なり（ソクラテス）（二・一五）

幽芳様の己が罪まことに無教育なる妾共まで美くしき光明を得たる思ひいたし候、一般婦人になりかはり厚く御礼申上候（京都富女）（同）

小説己が罪が世道人心を裨益する事極めて大なる事を思ふに、淑女令嬢の必ず一読せざるべからざるものならんと信ず（略）（但馬松濤生）（同）

己が罪が世上の婦女子に好訓戒を与へたる事は素よりいふ迄もなき事にして（略）（熱血生）（三・四）

生は衛生思想に極めて幼稚なるわが国の家庭に益する事の極めて大なるを認め、幽芳君に感謝の意を表する（略）（京都天香）（三・七）

己が罪は婦徳を高めしむる最良の小説なるに（略）（松山生）（四・八）

幽芳君の描かれた環を見るのに（略）実に婦人の模範として少しも恥るところがない（略）（デミゴッド）（四・二九）

これらの一連の投書からうかがえるのは、男女両性ではなく、女性への教育効果ないし家庭への利益という評価軸にほかならない。

要するに、読者は、「己が罪」後編を紙面のなかの他の言説とも連続したものとして読みながら、医学的情報を与えられ、「家庭」や「夫婦」「愛」などのイメージを形成するべく、啓蒙されていったのである。

## 5　「読書界」への着地

前編での教育効果を期待する読者の声に促されるように、後編では「家庭」についての啓蒙性を濃厚にすると同時に、破局の予兆もまた際立ってくる。そもそも新聞連載時には、前編から不吉な予感を醸す要素があり、例えば、虔三の母がお嶋を虔三に託す場面の描かれた前編第一三回（八・二九）の本文末尾における「あはれこの書生に妙齢の少女を託して安心せる親心こそ浅墓なりけれ」という一文などは、単行本では削除されることになる。全体のストーリーからしてみれば、虔三がお嶋を欺くことはないため、不必要なものだったと言えるが、連載時においては、お嶋が欺かれる物語の可能性をも示唆していたと言える。また、虔三が正弘の治療のために再登場し、環と再会する場面の描かれた後編第六〇回（三・四）の、「どうかして最一度環を妻にしたいものである、子爵に与へて置くのは、実に惜むべき限りだ、その上環には是非とも糺さなければならぬ事がある、自分がこゝを立去る迄には、子爵夫人と自分との間に、何か事件が生ぜずには済むまい、心にかゝつた十年以前の妻に、処もあらうにこの箱根で測《ママ》らず再会するとは（略）」という部分で、連載時には虔三と環の間に「何か事件」が起こる可能性を示唆する傍線部分が、単行本では削除されている。どちらも読者に、何か不吉な予感を起こさせるような文言であり、このあと、どうなるのかという今後の展開に対する期待感を煽る効果があったのではないだろうか。

改変されてはいないが、同様の不吉な予感を醸す箇所はほかにもある。例えば、後編第四回（一・七）で伝蔵が環に縁談を勧めるに際して、「私《わし》が腹を切ればお前の仕合せになると云へば今直ぐに腹を切つても見せる」、「きつと私が引受た、切腹してゞも私が弁解《いいわけ》はして、無事に収めて見せる」というように、伝蔵切腹の予感を仄めかす文言の反復があり、後編第一七回（一・二〇）で子爵からの結婚の申し込みを伝蔵が環に承服させようとする場面でも「どうで生先の短い身体、屑《いさぎ》よう皺腹かッ割いてお詫をした上」というように同様の文言が見られる。また、後編第三八回（二・一〇）で懐妊した環が「父の死せりと語れるわが子が、善く怨めしき人に似たる十許りの、愛らしき、愛らしき幼児となりて、矢庭に尋ね来り、母子の名乗をしてよと、せがまるゝに、得堪えずひしと抱き寄すれば、いづこよりか怨めしき人の窺ひよりて、その子を奪ひ去り、再び妻になれよと迫りて、聞ねば子爵に告んとおびやかさるゝに、ハッと度を失へる時、夢破れて」と夢を見たり、後編第五四回（二・二六）で伝蔵が「私は昨夜《ゆんべ》の、お前と坊《ぼん》が遠いところへ行て仕舞ふよつて、すぐに京へ行て逢ふて来ねば、また逢ふことが出来ないやうになると、烏のやうな鳥が、私に云ふて聞してる夢を見たのぢや」と環に語った夢も、結局、この通りの展開がやってくるため、不吉な予感というよりもむしろ、いわば「予告」とも言っていい機能を果たしていると言える。連載時の読者が味わっていたのは、不吉な予感や、不吉な物語展開の予告によってもたらされるサスペンスであっただろう。

　サスペンスを感受し、この先に待ち受けるカタストロフの予感を掻き立てられた読者は、例えば、「幽芳君よ、希くは今後虔三を出さずして長く秘密を暗中に葬むらしめよ（略）（北陸己が罪愛読者委員南越秋派）」（二・九）と願い、「子爵桜戸隆弘君に告ぐ、君にしていよ〳〵環を離縁するが如き場合あらば、君に決闘を申込むもの確かに十人以上あることを記憶せられよ（ヂユエラー）」（二・二四）といった具合に熱くならざるを得なかった。あるいは、一方では、「幽芳様にお願申候、どうぞ〳〵環さんを殺さぬやう（略）（舞鶴にて汐印）」（三・四）にと祈り、他方では、環が虔三と再会し脅迫されるにおよび「己が罪の環夫人に勧告す、屑よく良人に懺悔して自殺せられよ（岡山コフ生）」（三・一二）、「環さまに良人の子爵様に宛たる書置なされ候後、もの、美事に自害遊ばされ候やう、涙を呑みてお勧め申上ら〳〵（同情女）」（同）など、環の自殺を期待し、「（略）嗚呼己が罪の結末、果して如何、只幽芳先生の手腕に待つのみ（伯耆弓が濱某）」（三・二〇）という具合に結末についてて[*14]気を揉むばかりであった。

後編も終わりに近づいてくると、さらに、その回ごとの悲愴さによって泣かされてしまう読者の姿が現れてくる。例えば「（略）鉄心石腸の男子も腸を断る丶の思す（略）（城南環同情生）」（二・二七）と語り、「環さんの述懐中『正さん、お前はなんでこンな病気になつておくれだねえ』に至りまして千万無量の涙にくれました（東京Y、K）」（三・七）、「僕は涙嫌ひの軍人であるが己が罪第五十九回に至つて覚えず新聞を抛ち嗚咽啼泣した（金城武士）」（同）、「私は玉太郎と正弘が水鏡に顔を写す記事を見てひた泣きに泣きました（感泣生当年三十九歳の男子）」（三・二五）などといった具合である。三月二五日はほかにも数通の投書があり、いずれもこの種の投書である。[*15]

破局の予感を掻き立てるとともに、結末に至るほどに悲愴な要素を多く盛り込むことによって、その都度、読者の涙を誘っていく。日ごとの新聞紙面に一喜一憂し、読み捨てていくこうした読者の存在を前提にしたとき、単行本に基づいた金子明雄の、「懺悔」が「先送りされる」物語展開により「環の陥っていく不幸な境遇はあらかじめ予見可能」[*16]という指摘は簡単には成立しないように思われる。連載終了後、「己が罪」が何度も舞台化された際には、脚本によっては最後のハッピーエンド部分を割愛して、環と隆弘とが物別れに終わる悲しい物語に仕立てた公演もあり、昭和に編纂された『大悲劇名作全集』全八巻（中央公論社、一九三四～一九三五）にも「己が罪」は収録されている。「己が罪」は、単行本の大団円においてではなく、連載や舞台での「悲劇」性を駆り立てる細部の仕掛けそのものにおいて受容されていたと言えるだろう。

環の置かれた境遇、玉太郎と正弘の最期、環と二人の子どもとの邂逅といった読者が涙する悲愴な場面の数々は、いずれもこうなってはならないという教訓的メッセージを含みながら、読者は啓蒙的言説を従順に聴き取り、読み取っていったのではないか。「己が罪」の物語が帯びる悲愴さは啓蒙の一つのツールとして機能していたのであり、その啓蒙性は、発行部数拡大を狙う新聞にとって、読者の関心を惹きつけるという点で有効な戦略であったと言えよう。

## 6 まとめ

以上のように、「己が罪」はとりわけ後編において、「家庭」「夫婦」「愛情」などのイメージを啓蒙的に発信するとともに、サスペンスや悲愴さを効果的に盛り込むことによって、読者からの手応えある反応を得ることとなった。「落葉籠」という投書欄は、「己が罪」連載時の読者の受容のあり方を示す宝庫である。連載時と単行本との本文異同の跡は、この「落葉籠」に寄せられた読者の声を幽芳がいかに聞き取り、応接したかを示すものであり、ここに、作者と読者のインタラクティブな交流の具体相を確認することができるだろう。そしてまた、「落葉籠」からうかがえる前編と後編との主題のズレは、「己が罪」が「家庭小説」として書かれたのでも、読まれたのでもないことを示していると言える。後編における「家庭」についての啓蒙的言説は、一見、この小説が、いわゆる「家庭小説」として書かれ、かつ読まれたことの証左であるかのように見えるかもしれない。しかし、その後編が連載されている最中、「己が罪」はその連載紙において「一方には読者に向つて情的趣味を与へつゝあると共に、また他方においては多量の知的教化を与へつゝあることにつきて、優に成功を擢取しつゝあることを断言するものなり、否宙外氏が言はれたる『教育小説』なるもの、実例が、確かにわが幽芳氏の作物によりて、その大部を示されつゝあることを喜ぶものなり」というように「教育小説」として捉え返され、賛辞を送られていた（晴嵐「時文小観（二）」一九〇〇［明三三］・三・一三）。そして、単行本『己が罪』前編が刊行される際の広告では、「前編、小説己が罪、近刊」と左上に大きな字でコピーが付され、紹介文には「人間心裏の一大惨事を描けるもの」「世上の子女を訓誨するに周到なる当世の女大学を以て目するに至れり」（「新小説」一九〇〇・五・二五）というように、「心裏」を描いた「女大学」と宣伝されている。つまり、『己が罪』は前編の刊行時点では、時代遅れとも言うべき「女大学」というタームによって宣伝され売られていたということになる。[*17]

では、いつからどのようにして「己が罪」は「家庭小説」というカテゴリーへと包摂されていったのだろうか。おそらくは、関肇[*18]が「金色夜叉」のメディア・ミックスの有り様を分析してみせたように、新派悲劇の当たり年である一九〇五［明治三八］年以降、世俗化と固定化を推し進めた演劇や「家庭新詩」なる角書きを持つ新体詩、絵画、映画、絵はがきへの数多くの「翻訳」、あるいは未完の物語の結末の書き継ぎや物語の空白の補充、筋立てや趣向を模倣した借用作品といった原作の人気に便乗した書物の出版などが陸続と現れる頃に、今日、「家庭小説」として括られているその他の小説ともども、「己が罪」もまた、「家庭小説」と見なされるようになったのではないか。

だが、「己が罪」が「家庭小説」と見なされるようになっていくとき、本章で確認してきたことを踏まえるなら、例えば、前編の持つ男性読者への教育効果や、虔三という人物の持つ軽薄さ、伝蔵と環の父子関係、少女としての環など、様々な読解の可能性に開かれているはずのテクストの諸要素が削ぎ落とされ、後編における「家庭」についての啓蒙的言説の内容のみがクローズアップされ、「家庭小説」という呼称と結びついていった、と言うことができそうである。こうした、新聞連載時における読まれ方がのちに違った読まれ方（すなわち「家庭小説」という読まれ方）へと変転していく経緯を明らかにすることは、「己が罪」＝「家庭小説」という、今日、自明視されている文学史上の認識を見直すことにつながるだろうし、文学史叙述そのものが一〇年、二〇年という短いスパンのなかで起こる「回顧的な視線《レトロスペクティブ》[*19]」によって構築されていくものであることを再確認する契機となるだろう。金子明雄は、通俗小説と芸術小説を分岐するために、すなわち「「家庭小説」という領域を排除し、忘却することが、芸術としての文学の歴史的な同一性を支え」るために、「「家庭小説」を捉える視線には常に時間的な遠近法がしかけられてい」ると説明するが、本章においては金子の指摘を踏まえつつも、「家庭小説」というジャンルの「排除」「忘却」という事態以前に、「家庭小説」というジャンルの生成という事態においても作用していることを問題にしている。

本章で確認してきたことは、小説内の言説が紙面の他の言説と連動しながら読者の下へと届き、それに対し読者が投書という形で反応していくというインタラクティブな回路の存在にほかならない。増大した新聞購読者に対して「平易の文章」によって発信していくことを目指して連載された「己が罪」は、「批評界」ではネガティブに受けとめられながらも、その目指すところの読者に確かに届き、成功を収めた小説だったのである。ここで言う読者は、第二章において確認したように、「帝国文学」が「くれの廿八日」によってそのイメージを唱道しようとした芸術としての「家庭小説」が対象とする読者とは違っている。そして、それはまた後年、文学史のなかでも切り捨てられ、顧みられてこなかった読者でもある。文壇や文学史において顧みられることのなかった新聞紙面における読者たちの生き生きとした息づかいが「落葉籠」には充溢している。

## 注

＊1　加藤武雄「家庭小説研究」（『日本文学講座 大衆文学篇』第一四巻、改造社、一九三三・一一）
＊2　滝藤満義「社会小説」、「家庭小説」（三好行雄編『近代文学史必携』一九八七・六）等
＊3　加藤武雄「家庭小説研究」（注1参照）、瀬沼茂樹「家庭小説の展開」（『文学』一九五七・一二、のちに『明治文学全集93 明治家庭小説集』筑摩書房、一九六九・六、所収）等
＊4　滝藤満義「社会小説」、「家庭小説」（注2参照）
＊5　真銅正宏『ベストセラーのゆくえ――明治大正の流行小説』（翰林書房、二〇〇〇・二）
＊6　真銅正宏『ベストセラーのゆくえ――明治大正の流行小説』（注5参照）
＊7　「己が罪」について参照すべき示唆に富む先行研究である金子明雄「「家庭小説」と読むことの帝国――『己が罪』

という問題領域」（小森陽一・紅野謙介・高橋修編『メディア・表象・イデオロギー――明治三十年代の文化研究』小沢書店、一九九七・五）と飯田祐子『彼らの物語――日本近代文学とジェンダー』（名古屋大学出版会、一九九八・六）とはどちらも、単行本に依拠しており、「作品と読者の往還」を明らかにしてはいない上に、「己が罪」は「家庭小説」として登場したという前提に立って論じている。とりわけ後者は「落葉籠」の言説を大量に提示し、本章と重なる資料も使用しているが、新聞連載時から単行本への異同を検証しておらず、そのため紙面において展開された「作品と読者の往還」について十分に検討しているとは言えない。

＊8　単行本では「お島」と表記されているが、新聞連載時では「お嶋」と表記されている。

＊9　本章第四節および第六章において述べるように、幽芳は「あきしく」のペンネームで、「大阪毎日」の家庭欄「家庭の栞」において、断続的に育児にまつわる記事を発表していた。

＊10　以下、「落葉籠」の掲載年については省略して表記することとする。

＊11　以下、発行部数については、山本武利『近代日本の新聞読者層』（法政大学出版局、一九八一・六）の巻末に掲げられた別表3より試算した。

＊12　ほかに、「本文中挿評の多きと、説明的口調」が多く「通篇冗漫の感を生ず」と評したものや（無絃「おのが罪」、「よしあし草」一八九九・一一・二九）、「構想は極めて平凡」（以呂波生「時文小言」、「文芸倶楽部」一九〇〇・一〇）、「唯惜む、描写まゝ冗漫、文字亦一段の洗練を要すべきを」（「無題録十五則」、「太陽」一九〇一・七）、「全体の調子にだるみあり」（「彙報 七月の文壇」、「小天地」同・九）などがある。

＊13　本文改変ではないが、後編第一〇六回（四・一九）の本文末尾には、環、隆弘、玉太郎、正弘の押絵が読者から寄贈されたことに対する謝辞が述べられている。

＊14　結末については、「（略）「己が罪」の環の結末を如何にすべきかにつき諸君の希望を述べて続々落葉籠に投書されては如何（略）（あわてもの）」（三・三一）という投書に促されて、四月六日と一〇日に「結局予想」を述べた投書が紹介されている。

＊15　泣かされたことを報告する投書は、このほかに、三月一六日、一七日、二八日、四月八日、一〇日、一五日、五月一六日、二〇日等に見受けられる。

＊16　金子明雄「〈見ること〉と〈読むこと〉の間に──近代小説における描写の政治学──」（『日本近代文学』第五五集、一九九六・一〇）。金子の言う「『懺悔』の先送り」という評言は、単行本の分析としては的を射ているように思われる。だがこれは、「己が罪」全体から見たとき、後編にのみ該当するだけであるし、環の「懺悔」のあとも連載が約三〇回続いていることを考えると、テクストの戦略の一部を指摘したものに過ぎない。

＊17　「新小説」の「時報」欄（一九〇〇・一〇・二五）によれば、前編について「『己が罪』は発売後僅々二箇月にして四版を重ぬると云ふ大景気なれば一般の読者に奈何に歓迎せられつゝあるかは思ひ見るべし」とある。

＊18　関肇「『金色夜叉』の受容とメディア・ミックス」（小森陽一・紅野謙介・高橋修編『メディア・表象・イデオロギー』）（注7参照）。のちに、『新聞小説の時代──メディア・読者・メロドラマ』（新曜社、二〇〇七・一二）所収。

＊19　金子明雄「「家庭小説」と読むことの帝国──『己が罪』という問題領域」（注7参照）

# 第Ⅱ部　「家庭小説」とジェンダー

「己が罪」第百一（大阪毎日新聞）

# 第五章　書き換えられた「女の道」
## ——『谷間の姫百合』から「己が罪」へ——

「家庭小説」の角書きを持つ菊池幽芳の『家庭小説乳姉妹』（「大阪毎日新聞」一九〇三〔明三六〕年八月二四日～一二月二六日）は、単行本化された際に（前編は一九〇四〔明三七〕年一月、後編は同年四月に、春陽堂よりそれぞれ刊行）、その「はしがき」で幽芳自身が述べていたように、「ベルサ、クレーといふ婦人の書きました短かなもので、一寸面白い筋」のものを「土台として」書かれたものであった[*1]。参照された作品については「ヴァサ・エム・クレイ女史の小説「ドラ・ソオン」（すでに末松謙澄訳「谷間の姫百合」明治二一刊がある）」であるとされ[*2]、このため「乳姉妹」はこの小説を「飜案[*3]」あるいは「換骨奪胎したもの[*4]」と言われている。

一方、これに先立って書かれた幽芳の出世作「己が罪」（「大阪毎日新聞」に連載、前編は一八九九〔明三二〕年八月一七日～一〇月二一日、後編は一九〇〇年一月一日～五月二〇日）は、従来「あまり好評だったので、翻案ものだと言いふらすものもいた。しかし、翻案ではな[*5]」く「自作[*6]」であるとされている。幽芳自身も「己が罪」が「東京の二三の批評家に飜訳ださうだとか飜案だらうとか云はれた」ことを憂い、殊に「自分の創作の中でも自分でも満足し世間からも好評を博したものが出るとそれがきつと飜訳ものだらうと一人や二人の人に云われる」ことについて、「自分の技倆が至らないのであると、只自分を責めて反省するより外はない」と嘆いている（「「己が罪」について」、「小天地」一九〇一・二・二七）。だから「己が罪」は幽芳の全くの創作だとされ、これまで疑われたことがない。

だが、末松謙澄訳[*7]の『谷間の姫百合』（第一巻は一八八八［明二一］年二月、第二巻は一八八八年一二月、第三巻は一八八九年一二月、第四巻は一八九〇年九月刊行）と対照してみると、後述するように「己が罪」との間に著しい類似点を見出すことができるのである。

そもそも、幽芳自身が翻案であることを認めていた「乳姉妹」の場合にしても、プレテクストと『谷間の姫百合』との間には「相当の異同[*8]」があることが、従来、指摘されている。それはまず、親子二世代にわたって描かれる『谷間の姫百合』に対し、「乳姉妹」では子世代の部分のみ、すなわち『谷間の姫百合』の後半部分のみを抽出していることが挙げられる。また、『谷間の姫百合』における二人のヒロインが血を分けた双子であるのに対し、「乳姉妹」における二人のヒロインは全くの他人であるのに同じ乳母に育てられたという理由で乳姉妹と呼ばれるという設定となっている点なども挙げられる。このため、『谷間の姫百合』が貴族の血を引く双子のヒロインをめぐる物語であったのに対し、「乳姉妹」は華族の血を引く房江に成り代わってその身分を手に入れようとする乳母の娘である君江の野心をめぐる物語となっている。さらに言えば、『谷間の姫百合』における双子のうちの一人である緑が船乗りの樋口半蔵に昔交わした婚姻の口約束の履行を求められて悩まされる一連の場面で、『谷間の姫百合』にはないいくつかの場面のつけ足しさえ、なされている。つまり「乳姉妹」は『谷間の姫百合』の設定をあくまで部分的に借りて構成されたのであり、かなり自由な翻案と言えるだろう。

そして、このような断片的、部分的なプロットの類似等までを視野に入れて翻案の問題を捉えるならば、「己が罪」もまた『谷間の姫百合』の翻案として考えることが可能だろう。幽芳自身、先の一文のなかで「自分は往々西洋の小説を読んでそのキャラクターなどに心酔されると、自分も一ツこンなのを書いて見たいといふ気になる、でそれから趣向を立てるといふやうな場合が多いから自然西洋臭くもとられるやうになる事かと思ふ」と述べているところからも、このことは裏づけられる。

そこで本章では、「己が罪」が『谷間の姫百合』をいかにプレテクストとして参照しているかを明らかにした上で、両者の相違点にも着目し、「己が罪」が文学史叙述において、のちに「家庭小説」としてカテゴライズされていく淵源を、テクスト生成のプロセスから内在的に探っていきたい。

## 1　末松謙澄とバーサ・M・クレー

『谷間の姫百合』は、第一巻の「凡例」において、原作は「Dora thorne《ドラソルン》」であると紹介され、第一巻再版および第二巻に収められた「第一巻再版例言」において、原作の作者は「原本英国版には著者の名なし、米国版にはベルサ、エムクレー（Bertha M. Clay）とあ」ると明かされているように、Bertha M. Clay の *Dora Thorne*（バーサ・M・クレー『ドラ・ソーン』）を原作とした翻訳である。

　八年間の英国留学を経た新帰朝者であった末松謙澄が訳したこの小説については、第一巻出版の際、謙澄の「英国法学士技芸士」[*9]という肩書きとともに宣伝され（「広告」、「東京日日新聞」一八八八［明二一］・三・一〇）、その刊行前から「予て其噂の世間に聞えて小説読者の待ちに待たる」（「谷間の姫百合」、「東京日日新聞」一八八八・三・一〇）ものとして待望されるほどであった。そして「第一巻再版例言」に記されているように、「出版すると間もなく諸新聞及雑誌類を始めとし、大に江湖の称賛を得」たという。さらに第二巻出版に先立って「第一巻は皇后陛下へ上覧せられたる処ろ、殊の外思召に適ひ、其第二巻は如何あるとの御尋ね迄ありし趣き、藤波侍従より末松君へ伝へられたる由にて出版を急がる丶由」（「谷間の姫百合」、「以良都女」一八八八・一一・一五）と、ときの皇后（のちの昭憲皇太后）も愛読していることが伝えられると、第二巻出版後には「恐れ多くも　皇后陛下の御思召に叶ふた」（薔薇居士「谷間の姫百合　二篇　末松謙澄氏訳　金港堂初梓」、「国民之友」一八八八・一一・二二）と紹介されるようになる。第四巻には、皇后宮太夫であった子爵の香川敬三に宛てた謙澄の手紙が掲載されており、そこには第一巻を「皇后陛下ノ左右ニ献ジ乙夜ノ覧ヲ辱ウセシヨリ一巻成ル毎ニ輙チ令首アリ、次巻ノ進献ヲ促ス」と記されている。これを受けるようにして、第四巻もまた「末松博士の飜訳に係り曾て皇后陛下乙夜の覧を経、大に世間の好評を博せし「谷間の姫百合」」（「谷間の姫百合愈々咲揃へり」、「読売新聞」一八九〇〔明二三〕・九・二八）と紹介されるに至る。こうして『谷間の姫百合』は「皇后愛読の書」という文言とともに宣伝されていくようになる。

版権が青木嵩山堂に移ってからは、『谷間の姫百合』は上下二巻の体裁で販売された（上下巻とも一八九六〔明二九〕年一二月刊行）[*10]。上巻の巻頭には、侍従であった子爵の藤波言忠から謙澄に宛てた肉筆書簡の影印が載せられており、そこには皇后が『谷間の姫百合』を気に入り早く続きが読みたいと言っている旨が記されている。[*11] さらにまた「姫百合第壱冊発行の際、某伯爵夫人より末松博士に贈りし文、録して以て序文に代ふ」という文章さえも掲載されており、「谷間の姫百合早速よんでもらひ、唯今二回まで見終り、余り面白く候ま丶（略）夕方迄には三回も見終り申べく、左すれば早く先の紙数のすくなくなるのが又惜しく見たさも見たし」、「尚々此本四五冊頂き度どちらにもとめ候方宜敷候哉（略）」というように、貴婦人が愛読している様を伝えている。[*12] 初版の第三巻までは、自ら付加価値を喧伝することなどなかったのに、恐らく口コミによって漏れ伝わった「皇后愛読の書」という評判が同時代評を通じて広まり、第四巻の刊本以降、皇后のみならず貴婦人も愛読しているという評判を宣伝文句として本のなかに取り込んでいくようになった。その間、謙澄は伊藤博文の長女と結婚、衆議院議員、貴族院議員を経て、男爵の称号をも得るなど、訳者自身が階層を上昇させ、皇后や貴婦人の住む世界に接近し（のちには各種大臣を歴任し、子爵となる）、『谷間の姫百合』は刊本の体裁と訳者の来歴とが相俟って、高級感という付加価値を最大限に醸す書物と化していった。

このように訳者の私信までも、相手の許可の下に公開し、高級感を付与することには、訳者である謙澄と版元の戦略的な意図が働いていたことがうかがえる。すなわち、初版の第四巻に掲載された皇后宮太夫の香川敬三宛書簡において、謙澄は、『谷間の姫百合』の前半部分で繰り広げられる身分違いの結婚の物語について「門葉素訓甚タ相懸隔スルモノ漫ニ伉儷ノ約ヲ結ブハ終生ノ不幸ヲ免レサルコトヲ示スナリ」と述べ、『谷間の姫百合』の後半部分で展開される双子の姉妹の恋愛の有り様の違い（軽はずみかそうでないか）について「処女躬行ノ抑揚ニ供スルナリ」と述べ、「此ノ類ハ皆世ノ風教ニ関スルモノニシテ陛下ノ夙ニ洞看シ玉フ所タルハ謙澄ガ信シテ疑ハサル所ナリ」と記している。つまり「世ノ風教」のために一つの教訓譚として提示したのだと宣言し、そこに「陛下のお墨つき」をも得たことが公言されたことによって、『谷間の姫百合』はその「鑑賞を枠に嵌め」、のみならず翻訳であり、内容や構想が「藍本へ責任回帰される」ゆえに、「辛口の論点が少な」くなり、その結果「戦略的に一個の完璧な〈教科書〉」として読まれたのである。[*13] 例えば、「皇后の愛読書」であるがゆえに「吾人は斯る栄誉ある著書を毀くるを欲せず」、軽率な恋愛譚の部分などは「大に欠点あるが如しと雖も素より其罪原著者にあれば吾人は茲に言はず」（前掲、薔薇居士）というように非難がましい批評が避けられるだけでなく、第三巻の本文を引用して「此の巻中尤とも価値ある句です、小説を好む方々は能々此辺にも気を着けて御覧になると、随分益があるでしやうと思ひ升」（「谷間の姫百合 金港堂版」、「女学雑誌」一八九〇〔明二三〕・一・一一）というように教訓となりそうな部分が積極的に推薦され、「飜訳書中の模範」（前掲「東京日日新聞」）と言われるといった具合である。

　このような、いわばセレブ愛読の瀟洒な翻訳小説となった『谷間の姫百合』の原作は、しかし、このような高級感とは程遠い廉価版の通俗小説であった。『谷間の姫百合』によって日本にその名がはじめて知れわたったクレーの『ドラ・ソーン』は、もともと『金色夜叉』の原作ではないかと言われていた作品であり、[*14] モチーフとして似ている部分もあるにはあるのだが、下敷きにしているという決定的な根拠に欠け、推測の域に留まっていた。その後、幾人かの研究者により『金色夜叉』の藍本の模索が続けられたが、いずれも推測の範囲に留まり、ようやく二〇〇〇年に堀啓子によって原作 *Weaker than a Woman*（バーサ・M・クレー、堀啓子訳『女より弱き者』南雲堂フェニックス、二〇〇二・一二）の特定がなされた。[*15]

クレーの名は今では埋もれてしまっており、詳しいことはあまり分かっていないが、堀の調査によれば、[*16]バーサ・M・クレーとは英国人の作家 Charlotte Mary Brame（シャーロット・マリー・ブレム、一八三六―八四）の作品を米国の出版社が輸入する際に考案した筆名であり、出版社はほかの作家たちにもこの筆名を共有させた。薄利多売を原則とする当時の米国出版界において、いわゆるダイム・ノヴェル＝三文小説として扱われたクレーの作品は一五〇〇にのぼると言われ、ブレムのオリジナル作品とほかの作家が書いた作品とを峻別することは最早不可能となってしまっている。とはいえ、『ドラ・ソーン』はブレム自身の著作であり彼女の代表作とされている。ブレムは一七歳で作家デビューし、『ドラ・ソーン』も当初は英国の *London Family Herald* 紙に連載されたのち、単行本となって米国にわたったという。謙澄はロンドン滞在中に『ドラ・ソーン』を入手して日本に持ち帰って訳したのだ[*17]が、先述したように英国の刊本に著者名はなかった。

こうしたことは、英米両国におけるこの時代の著作権意識の稀薄さを物語るが、これは日本にも当てはまることであった。クレー名義の作品は文豪の大作ではないという判断からか、尾崎紅葉、黒岩涙香、菊池幽芳などが原作の作者名や題名を明記せずに下敷きとして自らの作品に仕立て上げている。クレーに限らず原作が余程有名でない限り、いまだに原作の存在を匂わせない翻案作品がかなり隠れているかもしれないのである。この当時の日本における著作権意識の低さは、翻訳と翻案の区別の曖昧さとなって表れていたが、一八九九［明三二］年八月に日本が著作権に関する国際的な条約であるベルヌ条約に加盟したあとには、文士たちの手法は二つの傾向に分離しはじめ、文豪の名作などのいわゆる正典に関しては原著者名および原作者名を明記するようになり、逐語訳が推奨される一方、無名作者の無名作品に関しては相当の換骨奪胎も黙認され、より奔放で緩慢な手法に傾斜するようになった[*18]という。幽芳の「己が罪」はちょうど一八九九年八月から連載されており、以下に論じるように、後者のパターンに属すると言ってよいだろう。

ただし、幽芳が「己が罪」を執筆する以前にクレーの小説を原書のまま手に入れ得る環境にあったことは、「己が罪」よりも早くに連載されていた「金色夜叉」がクレーを下敷きにしていることからも明らかであろう。[*19] かつ、謙澄の『谷間の姫百合』については「幽芳がこの訳本を読んでいたという確証はない」上に、幽芳が「『谷間の姫百合』についてはー言もふれていないことによっても、末松の訳本は読まなかっただろう[*20]などと断定することは到底できず、むしろ「幽芳は『谷間の姫百合』の存在に気づいていたはず[*21]」なのだ。謙澄の『谷間の姫百合』が出た一八八八〔明二一〕年頃、中学を卒業して小学校の教員となった幽芳は「厳本善治の女学雑誌の愛読者であ」り、「青年男女の熱心な読者を有して居た清教徒的の基督教主義雑誌」を読み、「よく年のいつた寄宿生などと恋愛論を闘はした事を覚えて居る」という。[*22]『谷間の姫百合』に関する書評の類が「女学雑誌」にも載っていたことを思えば、幽芳は『谷間の姫百合』の存在を知っていたと想定できるのである。そして、より積極的に言うならば、謙澄の翻訳本『谷間の姫百合』を読んで、その物語内容の要素を断片的に「己が罪」のなかに流し込んだのではないか。

以下、その有り様を具体的に見ていきたい。

## 2　『谷間の姫百合』の翻案としての「己が罪」

『谷間の姫百合』と「己が罪」との類似点はどこにあるだろうか。謙澄の『谷間の姫百合』は「逐語訳でないにしろ原作にかなり忠実な移し換えであ」り、「各章の区切りも厳正に原作と一致させている[*23]」テクストであるため、便宜上、まずはこの『谷間の姫百合』と「己が罪」との比較を試みつつ、必要に応じて原作『ドラ・ソーン』をも参照していくこととする。

まず目につくのは、〈教会での秘密結婚〉という挿話である。『谷間の姫百合』では成人（原作ではロナルド）と虎（原作ではドラ）は身分があまりにも違うために親の反対に遭い、虎は伊津が崎へやられてしまうが、成人はこっそりと伊津が崎へ行き、「或る小寺にて人知れず婚礼を行」う（第五回）。これに対し、「己が罪」では虔三が環を弄び妊娠させたあと、環をなだめるために虔三は環と「耶蘇教略式の結婚」を「本郷のさる教会堂に於て行」う（前編第一八回）。両者ともに親の承諾なしに教会で結婚をするのだが、『谷間の姫百合』では成人の父親は「取り消しの出来ることか出来ぬことか」を気にし、教会で結婚したことが分かると「夫れでは法律上当然の手続を履んで居るのだ仕方がない」と言って勘当してしまう（第八回）。教会で結婚をすることが正式な結婚として有効性を持つキリスト教文化を物語るくだりであるが、「己が罪」では当人たちだけで教会で結婚の誓いをしても、その結婚に「公然」性があるかどうかということが日本の結婚の慣習のもとで疑われてしまう。そのため、虔三の親も許した許嫁の嶋は環に向かって「それは教会でなすつたといふ丈で、公然妻で御座いとお披めを遊ばした訳ぢや有ますまい、謂はゞ内縁と申すも同様、たよりの無い御夫婦中」と罵り、環も「戸籍に登録されたるにはあらず、何れの親ゝにも秘したる事なれば、法律の眼より見らるゝ時は、自分は全く虔三とは無関係の女」とにわかに自分の不安定な立場に気づく（前編第三八回）。その上、虔三は嶋と一緒に郷里の福島へ帰り「公然お嶋と結婚式を挙行」し、その旨を環に手紙で伝え、「教会堂の結婚式は小生が金権の下に盲従せる一個の牧師に命じて之を行はしめたるもの」で「教会の記録にも登されざる次第」を明かす（前編第五〇回）。「己が罪」は〈教会での秘密結婚〉という設定だけを借りて、当時の日本の慣習のなかに置いてみたときの状況設定を描き出した見事な換骨奪胎となっていると言える。

これと似た換骨奪胎の例として、ヒロインの演じる〈恋の修羅場〉や、〈立ち聞き〉という振る舞いを挙げることができる。〈恋の修羅場〉とは、『谷間の姫百合』では勘当された成人が虎とともにイタリアへわたり、女の双子が産まれるものの、成人の友人である春枝（原作ではヴァレンタイン）が訪れると虎は強く嫉妬し、春枝がよかれと思って言う言葉にいちいち対抗して嫉妬心を剥き出しにし、成人の面目を潰していくというものである（第一二回）。これが、「己が罪」では環が隠れるようにして住む家に嶋が乗り込んでいき、虔三もいる前で環と嶋はどちらが正当な「妻」であるかを言い争う場面として描かれ、文字通りの修羅場と化す（前編第三七〜四〇回）。〈立ち聞き〉の場面とは、『谷間の姫百合』では成人と春枝が二人だけで会うことを知った虎が「密会《であい》をなす場所に赴き陰に隠れて悉《くはし》く両人の話しを聞き、不意に飛び出て其の肝を潰させ呉れんとて、只管敵の背《うら》をかく工夫をなし」て、これを実行し、成人の面目を徹底的に潰すというものである（第一三回）。これが、「己が罪」では嫉妬心の強い嶋が環の住居へ向かう虔三のあとをつけ、部屋で寛ぐ虔三と環の会話を盗み聞きし、突然に割って入って先の修羅場の場面として描かれる（前編第三三〜三六回）。どちらの例も総じて「己が罪」の方が多くの回数を費やされ、強い誇張がなされている。『谷間の姫百合』では嫉妬や立ち聞きをわずかに描くことで、高貴な身分には相応しくない卑劣な行為としてこれを糺弾し、虎が下賤な身分であることを物語るが、「己が罪」では身分差の強調も、それがいかに他人の面目や名誉を損なうかという糺弾もなく、このあとの展開への興味をつなぐ手立てとしての誇張表現となっている感がある。[*24]

ほかに、〈男性の長期国外旅行〉という設定をも挙げることができる。『谷間の姫百合』で虎と別れた成人は勘当の身ということもあって「阿弗利加の内地」へわたり（第一五回）、父の有洲伯爵（原作ではアール伯爵）が死ぬまで一七年もの間、そこに居続ける（第一九回）。一方、「己が罪」では、そもそも子爵の隆弘が登場するときの設定が、妻と離婚後、「東洋漫遊の途に上り、普ねく印度支那地方を旅行し」、約一年後に帰ってきたというものであり（後編第六回）、さらに、環のかつての罪を知って絶望した隆弘は、やはり同じように「東洋漫遊」を企て「印度支那内地の探検」に出かけるのである（後編第一二七回）。

このような換骨奪胎ではなく、同じような表現によってトレースしているとおぼしき箇所もいくつかある。まず第一に、〈男性と別離したヒロインの変化〉を挙げることができる。『谷間の姫百合』で、成人との別離を決意し英国の両親の下へ二人の子どもと帰った虎は正気を失うほどの激しい熱病に罹ったのち回復すると、「従前《これまで》の虎にあらず、気も心も痛く古けて顔の色さへ昔しにかはり、何時も憂ひにぞ沈みける」という有り様となり、本を読んだり物事をじっくり考えたりするようにもなると、「青白みたる顔色もまた却て一段の趣を添え声音も再び柔和になり百姓娘には珍しく落つきて上品なる女とぞなりたりける」というのである（第一四回）。このような表現は、「己が罪」での環の同様の変化を想起させる。環は虔三の子どもを人知れず出産したあと、虎のように正気を失う病に罹るが、それは「ヒステリー」あるいは「憂鬱症《メランコリア》」と説明され（前編第五七～五八回）、その有り様は数回分にわたって過剰なまでに描写される。そして、病が癒えて父とともに大阪の実家に帰ると、環の容貌は変化して「いと華奢《しなやか》にして顔にやゝ青味を帯びたる」様を呈し、「たゞ一点眉より眸子《ひとみ》の間に陰気なる不思議に沈める色ありて」、かつての「懐かしき温たかなる面色《おもゝち》を失ひたるに、その陰気に沈めるところが、環の顔立に不思議と思はるゝ程の気高さを添へ、某の姫君とも見紛ふべき気品を加へ」、その「気位ある貴婦人《レデー》」ぶりは「村人の環の成立《おひたち》には思ひかけざりし事」であったという（後編第一回）。この箇所は原作の『ドラ・ソーン』では、“...she was never the same again. Her youth, hope, love, and happiness were all dead. No smile or dimple no pretty blush, came to the changed face;the old coy beauty was all gone.” “Calm and quiet, with deep, earnest eyes,and lips that seldom smiled,” あるいは “The pale face took a new beauty; no one could have believed that the thoughtful woman with the sweet voice and refined accent was the daughter of the blunt farmer Thorne and his homely wife.” となっている。謙澄が “Her youth,hope, love, and happiness were all dead. No smile or dimple no pretty blush,” を「気も心も痛く古けて」と訳し、“the old coy beauty was all gone.” や “Calm and quiet, with deep, earnest eyes, and lips that seldom smiled."を「何時も憂ひにぞ沈みける」と訳すというように、逐語訳せずに思い切った意訳によって虎の変化を視覚的に分かりやすく打ち出したのを見るとき、「己が罪」が『谷間の姫百合』の叙述に引っ張られる形で文章をトレースしているのではないかということに気づくことができるだろう。

また、〈男性登場人物の性格の類似〉も指摘できる。『谷間の姫百合』では、成人の身分違いの結婚を怒った有洲伯爵は「家名を潰《けが》し先祖の顔に泥を塗る様なやつを家に置くことは出来ぬ」と言って勘当するのだが（第八回）、成人もまた虎の卑劣な振る舞いを眼前にしたとき、「己れは自分の名前のみか御先祖の名をも汚して何とも申訳がない」と言って虎との結婚を後悔する（第一三回）。さらに、成人と虎が別れたことを知った有洲伯爵が「虎の腹へ出来し児供を引きとることはなりませぬ、自分は一度虚言《うそ》をつきしもの、言葉を当にすることは出来ませぬ」（第一五回）と頑なさを見せると、有洲伯爵の死後、有洲城に帰ってきて双子の娘たちと再会した成人も、自分がいかに「詐り」が嫌いであるかを説き、「かくし事」があるなら今話すように言い、自分を「欺す」ことはならないと諭す（第二二回）。そしてまた、双子の娘のうち、緑（原作ではベアトリス）の婚約者の入江伯爵（原作ではアーリー伯爵）も、瑠璃（原作ではリリー）の婚約者の亮三（原作ではライオネル）も、「詐り」や「うそつき」を嫌う人物とされているのである（第一八回）。このような男性登場人物の性格設定は、すぐさま「己が罪」の隆弘の性格を想起させる。かつて妻の姦通のために離婚した隆弘は「家名の汚れ」「祖先の名を汚」すことを強く嫌う無妻主義者として登場し（後編第九回）、「偽《いつはり》と不正とを許さない」人物として設定されている（後編第三一回）。だから、子どもの正弘が邸内の林檎を盗んだのに盗んでいないと言ったときには、正弘が「浅ましい虚偽者《いつはりもの》」「虚言者《うそつき》」として成長する可能性を思って（後編第五一回）、隆弘は正弘を折檻するし、環が隠していた過去の過ちを隆弘に明かしたときには、隆弘は「一ツの偽りをも許さない」い自分が環の「この非常なる汚れた偽り」を許すことなど到底できないと言って心を閉ざし（後編第一〇九回）、さらに正弘が水死した際にも「正弘の血統は汚れて居る」から「汚れた血統のものを、先祖の墳墓へ埋葬して…先祖をまで汚す」ことはできないとまで言うのである（後編第一一〇回）。ここで留意すべきは、例えば、『谷間の姫百合』の本文が"the degradation of my home and the dishonor of my race"という原文を「家名を潰し先祖の顔に泥を塗る」と訳していたことである。ここは「不名誉」という訳語を選択することもできたと思われる上に、さらに別の箇所では原作にない「我顔へぬりし汚れ」（第一五回）という文言さえ挿入され、「汚れ」という言葉が強調されて使い回されていた。こうした事例から判断するに、「己が罪」のテクストはクレーの原文よりもむしろ『谷間の姫百合』のテクストにより近い叙述となっている。

そして、この「うそ・いつわり」に絡む形で、〈ヒロインの顔色が変わる描写〉にも類似点を見出すことができる。『谷間の姫百合』では、双子の娘のうち、緑は過去に船乗りの半蔵（原作ではヒュー）と婚姻の口約束をしてしまうが、父の成人に再会し、隠しごとがあるなら言うようにと諭されたとき、半蔵のことを打ち明けることができずに「虚言《うそ》を吐いたことはありませぬ」と言いながら、「驚き恐れて顔の色は弥増《いやまし》青白なり」、「胸をドキつかせ」る（第二二回）。また、友人の和郎（原作ではギャスパー）が聞いた話として、ある紳士の妻が結婚前に「何か詐りを云」ったことが分かり忽ち離縁したことを物語ると、入江伯と亮三は口を揃えて「詐りは容赦しませぬ」と発言するのだが、そのとき緑は「入江伯の詞は矢よりも鋭く我が胸を刺し貫きたる心地せられ」、「顔青ざめて何とも云ひ様のなき恐ろしき様子」となっていく（第二八回）。入江伯が成人に向かって緑との結婚の許可を求めたとき、成人が入江伯に対して、あなたは緑のはじめての恋人だと話して許可を与えると、緑は「俄に樋口半蔵のことを思ひ出し暫しはふるへて詞もない様子となる（第三〇回）。そして入江伯に「是れまで外の男を気にかけたことのない処女を妻にしたい」と言われて緑は半蔵のことを思い出して「急に火の様に顔を赤らめ」たりする（同）。「うそ・いつわり」を抱える緑をあたかも責めるかのように、「うそ・いつわり」を咎める会話が周囲で繰り広げられ、そのたびに顔色を変える緑が描かれるという構図であるが、同じ構図が「己が罪」にも見られるのである。隆弘が姦通を理由に先妻と離婚したことを綾子から聞かされた環は「青くなり来れる顔を挙て」、「云ふ可くもあらぬ心騒ぎを覚」え（後編第二二回）、隆弘からあなたは潔白で純潔だと言われた環は「打顫《わな》き」「色を失なへる顔」となり（後編第三一回）、懐妊の折、隆弘からあなたは初産だからと言われた環の「顔は蒼味を帯び」る（後編第三五回）。正弘が林檎を盗んで「うそ・いつわり」を言った際、隆弘が正弘に対し、悪いことをしてすぐに懺悔をしたワシントンの逸話を説き聞かせると「わが子よりも環は胸を刺る、苦しさ」を覚えるといった具合である（後編第五〇回）。ただし『谷間の姫百合』において中心的なテーマともなるこの「うそ・いつわり」をめぐる話形は、「己が罪」においては中心的なものとはならない。これは「己が罪」のテーマとして別のキーワードが浮上してくるためだが、この点については後述する。

さらに〈死んだ子どもの前での罪の悔恨〉という構図もまた流用されている。『谷間の姫百合』において、緑と半蔵との結婚の口約束や二人が池のほとりで揉めた末に緑が池に落ちて死んだことを説明した懺悔の手紙が半蔵から届いたことによって、緑の死の真相を知った父の成人は、「我若き時の罪をせめ立らるゝ如く見《みえ》」、「罪の報ぞ今爰に顕はれた」と思い、「緑よ何事も我罪なり赦してたべと独りごち」、「我こそ此の上なき罪人なれ」というように自分を責める（第四二回）。別居していた虎は、すぐに呼び寄せられ、別離以来の再会を果たすと、二人は許し合い「娘の不幸が因縁《ゆかり》となりてふたゝび仲直り」を果たす（第四三回）。一方、「己が罪」でもやはり自ら産んだ二人の子どもが水死した際、環は「自分の罪が二人の子にまで酬ゆるとは…」（後編第一〇三回）、「母《おや》の罪が頑是ない児に酬ふ来た」（後編第一〇五回）と嘆き、懺悔を決意し、隆弘に全てを打ち明ける。また、二人の子どものうち、玉太郎の父である虔三は、虎同様にすぐに呼び寄せられると、子どもの遺体を前にして「十年前の罪悪を漸く悟り」、「罪を悔い」、環に向かって許しを請う（後編第一一二回）。

だが、注目すべきことに、「己が罪」における虔三と環は『谷間の姫百合』における成人と虎のようには和解しない。環は虔三の悔恨を受け入れるものの、離縁された環と再び夫婦になることを求める虔三を環は決して受け入れず、二人は決別するのである（後編第一一九回）。ここにおいて「己が罪」はそのオリジナリティを発揮していくことになる。なお、原作におけるこの箇所には、実は「罪の報ぞ今爰に顕はれた」に当たる叙述はなく、"He stood face to face at last with the sin of his youth" とあるのみで、「罪の「報」といった因果応報的な観念はない」[*25]のである。ここにも幽芳が『ドラ・ソーン』よりも『谷間の姫百合』を参照していた証左を見出すことができるだろう。

## 3　書き足された「愛情」と「家庭」

ここで改めて、『谷間の姫百合』とその原作との違いについて確認しておきたい。そもそも『谷間の姫百合』の題名ともなっている「百合」は、第七回に登場する。花の品定めの話題が出たとき、成人が「私しなら直ぐに白の百合に極めます（略）何うしても百合が一番だと思ひます、殊に谷間の姫百合などは何となく愛らしく人づきのする花ではありませぬか」と言うのだが、これは原作では "I should never hesitate a moment," と言いながらロナルドが "I must give preference to the white lily-bells. Lilies of the valley are the fairest flowers that grow." と言う場面に当たる。ここで言う "the white lily-bells" も "Lilies of the valley" もともにスズランのことを指しており、大ぶりで一輪咲きのユリについては言及されていない。だが、謙澄の訳文を見ると、「谷間の姫百合」という花の種が「百合」という大きな種のなかで下位分類されているかのように読めるのである。このあとロナルドのこの言葉を聞いたヴァレンタインは、ロナルドにほのかに恋心を抱くがゆえに、"the pretty lily" の花輪やブーケでその身を飾って舞踏会に現れるのだが、その気持ちに全く気がつかないロナルドは、このスズランを見てどう思うかとヴァレンタインに問われると、その花はあなたには似合わない、"You are like the tall queenly lilies."と言い、ヴァレンタインには大ぶりの一輪咲きのユリの方が似合うと言うのである。ロナルドがスズランを好きだと言ったのは、実はドラをスズランのようだと思って言ったに過ぎなかったのである。[*26] 原作では首尾一貫してスズランやスズランのように小さな花が頭を垂れるように鈴生りになっている花をいくつもモチーフとして描き込み、[*27] 題名でもあるヒロイン「ドラ・ソーン」を表象していく。一方、翻訳本の題名である「谷間の姫百合」は、原作のように単刀直入に「ドラ」の話として示すのではなく、表象として刻印された「スズラン」、もっと言えば「野に咲く可憐な小さな姫百合の花」の物語として示していると言えるだろう。

　このような題名の変更は物語全体としての中心テーマのズレとも連動しており、このズレが端的に浮上するのは、原作にはない「女の道」という言葉の挿入においてである。例えば、虎が双子の娘たちを英国に連れ帰ったとき、姑である成人の母親すなわち有洲伯爵夫人が虎を訪ね、子どもの養育を相談するときの有洲夫人の"If you sinned against duty and obedience,your face tells me you have suffered."という言葉を「全体女は良人に従ふのが道で、其方は此道に背いたかは知りませぬが、其方の顔を見れば随分憂き目を見たに相違ない」（第一五回）というように、原作にない「女の道」という文言を使って訳しているのである。同様に"I must leave the highest and best training of all.Teach them to be good,and to do their duty."を「善い女になる様にしてお呉れ、善ひ女になツて女の女たる道を尽すことを覚えさすれば夫れで宜いから」（同）と訳し、やはり「女」としての教育を求め、「女たる道」を強調している。この「女の道」とは、"Take the right course, Dora;submit to your husband." "woman's rights are all fancy and nonsense;loving,gentle submission is the fairest ornament of woman."という有洲夫人の言葉を「女の道を守ツて良人に従ふやうにしてお呉れ」「女の権利とやら云ふことは皆ンな口計りの事だよ、女の身として美はしき徳は柔和《おとなしく》して良人に従ふのが第一だよ」（第一九回）と訳していることに端的に表れているように、

「良人に従ふ」こととされている。ここでは原作でも「良人に従ふ」ことが奨励されているのだが、それは単に“the fairest ornament of woman”とされているだけである。直訳すれば「女の最も正しい装飾品」程度の意味である。だが、謙澄はここで「良人に従ふ」を二度繰り返し、これを「女の道」だとして規範化し、女のあり方について啓蒙していると言えるだろう。

同様の事例は、最後の第四五回[*28]にも見られる。この最終回は、実は同時代評において「（第四四回で――引用者注）筆を収めなば、余情むしろ極りなきものを、くど〳〵しき長談義に残る一章を用ひてあたら文趣を損ふこと浅少にあらず」（撫象子「谷間の姫百合　第四巻（大尾）」、「女学雑誌」一八九〇［明二三］・一〇・一一）と不評を買っていたのだが、その理由はともかくも、ここでもまたわずかな書き換えが目につく。双子のうちの緑が結婚を目前にして死に、もう一方の瑠璃が亮三とめでたく結婚したあとの一〇年後、表面的には全ての登場人物の一〇年後が幸福な光景のもとに描き出されているのだが、「瑠璃は女権拡張など云ふ六ケ敷事をもて良人の心を悩ませしことなく、況して良人を押付けて威張るなど云ふこと更になし、若し選挙の投票など云ふことに付け話を仕懸くる人ありても、其様な事は皆亮三がしますから私は存じませぬとの答」をし、「女の女たる領分の内にてハオサ〳〵人に譲ることなく「気高き姿とな」ったという。ここは原作では、Lillian Dacre never troubled her head about “woman's rights;” she had no idea of trying to fill her husband's place;if her opinion on voting was asked, the chances were that she would smile and say, “Lionel manages all those matters.”となっており、女の権利や投票のことについてはほぼ忠実に訳していることがうかがえるが、注目すべきは“her head”が「良人の心」と改変されていることである。「女権拡張」という難しいことによって「自分を悩ますことがない」と叙述する原文に対して、「良人の心を悩ますことがない」と叙述する『谷間の姫百合』では、女の夫に対する関わり方（感化の仕方）がより問題化された表現となっていると言えるだろう。さらに、その次の部分にある“magnificent womanhood”（気高い女らしさ）をただ「気高き姿」とし、その前に原文にはない「女の女たる領分の内にてハオサ〳〵人に譲ることなく」という一文も付け加えられていることも看過できない。原文では単にリリーの「気高い女らしさ」が強調されている箇所で、そのリリーのたしなみを「女の女たる領分」として語り変えることは、やはり先の事例と同様に、女のあり方についての啓蒙の一つだと言えるだろう。瑠璃のように立ち振る舞うことこそが「女の領分」として理想であり、女の規範として相応しいものだというメッセージを発しているのである。こうして、「女の道」や「女の領分」という言葉をところどころに書き加えていくことによって『谷間の姫百合』は「世ノ風教」のための教訓譚としての体裁を整えることに成功していると言えるだろう。翻訳本『谷間の姫百合』よりも、原作『ドラ・ソーン』の本文に、「女らしさ」なるものが啓蒙的に強調されることがないのは、それだけヴィクトリア朝の強く抑制された性規範が背景にあることを物語っていると言えるが、そのような原作を日本に移入するに当たって、如上のような「女の道」や「女の領分」という言葉の書き加えが必要だったことは、この当時の日本の女に対する規範がヴィクトリア朝に比べて緩かったことを示しているとも言えるだろう。

　このような特性を持つ『谷間の姫百合』に対し、「己が罪」では女の規範はどのように語られていただろうか。「己が罪」においても「女の道」という文言が見られるあたりに、原作『ドラ・ソーン』よりも翻訳本『谷間の姫百合』を下敷きにしていることがうかがえるのだが、例えば、それは「女の道を御生《ごしやう》大事に、大切にお事《つか》へ申した事なら」（後編第二九回）、「良人大事にひたすら女の道を守らんとせるなれば、過たるは追はずもあれ、目前《まのあたり》姿も心も見上たる、かばかりの良妻あるべきや」（後編第三三回）、「ひたすら女の道を守れる今の心」（後編第三四回）などというように叙述されている。ここでの「女の道」がどのようなものであるのかについては分かりやすく説明されているとは言えないが、この「女の道」が書きこまれたあたりで展開されているのは、環が隆弘の妻に推挙され、結婚し、妊娠・出産をするという物語であった。注目すべきであるのは、ここでは「女の道」以上に、「暖かい家庭」

「幸福なる家庭」や「愛情」「神聖な愛情」といった言葉が頻出[29]することである。「暖かい／幸福なる家庭」の実現のために必須な「愛情」についての言説の集積である。夫婦の間には「愛情一ツが第一」（後編第二〇回）であり、互いに尊敬し合う「高尚の愛情」（後編第三五回）が期待されており、具体的には、病気の子を看病する父、病気の妻を看病する夫、失意の夫や落ちぶれた夫に仕える妻などにこそ「神聖の愛情」があると説明される。そして、こういう「真実《まこと》の愛」は報酬も地位も名誉も顧みない「献身的の愛」であり、このような「愛」があれば「真正《ほんとう》の幸福な家庭」は成り立つのだという（後編第四〇回）。こうした「家庭」と「愛」についての言説は『谷間の姫百合』にはほとんど見られないものであり、とりわけ「家庭」については皆無と言ってよい。つまり、「己が罪」における「女の道」とは「愛」に裏打ちされた「家庭」の維持ということになるだろう。そして、このような意味での「女の道」は、物語の結末近くにおいて環が赤十字の「篤志看護婦」になった際に、その「献身的事業」こそが「最も婦人の性質に適せる」職、「女子としての最高の美徳を発揮する」職であると物語られるとき（後編第一二九回）、具体的な像を結ぶことになる。すなわち、女は家庭において「看護婦」のように、ときに心身両面においてケアを要する状態に陥ることもある男性を癒し慰める存在であれ、というメッセージであり、それが先の引用にもあった「良妻」の勧めにほかならない。

　周知のように、「良妻賢母」とは、女性を「まず母として、やがて妻として、国民統合」していく「明治三〇年代初めに成立した」思想であり、「賢母」が中心的となる思想であるが、「良妻」については「江戸時代における良妻であるための必要条件が、もっぱら夫や舅姑に対する従順さであったのに対し」、明治期になると「単なる従順さだけが良妻の条件ではなく」なり、「教育を受け、獲得した知識をもって夫を助けていくことが期待されるようにな」るというように、「良妻賢母思想の「良妻」と江戸期の「良妻」とは、その内実において大きく異なっていた」[30]。このような「良妻賢母思想」において大きな駆動力を発揮したのが「西欧的「家庭」観念」であり、この

「家庭」観念」には「情緒的価値付加がなされ」、「暖かい情愛で結ばれた「家庭」（ホーム）」が推奨[*31]された。こうした指摘を踏まえるならば、「良人に従ふ」ことのみを繰り返す『谷間の姫百合』における「女の道」は「江戸期の「良妻」」により近いものであり、一方「愛」に裏打ちされた「家庭」の維持を推奨する「己が罪」における「女の道」は明治期に登場する新しい「良妻賢母思想」を表していると言えるだろう。「愛」や「ラブ」という語について、「訳者がラーブ（恋愛）の情を最も清く正しく訳出し、此の不潔の連関に富める日本通俗の文字を、甚はだ潔ぎよく使用せられたるの手ぎは」を賞賛し、いまだ「日本の男子が女性に恋愛するはホンノ皮肉の外にて深く魂（ソウル）より愛するなどの事な」い有り様であることを記し留めた『谷間の姫百合』の同時代評を見るにつけ（前掲、撫象子）、約一〇年後に著された「己が罪」での「愛情」言説の過剰なまでの頻出は隔世の感を禁じ得ない。

このように見てくると、先にも述べた、主人公の男女が死んだ子どもの前で和解するか決別するかという違いが、両作品のテーマに関わる重要な分水嶺であったという事態が可視化される。『谷間の姫百合』では成人と虎が死んだ緑の亡骸の前で和解するが、その際、互いの愛情や人格についての確認などはなされず、ただ娘が死んだという大いなる出来事の前で昂ぶる感情のままに和解が成立する。一方、「己が罪」では、やはり虔三と環が死んだ玉太郎の亡骸の前で懺悔と改悛を示すが、和解は成立せず、環は虔三と再び夫婦になろうとはしない。そこには愛情がないからであり、環はそのとき強い愛情を抱いていた隆弘との和解を望む。しかし、『谷間の姫百合』とは違って、その和解は子どもの死という大いなる出来事のみによっては果たされず、まして環の父の伝蔵が自殺してさえ実現されず、ひとえに環の愛情が病に倒れた夫を「看護」するという回路を通過して発露されるに至って、ようやく果たされ得るものであった。他人の死による和解ではなく、愛の確認による和解である。

「己が罪」は、すでに論じたように（第四章参照）新聞に連載された当初には「家庭小説」という認識の下に書かれたのでも読まれたのでもなかったが、いつ頃からか「家庭小説」にカテゴライズされた。「家庭小説」にカテゴライズされたのちに「己が罪」を読む者は、その物語内容に「家庭小説」というジャンルに相応しい意味を読み取ってしまうために、あたかも「己が罪」は初出当時から「家庭小説」というジャンルにカテゴライズされていたかのような錯覚を起こすのではないか。だとすれば、その物語内容レベルで見出される「家庭小説」的意味とは、まさしく物語末尾に提示された、これから隆弘との「家庭」を暖かく包むことが予想される環の愛の発露にこそあったと言えるだろう。

このように、「己が罪」をプレテクストとしての『谷間の姫百合』と対照し、その違いに着目することによって浮上する「己が罪」の特異性、すなわち妻の献身的な「愛情」に基づく「家庭」の維持を目指すというこの物語の帰結こそ、当初「家庭小説」として書かれたわけではなかったこの小説が「家庭小説」としてカテゴライズされ、そのはしりであると認定されていった大きな理由なのである。新聞の啓蒙的言説と連動し、読者たちによって支持されていくという展開もまた、この小説の通俗性という評価に反映し、「家庭小説」＝通俗的に消費される読み物という通念へとつながる。本章で明らかとしたのは、こうした通俗性の淵源に、英米における通俗小説（ダイム・ノヴェル）の受容があったこと、そして、それが日本の文学者の手によるどのような「換骨奪胎」を経たものだったのか、という、そのプロセスである。

## 注

＊1　菊池幽芳「はしがき」（『家庭小説乳姉妹』前編、春陽堂、一九〇四・一）

＊2　瀬沼茂樹「菊池幽芳「乳姉妹」」（『明治文学全集93　明治家庭小説集』筑摩書房、一九六九・六）。なお、「乳姉妹」の原作が、『谷間の姫百合』の邦題で末松謙澄によってすでに翻訳されていたバーサ・M・クレーの『ドラ・ソーン』であろうということは単行本刊行直後の同時代評によって盛んに指摘されているが、「乳姉妹」の同時代評を紹介す

る紙幅がないため、ここでは割愛する。

＊3　瀬沼茂樹「菊池幽芳「乳姉妹」」（注2参照）

＊4　瀬沼茂樹「家庭小説の展開」（『明治文学全集93　明治家庭小説集』注2参照）

＊5　和田芳恵「解説」（『大衆文学大系2　小杉天外・菊池幽芳・黒岩涙香・押川春浪集』講談社、一九七一・六）

＊6　瀬沼茂樹「菊池幽芳「乳姉妹」」（注2参照）

＊7　第一巻のみ二宮熊二郎との合訳として出版されており、第二巻以降、訳者の署名は末松謙澄のみとなるものの、第二巻の「例言」において「本巻も其脱稿に至るまで孤松二宮君の助力を受けた」と謝意を表している。

＊8　瀬沼茂樹「菊池幽芳「乳姉妹」」（注2参照）。なお、この「相当の異同」については、「乳姉妹」単行本化の際の同時代評において多くの評者によって指摘されているところであり、単行本の後編末尾に採録された同時代評にも、こうした指摘をした批評が拾われている。

＊9　初版本の第一巻では肩書きはなく、第二巻と第三巻では「英国法学士技芸士日本文学士」の肩書きが付され、第四巻では「文学博士」のみの肩書きとなっている。

＊10　国立国会図書館所蔵の青木嵩山堂版『谷間の姫百合』の奥付には、上巻は「訂正第七版」、下巻は「訂正第六版」と書かれている。なお、上巻には、金港堂版の第一巻と第二巻が、下巻には、金港堂版の第三巻と第四巻が、それぞれ収められている。

＊11　木村毅は「バーサ・クレーと明治文学――私の思い出を通して――」（島田謹二教授還暦記念会編『島田謹二教授還暦記念論文集　比較文学比較文化』弘文堂、一九六一・七）において、この肉筆書簡を翻刻しているが、不明な部分があるのに加え、肉筆書簡の影印には存在していない日付も付加されている。なお、佐々木満子・福山トシ「末松謙澄」（昭和女子大学近代文学研究室『近代文学研究叢書』第二〇巻、昭和女子大学近代文化研究所、一九六三・一二）では、木村毅による翻刻をそのまま写している。

＊12　謙澄が死去した際、この青木嵩山堂の刊本の体裁をそのまま踏襲しつつ、謙澄についての略年譜や著作目録等をも

収めた『谷間の姫百合』（全、非売品、大滝由次郎による私家版、一九二〇・一二）が世に出ている。

*13 堀啓子「『谷間の姫百合』試論――Bertha M. Clay を藍本として」（『北里大学一般教育紀要』二〇〇〇・三）

*14 木村毅「バーサ・クレーと明治文学――私の思い出を通して――」（注11参照）

*15 堀啓子「「金色夜叉」の藍本――Bertha M. Clay をめぐって」（『文学』二〇〇〇・一一－一二月号）

*16 以下、クレーおよびブレムについての情報は、堀の以下の研究に基づくものである。「『谷間の姫百合』試論――Bertha M. Clay を藍本として」（注13参照）、「「金色夜叉」の藍本――Bertha M. Clay をめぐって」（注15参照）、「未完の名作～『金色夜叉』の謎と幻の原書」（『歌子』二〇〇五・三）、「尾崎紅葉「不言不語」と原作者 Bertha M. Clay」（『文学』一九九七・春）、「黒岩涙香『絵姿』とその藍本作家バーサ・M・クレー（上）（下）」（『英語青年』二〇〇一・二～三）など。

*17 謙澄は『谷間の姫百合』第一巻の「凡例」において「此書原名は Dora《ドラ》 Thorne《ソルン》 と云ひ、始めロンドン刊行の小説新誌に続きものとして登録し、後ちロンドン及びニウヨルクの両所に於て一編の小説本として出版したるものにて、予嘗てロンドン滞在中これを読んで大に其巧妙に感じたり、今二宮君と謀て共にこれを訳す」と述べている。

*18 堀啓子「明治期の翻訳・翻案における米国廉価版小説の影響」（『出版研究』二〇〇〇・三）。なお、ベルヌ条約加盟前後の日本の文壇における翻訳・翻案意識の変化については、堀啓子「黒岩涙香作「雪姫」における万国著作権条約への意識――バーサ・M・クレーの原作をめぐって――」（『国語と国文学』一九九九・七）に詳しい。

*19 堀によれば、クレーのいくつかの著作は一八九四［明二七］年時点で日本に入ってきていたという（「尾崎紅葉「不言不語」と原作者 Bertha M. Clay」、注16参照）。

*20 岩田光子「菊池幽芳」（昭和女子大学近代文学研究室『近代文学研究叢書』第六一巻、昭和女子大学近代文研究所、一九八八・一〇）

*21 堀啓子「『谷間の姫百合』試論――Bertha M. Clay を藍本として」（注13参照）

*22 菊池幽芳「私の自叙伝」（『幽芳全集』第一三巻、国民図書、一九二五・二）

＊23　堀啓子「『谷間の姫百合』試論――Bertha M. Clay を藍本として」（注13参照）

＊24　曲亭馬琴が「稗史七則」の一つに挙げ、明治期の小説にも頻出し続ける「小説技法」としての「偸聞」（たちぎき）については、渡部直己『日本小説技術史』（新潮社、二〇一二・九）、参照。

＊25　堀啓子「『谷間の姫百合』試論――Bertha M. Clay を藍本として」（注13参照）

＊26　この箇所の叙述をめぐって木村毅（注11参照）は、「作者も「すずらん」と百合を、名称から判じてごつちやに考えているのか」と推測しているが、「ごつちや」にしているように読めるのはむしろ『谷間の姫百合』の方であり、原作ではスズランとユリを混同してはいない。また、堀啓子（「『谷間の姫百合』試論――Bertha M. Clay を藍本として」、注13参照）は、「姫百合」とは「紅の百合」を指すとして、ここは「訳者の〈無意識〉という変換」が働いたのではないかと推測している。だが、『谷間の姫百合』においても実は混乱などしておらず、スズランを一貫して「姫百合」と訳しており、読者が「姫百合」をどうイメージするかによって、訳文が混乱しているかのように読めるのである。それだけ木村毅も堀啓子も（論者も含めて）、「姫百合」の「百合」という言葉に引きずられるようにして、大ぶりの一輪咲きのユリをイメージしていると思われる。

＊27　例えば、"purple foxglove"（＝ジギタリス）（七章）や、"bluebells"（＝ヒヤシンス）（七章）、（インドから来た）"delicate, perfumed blossoms, hanging like golden bells from thick, sheltering green leaves"（＝不明）（二四章）など。『谷間の姫百合』では、それぞれ「尾花」「青鈴」「濃かなる葉の中より金の鈴の如き花の垂れ下がり微妙の香り鼻を撲ちて清く実に珍らしき花にぞ」と訳されている。

＊28　堀は「『谷間の姫百合』試論――Bertha M. Clay を藍本として」（注13参照）において、原作は四四章で閉じられるのに対し、謙澄は『谷間の姫百合』で四五章をオリジナルに加筆していると論じているが、論者が参照した『ドラ・ソーン』には『谷間の姫百合』の第四五回に相当する部分がある。堀はどのような刊本を見たのか明らかにしていないが、論者が使用したのは一九〇〇年（Street & Smith 社、実践女子大学図書館所蔵）の刊本である。

＊29　これらのテクストに書きこまれた「家庭」と「愛」の言説に対し、連載紙である「大阪毎日新聞」の投書欄「落葉

範」において読者が大きな反響を寄せたことについては、すでに第四章で詳述した通りである。

＊30　小山静子『良妻賢母という規範』（勁草書房、一九九一・一〇）

＊31　牟田和恵『戦略としての家族――近代日本の国民国家形成と女性――』（新曜社、一九九六・七）

# 第六章　教育される大人たち——「己が罪」における二人の子ども——

## 1　子どもたちの存在感

今日、「家庭小説」として知られる菊池幽芳の「己が罪」（「大阪毎日新聞」に連載、前編は一八九九［明三二］年八月一七日～一〇月二一日、後編は一九〇〇年一月一日～五月二〇日）は、ヒロインである環の行く末をメインプロットとして構成されている。すなわち、環は自分の罪を告白し懺悔するのか、環と桜戸隆弘子爵との関係は決別というバッド・エンドとなって終わるのか、それとも幸福がもたらされるのか、といった具合に、環と隆弘の夫婦関係の有り様が前景化されて、物語は進行する。だが、当初「大阪毎日新聞」の新聞小説として発表されたこの作品を、新聞紙面に差し戻して眺めわたして見るならば、物語のなかでは、しばしば子どもが大きなファクターとして存在していたことに気づかされる。

のちに、前・中・後編の三部構成の形で単行本化[*1]された「己が罪」は、「大阪毎日」連載時には、前・後編の二部構成の形を取っており、単行本化の際に、後編が、中編と後編の二部に分割された。これによって、前編全六六回、後編全一三七回という新聞連載時におけるアンバランスが、単行本では、前編全六六回、中編全六九回、後編全六八回というバランスのよい節立てに改められている。[*2]そして、こうした構成の改変により、物語内容が、ある程度すっきりして見えるようになったと言ってよいだろう。すなわち、「単行本前編」は環と塚口虔三の物語、「単行本中編」は環の子爵との結婚・妊娠・出産、および七歳になった子の正弘をめぐる教育の物語、「単行本後編」は房州での正弘と玉太郎（環と虔三の間の子）の物語、およびその後の夫婦の後日談、というように、物語の展開に即して整えられた分割となったのである。

このような物語構成のうちでも、とりわけ「単行本後編」に位置する房州での正弘と玉太郎の物語は、甲岩《かぶといわ》における水死という破局へと行き着くだけに新聞連載時から大きな反響を呼び、「大阪毎日」の投書欄である「落葉籠」には多くの投書が寄せられた。

例えば、潮の満ち干の速さと恐ろしさを知らない正弘が一人で甲岩に登って無邪気に波と戯れる後編第九八回（四・一二）に対して、「余は『己が罪』第九十八回正弘が甲岩に上るの條を読んで全身に戦慄を覚えたり。嗚呼、幽芳君の無情なる遂に正弘まで暗中に没し去らんとするにはあらざるか（京都喜楽生）」（四・一三）といった声が寄せられている。この投書のあとには、「幽芳さんは正弘を殺す積ですか、それこそ環さんは気が違います、どうぞ〳〵そんな無情なことをして下さいますな、お願ひでございます（若州婦人会総代）」「昨日今日ほど己が罪を読んで心配になる事はありません、腸はほんとに斯う掻むしられるやうで、今朝などは妾は食事をする気がなくなりました（曽根崎をりゑ子）」（四・一三）という投書が続けて紹介されており、正弘と玉太郎という二人の子どもたちの運命に感情を掻き乱される読者の声が掲載されている。

そして、いよいよ正弘と玉太郎が波に呑まれてしまう後編第一〇二回（四・一五）の内容に対しては「幽芳様へ、二人の可憐なる小児を殺させ候は何たる無慈悲のお心根におはし候や。妾は今朝はひた泣きに泣き暮し候も、（略）（怨女）」（四・一五）と泣きくれる読者の姿を確認することができるとともに、さらには、この一週間後に「小説己が罪の玉太郎と正弘が死去を伝へられたる去十五日より二十一日迄、七日間、拙家にては一統精進致居候（大阪同情生）」（四・二二）というような、あたかも作中人物の喪に服すかの如き読者の姿をさえ見出すことができるのである。

このあと、水死のシーンは一人歩きしはじめ、広島のある呉服店の陳列場で人だかりを見たと報告する人物からの投書によれば、「（略）呉服地にて己が罪第百一回玉太郎が正弘を負ふて泳ぎ居るところの作り物」（広島滞在大阪人某）に、見物人たちも自分も涙を流して見入ったという（四・二九）。新聞連載終了後、一〇月一〇日から一一月四日まで大阪の朝日座において「己が罪」が上演された際には、環の父・伝蔵の自殺のシーンが大詰めとされ、そのあとに位置する、環が赤十字の篤志看護婦となって隆弘を看護し、二人が互いの愛情を確認し合うという小説終末のハッピーエンド部分はカットされ、観客は専ら大詰め（七幕目）の前に置かれた六幕目の「房州根本海岸の場」[*3]に対して号泣するという反応を見せたという。

だが、二人の子どもをめぐる物語に対して涙を催したという声は、二人が水死する破局ばかりに集まったわけではない。例えば、水死のシーンのはるか以前、浜辺で出会った正弘と玉太郎が周囲の人々からよく似ていると言われ、自分たちの容姿を海面に映して覗き込む後編第七五回（三・一九）に対して、次のような投書が寄せられている。

私は玉太郎と正弘が水鏡に顔を写す記事を見てひた泣きに泣きました（感泣生当年三十九歳の男子）（三・二五）

余は金心石腸を以て任ずる無骨漢なるに、此頃殆んど己が罪を読むに堪ざらんとす、噫何故にかくまで余の心に深奥の印象を与ふるか、咄（一年志願兵）（同）

余は聊か技術を以て一工場の師たるものなるが、（略）別して七十五六回辺の叙事に至つては非常に神経を惱《なや》まされ、亦読むに堪へざるに至る、（略）（神崎憐涙生）（同）

これらの投書は、涙とは縁遠いはずの男としての自らを強調するかのような文面とペンネームの下に、寄せられている。この三日後には「玉太郎を出して此上また人を泣せるとはあンまりです（玉欄女）」（三・二八）という、女性からと思われる投書も掲載されている。玉太郎に会おうとして環が一人で海岸へ出て行き、玉太郎が学校へ行っていることを遊んでいた子どもたちに教えられる後編第九〇回（四・三）に対しても、「何ぞ己が罪の人を泣かしむる事の頻りなる、余は石腸の男子なるも、その九十回に至つてまたひた泣きに泣きぬ（略）（城南健児）」（四・一〇）という投書も同様の事例と言える。[*4] このような子どもをめぐるシーンの強度はどこから生ずるものなのだろうか。

実は、読者の涙を強く喚起する幽芳の筆を支えていたのは、ほかならぬ幽芳自身の育児経験である。というのも、「己が罪」の連載中の「大阪毎日」の紙面では、家庭欄である「家庭の志をり」[*5]において、幽芳が「小児養育（乳のこと）」や「小児観察」といった育児にまつわる記事を「あきしく」[*6]というペンネームで断続的に連載していたことを確認できるからである。とりわけ後者は、「今年数へ年の四ツになつた女の子一人」を持つ親として「小児観察談」を報告する体裁を取り、例えば、「よつちやん（娘の名）は無闇に水を飲んで仕様がない、それが食事の度にきつと水を飲むので、そのいたいけな手に小さな箸を取つて一二度御飯をかきこむや「おまきー（下女の名――引用者注）、冷たいぶゞ！」。と声高に呼ぶのが必らず例になつて居る（略）」、あるいは「よつちやんのお世辞のいゝ事は非常である（その代りちとおしやべりですよ）どンな髯むちやの人が来ても一向臆面もなしに「大人《おぢ》ちやん」などゝ言葉をかけてすぐ十年の知己のやうになつて仕舞ふ（略）」（「小児観察（一）」三・一七）というような文章によって、子どものいたいけな姿が書きとめられていた。そして、この「小児観察」も読者には好評だったようで、いくつかの投書が寄せられている。犬を恐れる我が子に犬好きの「よつちやん」の話を聞かせたら犬を恐れなくなったと報告する投書者が、最後に「よつちやん」の写真を所望し、「あきしく」がこれを一端は断るものの、重ねての投書に「あきしく」が折れて写真を送る旨の返事をする、という応酬さえ、「落葉籠」には見受けられる（四・一〇、一五）。幽芳が自分の娘の愛らしい日常を報告する記事のなかに、自らの身近な生活空間と地続きの子どもの姿を見出し、その存在感に反応を示していくのである。

以上のような紙面の言説からは、「己が罪」という小説のなかの正弘と玉太郎も、「家庭の栞」で語られる「よっちゃん」も、読者にとっては、同じリアルな存在感を持った子どもとして読み取られており、両者の記事はそうした子どもの存在を日々の生活のなかでリアルに感じている読者の日常と連続したものとして実感されていたのだということがうかがわれる。逆に言えば、「己が罪」における子どもの登場シーンに「泣いた」という声が多く寄せられたのは、そこに描かれた子どもがリアルな存在感を持って描かれていると認識されたからである。読者はその存在感に惹きつけられて、二人の子どもの死を嘆いたのだと言えるだろう。だからこそ、当時の読者にとって感涙を催さざるを得ない大きな山場として受容された二人の子どもの水死のシーンは、舞台化の際には、伝蔵自殺のシーンと二幕続けて配置され、しかも芝居はそのまま終幕とされる操作によって、まさしく「悲劇」として仕立上げられたのである。[*7]

## 2　啓蒙の装置としての子ども

ところで、そもそも「己が罪」という小説において、最初に子どもが登場するシーンでは、どのような描写がなされていたのだろうか。

「単行本中編」に当たる部分において、環は隆弘との結婚に引き続き、妊娠・出産を経験するが、妊娠中の段階から、環は子どもをめぐる教育論や胎教論あるいは遺伝に関する言説といったものに取り巻かれる。後編第三五回

（二・七）で、正義を自らの信条とする隆弘は環に向かって「小児《こども》の教育などについても、私は情に依つて導びくといふよりは、理に依つて導びくといふ主義」と断言して憚らないし、後編第三九回（二・一一）でも、隆弘の叔母の綾子が環に向かって「母親の精神《こゝろ》はすぐ胎児《おなかのこ》に感ずるものですから、児のためを思へばどこまでも精神《こゝろ》を休めて居らつしやらなければいけません、神経の鋭どくなるまゝに泣たい時に泣いたり、笑ひたい時に笑つたりするのは、自分の心やりにはなりませうけれど、胎児《おなかのこ》の大事と思へば、その自分の心やりを捨て仕舞ふのが母親の義務《つとめ》といふものです」と「妊娠中の心得」を語り聞かせる。後編第四一回（二・一三）では、隆弘が環に向かって「母親の心が胎児に影響するといふのは実際あるべき道理」であるため、「母親と胎児との関係の重大な事」は明らかであり、「胎児の脳髄はまだ固まらない故極めて穎敏なもので、各種《いろ〳〵》の感じをすぐ受取つて、それが大人になつた時の特質となる」ため、「母親の心は実に胎児に消え難き印象を止める」と説き聞かせ、挙げ句の果てには、生まれる子が、女の子であれば上半身は父親似で下半身は母親似となり、男の子であれば上半身は母親似で下半身は父親似となると述べ、今度、生まれる子が男の子であるならば、環の「美しい性質」を「写し出した鏡」となるだろう、とまで言う。こうして、まだ見ぬ子どもをお腹のなかに抱えた環は母親としての自覚を吹き込まれていくが、「落葉籠」における「胎内教育と遺伝の事まことに噛んでくゝめるやうに御説明下され妾の如きものも大いに利益を得申候へども（略）（船場妊娠女）」（二・一五）という投書に見られるように、読者もまた環と同様に、妊婦としての心得を啓蒙されていく。

　だが、環はすでに過去に妊娠、出産を経験しており、しかもこの過去を隠さざるを得ない状況に追い込まれ、常に我が身と我が心を責めさいなむ人物として設定されているため、綾子や隆弘による教育論や胎教論、遺伝に関する言説は、環の耳にはアイロニカルな攻撃として響いてしまい、こうした言葉を耳にするたびに環は顔面蒼白となる。このため環は後編第一回（一・四）から「たゞ一点眉より眸子《ひとみ》の間に陰気なる不思議に沈める色ありて」と描写され、以後、この眉間あたりの「沈める色」は物語の要所要所で反復されていく。*8 ここで想起されるのは、「大阪毎日」の「家庭の栞」において、あたかも環の不健康さに警告を発するかのように、「健康の意味」（二・九）や「けしやう 皺の寄らぬ工夫（上下）」（一・一二〜一三）などの記事が掲載されていたことである。とりわけ後者においては、女性の顔に皺が寄らない秘訣として「安眠」が推奨され、心配事や考え事をしながら眠れずにいたり、日中悲しいことがあったりすれば顔の皺が増えることが強調されている（「上」一・一二）。そして、体が丈夫で心に苦労がなければ「頬には薔薇のやうな色を浮べ、眼には冴々した光を添え、何となく伸やかな顔立となる」のに反し、運動不足などになると「顔の色艶も青白くなり、それ子宮病のヒステリーの、斯うなると始終顔が閉ぢて居るから額にわれ知らず皺も描かれる」のだという（「下」一・一三）。環の眉間あたりにある陰気な「沈める色」とは、この記事が述べる「皺」にほかならないだろう。

さらに遡れば、「己が罪」の連載が前編と後編との間でインターバルを置いている時期の社説「日本女子の不健全」（一二・一六）においても、女性の不健康の問題性が取り沙汰されていた。第四章でも言及したように、この社説では、運動不足は「貧血、神経衰弱、憂鬱症《ヒステリー》、消化不良、神気降鎮、不活発等種、不良の現象」を女性の身体に招来するだけでなく、社会にも悪影響を生じ、「生産力の減少」や「体質不良の児子を生産」することは「最も恐るべ」きことであり、さらに「体質の不健全」は「意志の薄弱」を来し、「善悪に対する制裁力を減」じ、育児の際にも子どもの「善」を見逃すことにつながるのだと言う。

この女性の健康論についての叙述は、すでに述べたように、環と正弘との関係に符合するものである。後編第四八回（二・二〇）で、六年の歳月が経過し、正弘が数えで七歳になったとき、環は「誰が目にも健全なる婦人とは見えず」、正弘のあとには「遂に再び孕まず」という状態に陥ることになるし、後編第四九回（二・二一）で正弘は「母に善く似たる眼光《まなざし》と、顔立とを有し」、「母の気質を受つぎたるか、穏《おと》なしく愛らしく、嘗て遊びの友等と喧嘩《いさかひ》したる事もな」いだけでなく、「父に似で物に恐じ易く、事に臨みて勇気を欠ける」（二・二二）性情の持ち主として描写される。このような正弘に対して、隆弘は「始めより情の教育を斥け、どこまでも理によつて正弘を導びかんとするの主義」により「小児の意志を健剛ならしめ」ようとするが、環は「自分の意志の弱き」ため、「自《おのづ》から盲愛に流れ易く」、「自《おのづ》から小児の上に加へんとする制裁力の鈍りゆき」、「余に情に偏よれる教育の知らず識らず正弘が性質を害ひつゝある」という有り様となっていく。

そして、このような状況のなかで事件は起こる（後編第四九～五一回）。正弘は父の隆弘が大事にしているために触れることを禁じられている林檎の木から、林檎を打ち落とし、一つを食べ、一つを懐に入れてしまい、さらには、父から事の真偽を問われた際には、林檎を取っていないという嘘までついてしまう。このとき、正弘は日頃の約束を破るという「不従順」と「虚言《いつはり》」の「二ツの罪」を犯したことになり、環は「全く妾の偽《いつはり》の心を正弘が受続《ママ》だに相違あるまい」と自分を責める述懐をせざるを得ない（後編第五二回、二・二四）。結局、環は「神経衰弱に子宮病をさへ加へ」、正弘も「麻疹を病み、軽症ながら肺炎をも併発し」てしまう。それゆえに、自らも「脳に悩め」る隆弘は病める妻子を連れ、箱根での静養へ向かわざるを得ない。あたかも、社説「日本女子の不健全」などが述べるところをそっくりそのままなぞる形で病気を患う環の「不健全」な姿や、このような母に育てられる子の正弘の性質の屈折は、紙面に展開されていた啓蒙言説と明確に対応している。

つまり、「単行本中編」に当たる部分では、新聞の紙面において、「己が罪」の物語言説と、社説や「家庭の栞」の言説とが、互いに呼応し、補完し合い、子ども（胎児を含む）に対する〈教育〉のあり方が提示されているのだ。しかもそれは、最も望ましい理想の〈教育〉が前面に押し出されて強調されるのではなく、理想的でない場合にはこうなるのだ、というような教訓として提示されていたのである。無論、こうした言説のなかに立ち現れる子どものあり方は、今日の目から見れば非科学的な表象でしかない。しかし、必要なのは、このような言説の真偽を問うことではなく、どうしてこのような言説が求められ、また支持されるのか、ということを問うことである。

この当時の読者の身の回りの現実は、「近来父兄の不品行甚しく家庭の談話も野卑淫猥に傾き其中に薫陶さるゝ児童の特性を害する事甚だし、父兄たるもの幸ひに自ら顧みよ（家庭教育熱心坊）」（一二・一）という投書に見られるようなものであった。そうであればこそ、社説「幼者の虐待」（五・七）において「家庭における教育」の必要性が叫ばれ、虐待された幼者は「身体の発育もこれがために妨げらるべく、精神の発育もこれがために害せらるべし」というように、危機感を扇情されることには必然性があったのである。幽芳自身も、「己が罪」連載中の紙面において「家庭の感化」という言葉を用いながら、「家庭といふものは親と子の双方が感化し合ふところ」であり、「仮令ば親が児に善良な感化を与へれば、善良となつた児は自然また善良な感化を親に与へて、親をしてます〳〵善良な感化を与ふる素質を養はしめる事となる」が、この反対の場合には「只親の悪感化が子に伝はるばかりで子が親に及ぼす感化といふものは皆無にな」り、「極めて面白くない家庭の有様」となることを憂慮した上で、「自分は大阪の家庭にこの場合のものが甚だ多いのを見て眉を顰めずには居られないのである」（「小児観察（六）」四・四）と論じていた。理想的な〈教育〉のあり方を示す幽芳は、一方で現実の親子の有り様について強く嘆いている。

だからこそ、「己が罪」が「一方には読者に向つて情的趣味を与へつゝあると共に、また他方においては多量の知的教化を与へつゝあることにつきて、優に成功を擢取しつゝあることを断言するものなり」というように「教育小説」として捉え返されていくことは（晴嵐「時文小観（二）」三・一三）、当然の成り行きでもあった。無論、ここでいう「教育小説」とは、狭い意味での、子どもの読み物としてのそれではなく、読者であるところの大人に対して、その知性や生活態度や趣味などを向上させる小説という意味である。だから、本章で見てきた「単行本中編」に当たる部分における子ども（＝正弘）とは、大人である読者を啓蒙するための装置であると言ってよいだろう。大人が子どもに向かうとき、もっと言えば親が子どもに向かうとき、どのような態度を取るべきか、という育児指南とも言える体裁を取る物語のなかで、正弘は啓蒙の装置として描出され、読者に対する啓蒙の一機能という役割を果たしている。ここには「単行本後編」に現れるような「泣ける」対象としてのリアルな子どもの姿はいまだ登場していない。

## 3　二人の子どもの死の意味

では、「単行本後編」に至って登場した、正弘と玉太郎という二人の子どもの死をめぐる描写は、「己が罪」という物語の内部においては、どのような意味を持つものだったのだろうか。

環は、二人の子どもの亡骸の傍らで「妾は何もかも良人に懺悔します」(後編第一〇五回、四・一八) と決意して、実際にその場で懺悔する(後編第一〇六〜一〇九回)。また虔三は、はじめて対面する実子・玉太郎の亡骸を目にして悔恨の情が湧き起こり、「死んだわが子の前で、貴女に満心の謝罪を表します」と言って改悛の言葉を吐露していく(後編第一一二回、四・二五)。さらには、隆弘のもとへ赴き、環と離婚しないよう説得したり(後編第一一三〜一一五回)、説得が不成功に終わると、これまでの罪の償いとして、独り身となった環を心から守りたいと思い、求婚したりする(後編第一一九回、五・二)。二人の子どもの死は、先延ばしにされてきた環の懺悔を漸くに実現させ、虔三の改悛と懺悔をも引き出すというように、言わば親に対する〈教育〉効果を発揮したことになる。

ここで思い起こされるのは、「単行本中編」の終末にほど近い部分、すなわち後編第六六回(三・一〇)において描かれた挿絵である(図1参照)。この回は、箱根で正弘が腸チフスに罹患したため、チフスの血清療法の権威として虔三が前編以来の再登場を果たし、正弘への治療のあと、環に向かって嫌がらせの求婚を繰り広げている数回のうちの一回であり、二人の間では産まれた子どもの現在についての会話が交わされている。このときの環は、まだ

図1

玉太郎が生きていることさえ知らない立場にあり、虔三は、生きていることを知りながらも行方が分からず、環に会う機会があれば所在を問いただしたいと考えていた。

このような場面において、二人の子どもの図像が描かれていること自体に不思議はないとしても、波が打ち寄せる岩の上という構図や、子どもたちの頭上に二人の天使が舞うという構図は、明らかに当該回の挿絵として意味不明である。しかし、その後の展開から考えてみれば、図1の挿絵は、はるか先の展開を先取りし、あたかも暗示（あるいは予告）していると言うこともできる。つまり、ここで唐突に出現する波や天使とともに描かれる二人の子どもの図像とは、波に呑まれ、天使に導かれて昇天する、環の二人の子どもの未来を暗示しているのである。このあと実際に、海軍服＝セーラー服を身にまとい（後編第七一回、三・一五）、海軍帽を被るのは（後編第七三回、三・一七）、正弘の方である、というように、細部において微細なズレはあるものの、その後の物語展開を考える上で、この挿絵の効果は大きい。

図1の挿絵が掲載された当該回は、環と虔三が相対峙し、玉太郎の情報をめぐって対決している場面であった。しか

も、のちに環と虔三は、玉太郎と正弘の水死後に、親として懺悔や改悛の情を示し、ある意味で〈教育〉されるという展開を持つ。このことを踏まえるならば、この挿絵は環と虔三という二人の大人を教え導き、内面的浄化をもたらす、天使の声を届ける二人の子ども、という意味合いを帯びてくることになるだろう。

ただし、二人の子どもの死が親に対する〈教育〉効果を発揮するとは言っても、隆弘についてはこの限りでないということは、物語の展開が示す通りである。子どもの死と同時に妻の罪悪の告白をも受けとめることになってしまった隆弘の内面にドラマが起こるためには、一人息子の死だけでは足りず、自身の哲学的探究と環の献身的愛情というステップ（後編第一二七回～）を必要としていた。だが、子どもたちが死んで以降（後編第一〇二回～）、このステップが提示されるまでの部分（～後編第一二六回）において、隆弘（＝正義）と環（＝罪悪）の泣き別れの対決は、読者にとって、かなりの程度において身近な問題であったようだ。

例えば、「（略）余の知れる環に酷似せる女あり、己が罪の前途如何に依つて処決せんとの思案を固め居るが如し、足下、若し環を殺さば尾陽また一佳人を失はんとす、（略）（尾陽鈴木黙介）」（四・一三）という投書が「落葉籠」に掲載されると、これに反応して「余は嘗て己が罪の環をして正当の順序を経たる後、幸福を得せしむるにあらざれば、作の名作だけにそれだけ多く世を誤ることあらんと断定したることあり、然るに尾陽鈴木某子の言の如き、また余の推定の誤らざるを証するもの斯の如く、己が罪の示す処に依つてその進退去就を決せんとする婦人は決して少なからざらん、幽芳子よ、彼等をして願くば安心立命の地を得せしめよ、（略）（東京牛込公平生）」（四・二一）という投書が届いたりしている。同様の読者の声は「（略）己が罪一編は実に世を賊するの結果を招かんとす（略）（躍起組隊長）」（四・二五）や、「（略）殆んど最高の度にまで淑徳を備へた婦人も一度操行を過つた事があればその後の如何《どん》な悔恨に依つても罪を償ふ事が出来ないといふ模範を示す事になる、（略）天下の多くの人は右の裁断に迷つて居る、（略）幽芳君よ、僕は是非とも彼等に一点の光明を与へられんことを願ふものである（デミゴッド）」（四・二九）などの投書からもうかがえる。また、「幽芳君足下、生は最愛の一子をこそは失はざるも隆弘と略《ほぼ》類似の境遇に陥りたる事あり、故に生は自己が正道と信じてその場合に施したりし処置の、貴下の理想と符合するや否やを知らんと欲す、唯余は爾後、世人より極端の厭世家を以て目せらるゝもの、而も貴下の理想と相合するを得ば、尚以て慰さむべきなり（豊前小倉厭世子）」（四・二九）というような、環ではなく隆弘と境遇を同じくする立場の読者からの投書も確認することができる。いずれも、「己が罪」の今後の展開如何によって、自分の身の処し方を決めようとする読者の読書態度が話題となっており、これらの投書からは、物語がいかに読者の現実と連続したものとして受容されていたのかがうかがえる。

このような読書態度は、実は読者が物語に「影響」され、自らの現実を物語に「投影」して、自らの姿を勝手に見出したに過ぎないとも言えるが、物語はこうした読者の期待の地平に応えるかのように、教育的、啓蒙的結末を用意し、読者にカタルシスを与えるものとなっている。子どもの死ゆえに懺悔する勇気を起こし、自殺せずに生き続ける環の姿は、同様の境遇にある読者に対し、プラスの「影響」を与え、教育的、啓蒙的に作用したことだろう。

このあと、環は赤十字の篤志看護婦となって台北の赤十字病院に勤める。赤十字の活動は元来、戦地軍隊における捕虜や傷病者、負傷者に対する人道的な救護を行うことに主眼を置いている。正弘が海軍服や海軍帽を身に纏い、玉太郎と一緒に「日本男児」という軍歌を再三歌い、また正弘が甲岩の上で、波を軍兵に、水煙りを大砲の烟りに、甲岩を城塞に見立てて、無邪気に軍隊ごっこをして遊んでいたことを顧みるならば、環が赤十字での活動を通して看護する患者たちは、死んだ二人の子どもたちの代補だと言えるだろう。二人の子どもの亡骸を前にして、「尼にでもなつて児供の後世でも弔らひませう」（後編第一〇五回、四・一八）と口にし、二人の子どもの墳墓の前でも、「濱や、妾はほんとに尼になつてね、こゝに庵でも結んで、一生を送りたいと思ふよ」（後編第一一七回、四・三〇）と乳母の濱に話しかけたりしていた環にとっては、死んだ子どもたちのために房州に留まって弔うという展開の方がより自然なものであるはずである。だから、環の父の自殺を契機として、環が京都に戻る急展開ぶりは、房州の根本での出来事を遠い過去のものとして読者に印象づけていくことになっただろう。さらに、物語最末尾において環が赤十字の篤志看護婦になるという展開は、読者に対して物語のテーマがここで切り変わったことを告げている。それまで、環の過去の秘密を軸としながら、長らく親と子ども、あるいは子どもそのものを前景化して、主に〈教育〉をテーマとして進行してきた物語は、環が赤十字の篤志看護婦になるというくだり以降（後編第一二七回～）、「婦人の性質」「婦人の心がけ」「女子としての最高の美徳」（後編第一二九回、五・一二）といった理想の女性のあり方、および「霊性の愛」（後編第一二七回、五・一〇）や「精神的愛情」（後編第一三六回、五・一九）といった言葉からも分かるように、理想の夫婦／男女の愛情のあり方をテーマとして、結末に向かいはじめる。

だから、桜戸家累代の墓地に「新たに一基の碑石を増」し、そこに刻まれた文字が「桜戸正弘之墓」であった（後編第一三七回、五・二〇）という物語末尾の一文は、夫婦愛を確認し、ハッピーエンドを迎えた主人公二人に対して、何の違和感もなく、そこに収まっているかのように見える。実際、環が汚れているから子の正弘も汚れているとし、桜戸家の墓には入れないと強く主張していた隆弘の翻意の証左として、この結末は置かれたはずである。

だが、本章において注目してきた環と子どもとの関係から物語を捉え返し、正弘と玉太郎という二人の子どもの結びつきに配慮するならば、この一文からは不自然さや違和感が生じてくる。物語が結末に向けてシフトする前の部分では、例えば、二人の子どもの亡骸が引き揚げられた際、正弘の腕が玉太郎の首に巻きついた状態であったことについて、語り手は「大人にならば必らず相共に棲まんと、小供心に誓ひたる二人は、その大人になるを待つに及ばず、（略）今はいつの世にも離れざるにあらずや、（略）よし之を解くことあらんとも、兄と弟とを結びつけたる血縁の、よく何れの日か之を断つことを得べき、あはれ二人はその望める如く、長しへに相離れぬ中とはなれるなり」（後編第一〇二回、四・一五）と切々と語っていたのだし、子どもたちの葬式のあと、語り手は「弟と並び葬むられたる玉太郎の心易さは云はずもあれ、正弘とても現世の爵位名誉など云へる幻の的と遠く離れ、桜戸家の祖先の墳墓より遠ざかりて、懐かしき兄と共に、枕を並べて眠れるをいかに嬉しと思ふならん」（後編第一一五回、四・二九）と語っていた。この部分の語りと先述した物語末尾の一文とは明らかに矛盾している。

さらにまた、環に視点を移してみるとき、葬式が行われる前の通夜の晩には、「環は二人のわが子のために、隆弘は只一人の子のために、何れもお作方に通夜をな」し（後編第一一一回、四・二二四）、「翌る日に至りて隆弘は一先づ養命館に帰りつ、環は二人の亡骸が此世の風に吹れ居る限りは、その傍を離れじと、（略）死せる子等の傍らに居続け（同）、葬式後に「二個の累々たる土饅頭」の「新しき卒塔婆の二ツ並びて立てる下」に墓参りにやってきた環は二人分の線香の煙りが空中で絡まり一つになっていく光景に感嘆して「二人はやツぱり手を引合つて居るだらうね」と呟いていたのである（後編第四八回、四・三〇）。このように、母としての環は常に二人の子どもに思いを傾けていたのであり、だから、桜戸家の墓に正弘の墓が一基増えたという物語末尾の一文は、二人の子どもの視点あるいは環の視点で見てみるならば、二人の兄弟の結びつきを引き離すことを意味してしまい、少しもハッピーエンドとは言えないはずである。

だが、この結末の一文の不可思議さに気づいた読者は、少なくとも「落葉籠」や同時代評のなかには見当たらない。子ども（たち）と母という要素を削ぎ落として、理想の夫婦／男女の愛情のあり方へと収斂するこうした物語が「家庭小説」の代表作と見なされていったという経緯のなかには、「家庭」および「家庭小説」なるものに対する、のちの読者（それはおそらく第一章において見たような文学史を構築する者に代表されるような読者）の期待の地平が刻印されていると言えるだろう。

## 注

＊1　前編は一九〇〇［明三三］年八月、中編は一九〇一［明三四］年一月、後編は一九〇一年七月に春陽堂からそれぞれ刊行された。

＊2　以下、基本的に新聞紙面をベースに見ていくが、便宜上、単行本に言及する際には、「単行本前編」「単行本中編」「単行本後編」と表記することにする。

＊3　朝日座における「己が罪」の場割については、「朝日座の『己が罪』（三）蓬洲・不倒・幽芳合評」（「大阪毎日新聞」一九〇〇［明三三］・一〇・二〇）による。

＊4　「単行本中編」にまで遡って、箱根で正弘が腸チフスに罹り、腸チフスに対する血清療法の権威となった虔三が呼ばれることになったとき、全てが露見し正弘と別れることになるだろうことを予期して悲嘆に暮れる環に対しても、「環さんの述懐中「正さん、お前はなんでこンな病気になつておくれだねえ」に至りまして千万無量の涙にくれました（東京Y、K）」「僕は涙嫌ひの軍人であるが己が罪第五十九回に至つて覚えず新聞を抛ち嗚咽涕泣した（金城武士）」（三・七）などの声が寄せられていた。こうした事例からは、子どもが絡むシーンを通じて、読者がいかに「泣いた」かをうかがうことができる。

＊5　「大阪毎日」の家庭欄では、「家庭の栞」「家庭の志をり」「かていのしをり」などの様々な表記の下に、家政（薬、野菜、怪我の手当ての情報など）や小児養育、母乳育児の薦め、健康、化粧などについての記事が掲載されている。

＊6　第四章でも述べたように、「あきしく」は幽芳のペンネームであり、のちに「大阪毎日」に連載される幽芳の「家庭小説乳姉妹」の署名でもある。

＊7　二人の子どもの水死のシーンが、新聞連載時に読者の涙を誘った「悲劇」たりえていたことは述べてきた通りであるが、「己が罪」初演においては、役者の配役、演技の成功・不成功と相俟って、水死のシーンよりも「房州根本海岸の場」にクライマックスが形成されていたようである。このことについては、第八章で詳しく論じた。

＊8　例えば、後編第二七回（一・三〇）で、綾子に向かって環を批評する隆弘は、「何か眼に沈んだ色があつて割合に

冴々しくなく、（略）陰気な処もあるやうで」と指摘している。ほかにも、環が遺伝や胎教について聞かされたあとの後編第四二回（二・一四）で、「たゞ眉の間に現はるゝ沈みたる色のみぞ、つひに消え失んやうなく見えし」とますます「沈める色」を深くしていく環の有り様が強調されたり、後編第四七回（二・一九）で、隆弘が環の打ち解けぬ色に気づきはじめるとき、「その眉に描かれける沈める色のいよ〳〵著く」と描写されたり、後編第四八回（二・二〇）で、環と隆弘との間にある「一條の暗流」「暗き陰」を隆弘が「環が眼光《まなざし》の秘密」に求めようとしたりする。

# 第七章　読者たちのホモソーシャリティー
## ——中村春雨「無花果」論——

中村春雨の「無花果」は、一般的な文学史叙述において、長らく「家庭小説」の代表作として取り扱われてきた。[*1]だが、このような位置づけは、果たして妥当なものだったと言えるだろうか。すでに第一章および第二章においても言及したように、「無花果」は後年における文学史叙述においても、同時代の〇〇小説の名づけの季節においても、芸術性の高い小説として評価されていた。例えば、本間久雄[*2]が一九四二年という時期に、「無花果」は「明治卅年代初頭から中葉にかけてのわが時代思潮を最もよく代弁したもの」であったと回想しているように、家庭向けの文学というより、むしろ、同時代の青年読者にこそ読まれた文学であったはずなのだ。本間によれば、この時代は青年たちにとって「困乱《ママ》を極めた」時代であり、「懐疑懊悩」の時代である。華厳の滝における藤村操の投身自殺（一九〇三［明三六］年五月二二日）は、この時代の思潮を象徴するできごとであり、こうした「懐疑焦燥の中から一つの救ひとして、新しい宗教、新しい神を求めようといふ傾向が蔚然と起つて来た。但しその宗教とは無論従来の既成宗教でなかつた。基督教の神でもなかつた」のだという。綱島梁川に代表されるような宗教的体験が一世を風靡したことなどは、まさしく、こういった宗教的なものへの志向の表れであっただろう。つまり、「無花果」という小説は、作中に描かれた登場人物の煩悶、懊悩や宗教的体験において、時代を先取りした感性に支えられていた、と見ることができるかもしれない。

このように、煩悶、懊悩、懐疑の色濃い時代思潮のなかで宗教的なものへの志向が生まれていく状況において、「無花果」についての同時代評からうかがわれるのは、作者の意図をも越えて、青年読者たちがこの小説を受容していく有り様である。本章では、「無花果」の「読者」を同時代評を展開した青年読者に限定した上で、さらに、こうした青年読者の読解をさえ逆に批評してしまうかもしれない、この小説の持つ今日的な可能性についても考察していきたい。

## 1　懸賞小説としての「無花果」

中村春雨の「無花果」は、一九〇一〔明三四〕年三月二八日から六月一〇日まで「大阪毎日新聞」に連載され、一九〇一年七月に金尾文淵堂から単行本として出版された。「大阪毎日」連載に当たっては、前年に「大阪毎日」が企画し、募集した「懸賞小説募集」に春雨が応募し、第一等に選ばれたという経緯がある。まず、この点について確認しておきたい。

一九〇〇〔明三三〕年七月九日、「大阪毎日」紙上に「懸賞小説募集」の広告が掲載された。この広告には「三十回以上の世話ものに限り、甲乙二等を採用し、甲三百円、乙二百円の賞金を与ふるものなるが、期日は略三ヶ月間とし、選者には東京諸大家を加へ最も公平に精密の調査をなす筈にて、これ等の細則規定及び選評者の姓名は更に数日の後に於て発表」すると記載されていた。ただし、この段階では、「三十回以上」という小説の長さ、「世話もの」という小説の内容、「甲三百円、乙二百円」という懸賞金額、「略三ヶ月間」という曖昧な募集期間などが記されるに留まり、選者の名前も締め切り期日も、まだ発表されていなかった。その後、七月二一日に、より詳細な「懸賞小説募集」の広告が掲載された。それによると、懸賞金額や「世話もの」という内容指定に変更はないものの、「三十回以上」という全体の長さの指示に加え、「一回七十行（二十二字詰）前後」という一回分の分量までが指定された。また、締め切りが「十月三十一日」となり、選者が尾崎紅葉、坪内逍遙、幸田露伴の三人に決定したこと、採択方法が選者三人の「平均点」によること、「一等」と「二等」（先の「甲」「乙」は「一等」「二等」に改められた）については「本紙上に掲載」することなどが併せて示された。そして、以後、同じ広告が、締め切りまでの間、繰り返し、紙面に掲載されていく。

ここで注目すべきことは、「世話ものに限」るという内容指定がなされていたに過ぎず、「家庭小説」が求められていたわけではないということである。春雨自身ものちに、「家庭小説」というレッテルを貼られて「今から思ふと随分迷惑な話であつた」と回想しているように、単に「世話もの」を書いたつもりであったに違いない。[*3]

さらに、「一回七十行（二十二字詰）前後にて三十回以上のもの」という分量指定にも注目したい。新聞小説の特徴は、原稿を書き継ぐ作者が、日々、新聞を読む読者の興味をつなごうとする結果、しばしば、本筋からの脱線やくどい説明などが自在に行われたりすることにあり、それゆえ、単行本化する際には、全体のストーリーラインの不整合や不自然さ、唐突な展開や逸脱部分などについて改変や修正が施されることが多い。[*4]だが、「無花果」については、このような大きな改変や修正はほとんど見当たらず、字句の訂正と、後述する読者の指摘を受けた変更がわずかに存在するのみであり、この点でも、後年、「家庭小説」として一括りにされる作品群とこの小説とは明らかに異なる。

要するに、「無花果」は大きな修正を必要としていない、高い完成度を持って応募された作品であった。その完成度は、応募規定の分量指定と内容指定というハードル（＝制約）をクリアし得るテクニックに裏づけられたものであったと言えるだろう。裏返して言えば、「大阪毎日」の編集サイドとしては、初々しい新人作家を求めていたわけではなく、紙面において即戦力となるような、いわば職人芸的な技量のある新聞小説作家を求めていたということになる。[*5]

さて、懸賞小説募集の締め切りから約一ヶ月を過ぎる頃、一一月一九日に途中経過を報告する「懸賞小説について」という記事が掲載された。そこには、応募者が二八名に達したことや、これから東京の選者に送付することが告げられるとともに、応募作品名、居住地、応募者氏名が明記されていた。[*6] このあと、年が明けてもなお、結果を発表するには至らず、「(略) 如何相成居り候や、審査の模様承りたし(周旋好の男)」(一九〇一・一・二二) と読者から結果を催促する声が新聞の投書欄に載り、これに対して編集サイドからの「来《きたる》二月には必ず発表することが出来ると思ひます(略)(担当記者)」という応答も併記されたりした。

そして、いよいよ懸賞結果が発表される。まず、一九〇一年二月二三日に、結果報告の掲載を予告する「懸賞小説発表」という広告が載り、翌二四日に、「懸賞小説審査の結果」という大きな記事が掲載された。次頁に作品名と各選者の点数だけを示す。

この評点を基に「三氏の採点を平均」した結果は、「八十六点六分」を獲得した「無花果」が「第一等(金三百円)」、「七十六点」を獲得した「薄墨の松」が「第二等(金二百円)」というものであった。そして、「小杉天外子の新学士結了後掲載」する旨が記述されている。[*7]

この結果発表から分かることは、一位の「無花果」がどの選者によっても高い点を獲得しているのに対して、二位の「薄墨の松」は選者によって評価が分かれてしまっていること、また三位以下のどの作品も「薄墨の松」と同様の評価のされ方をしており、「無花果」のみがバランスのよい評価を得ていることである。[*8]「最後の採択」が「三君の平均点数」によるものである以上、バランスよく高得点を狙わないと第一等当選は望めないという、当該懸賞小説の特徴がよく現れた結果となっていると言ってよい。

▲尾崎紅葉君採点の分

| | |
|---|---|
| 無花果 | 九十点 |
| 薄墨の松 | 八十八点 |
| 良心 | 八十六点 |
| 鬼啾々 | 八十五点 |
| ほむら | 六十五点 |
| むすび巴 | 六十点 |
| 風地獄 | 五十点 |
| くれ竹草紙 | 五十点 |
| 恋の闇 | 四十点 |

（以下略）

▲幸田露伴君採点の分

| | |
|---|---|
| ほむら | 九十点 |
| 無花果 | 八十点 |
| 良心 | 七十点 |
| 薄墨の松 | 六十点 |
| 鬼啾々 | 六十点 |
| くれ竹草紙 | 六十点 |
| 風地獄 | 六十点 |
| 恋の闇 | 六十点 |
| むすび巴 | 六十点 |

（以下略）

▲坪内逍遙君採点の分

| | |
|---|---|
| 無花果 | 九十点 |
| 薄墨の松 | 八十点 |
| 風地獄 | 八十点 |
| 鬼啾々 | 七十点 |
| ほむら | 六十五点 |
| 良心 | 六十点 |
| 恋の闇 | 六十点 |
| くれ竹草紙 | 六十点 |
| むすび巴 | 六十点 |

（以下略）

以上のような条件や規定を含む当該懸賞小説に、見事に第一等当選を果たした春雨の「無花果」は、一定の型式や内容に関する求めにうまく応え得た作品であり、春雨は、そのような求めに応え得る技量を持つ作家として、紅葉、露伴、逍遙という当代一流の文学者たちに認められて登場したと言えるだろう。すなわち、この段階では決して「家庭小説」として後年、周縁化されていくような小説ではなかったのである。

## 2　文壇内における関心

懸賞小説の結果発表から約一月後に当たる三月一八日の「大阪毎日」に掲載された「懸賞小説掲載の披露」とい

う連載予告の記事によれば、「無花果」は、「在来の陳腐なる旧套を擺脱した」作品であり、「悲劇」が「楽天地」となる「所謂光明小説にして、同時に家庭に於ける良好なる読物」であり、「子弟も読むべく、父兄も読むべく、教育家も、宗教家も、共に再誦を値す」る「傑作小説」として世に問われた。[*9] 連載終了直後、この予告記事をほとんどそのまま借用した広告（例えば、「明星」一九〇一・九）[*10]とともに、「無花果」が単行本化されると、文壇において毀誉褒貶の相半ばする批評が相継いだ。それらの同時代評からうかがわれるのは、この小説がジャンル的位置づけ――すなわち、〇〇小説という名づけ――の対象として文壇周辺の青年たちに受容されたということである。

例えば、近松秋江は「『無花果』を評す」で、「無花果」を「理想小説」とした上で、「優に成功の域に入り、其の真率と同情とに於て頗る深きものあり」と称揚し（「月曜文学」欄、「読売新聞」一九〇一・八・一二）、小島烏水は「宗教小説（中村春雨氏小説『無花果』に就て）」で、「無花果」を「宗教小説として世に問はれたる春雨氏の『無花果』」と述べながら、「宗教小説とは何ぞや」という問いを自ら立て、自問自答している（「文芸雑俎」欄、「明星」一九〇一・九）。平出修（署名は露花）は烏水と同タイトルの下、「（「無花果」が――引用者注）家庭の読み物として適当なり、光明小説として健全円満なるものなりと賞賛せらる、ならば」、自分は博文館に行って漣山人編集の桃太郎昔譚を買うだろうと、「無花果」を「家庭の読み物」「光明小説」としても認めない立場を表明しているが（「文芸雑俎」欄、「明星」一九〇一・九）、中内蝶二は「時文評論」で、「家庭の恰好読物として推奨せむ」と述べ、「光明的理想小説」である内田魯庵の「くれの廿八日」（この作品の評価をめぐっては第二章参照）に刺激を受けたのだろうかと推察しており、平出とは袂を分かつ批評を展開している（「時文」欄、「文芸倶楽部」一九〇一・九）。中島孤島は「理想小説とは何ぞや」で、「写実は理想の入口である、理想は写実の極致である」と論じた上で、「無花果」を「将に其の入口に臨んで未だ其の堂に入るを得ない」小説であると批評している（「読売新聞」一九〇一・一〇・三、六）。そもそも、こうした評言が続出する端緒は、単行本の広告でも、それに先立つ新聞での連載予告でも、この小説が「光明小説」

「家庭に於ける良好なる読物」と紹介されていたことにあるだろう。むろん、これらの言説は、「無花果」を単にジャンル分けするためにだけなされたわけではなく、同時に個別の読み手が「無花果」の内容をどう読んだのかということを示すものともなっている。

すでに第二章において論じたように、このような〇〇小説という名づけの言説は、日清戦争後の一八九六〔明二九〕年から一八九八〔明三一〕年くらいまでの間に、「帝国文学」「早稲田文学」「太陽」「国民之友」「新著月刊」といった雑誌において盛んに唱道され、一部のインテリや文学青年たちに好まれた、文壇という閉じたサークルのなかでのジャーゴンであった。例えば、「早稲田文学」は「社会小説」というタームを軸にいくつもの評論を展開したが、「帝国文学」はこれに対抗するように「社会小説」の実現に期待などせず、「家庭小説」を待望する旨の評論を載せる。また、これらと非常に近接するタームを用いて「理想小説」待望論や「光明小説」というものへの期待を「帝国文学」はいち早く表明し、〇〇小説という名づけそのものを率先して行うと同時に、文壇のヘゲモニー争いに勝利していく。「無花果」は、こうした文壇内でのタームによる批評の欲求を掻き立てる小説であり、この小説がこれらの文壇の担い手たる青年読者の下に、いかに届いたかが分かるだろう。

また、このことと関連して、同時代評における顕著な特徴として、ほかの小説との比較の試みを指摘することができる。

例えば、蝶二は魯庵の「くれの廿八日」と「無花果」とを比べながら、宗教上の信仰、家庭の関係をともに描き、意志薄弱の紳士と愛深き佳人とがともに登場し、最後に基督教の慰藉を得て、家庭の静平に帰結するところをともに描くなどの類似点があると述べている。また、孤島は理想小説と写実小説について論じるに当たり、小杉天外の「恋と恋」を引き合いに出して「無花果」との比較を試み、「帝国文学」は「鏡花天外春雨」において、最近の読むべき小説として、泉鏡花の「袖屏風」や天外の「恋と恋」と一緒に、春雨の「無花果」を挙げている（「文壇雑報」

欄、一九〇一・一二)。さらに高山樗牛は「文学美術」で、「無花果」とともに菊池幽芳の「己が罪」と徳冨蘆花の「おもひ出の記」を挙げ、「昨年の小説中に於て最も名高きものなりき」と紹介している(「付録　明治三十四年史」、「太陽」一九〇二・一)。樗牛のみ、おそらくは同じ新聞小説として「己が罪」や「おもひ出の記」と並べて扱っているが、そのほかのものは、文壇内におけるインテリや文学青年たちが専ら関心を向ける小説および小説家との比較となっている。とりわけ、蝶二の「くれの廿八日」との比較は、第二章での考察とも符合するだろう。すでに述べたように、「帝国文学」が「くれの廿八日」を「家庭小説」として認定したとき、「家庭小説」イメージは文壇内に登録してしかるべき芸術的な小説というイメージであった。このような「家庭小説」としての「くれの廿八日」と「無花果」が引き比べられること自体、「無花果」の同時代受容のあり方を物語っている。

こうした、文壇内における「無花果」への関心の高さには、文章の巧みさをその理由として挙げることができそうである。「帝国文学」の書評においても、「文章はなか〳〵に巧」で、「異彩を放てる作品」として「洵に推奨するに余ありと謂ふべし」と、新聞小説には手厳しい「帝国文学」としてはかなりの讃辞を与えているし(一九〇一・八)、「無花果」を最も否定的に批評した「太平洋」の「文壇雑俎」でも、「成程文章は達者だし、結構は上手だし、観察もさう粗雑では無い」と、文章や結構といった形式面についてだけは誉めており(一九〇一・八・二六)、同じくネガティブな批評を展開したボルテールというペンネームの批評者も[*11]「小説「無花果」を読む」において、「文章は実に旨いものだ。多数の読者は読むこと半ばならずして、先づ文の為、烟に巻かれてしまふ」と、揶揄気味に評価している(「新仏教」一九〇一・九)。このなかでも、とりわけ「帝国文学」の讃辞については、同じく「大阪毎日」に連載された「己が罪」が単行本化された際に、わずかにその中編のみを採り上げ酷評したことに鑑みるとき、この雑誌の好みが「無花果」のような小説の方にあったことをはっきりと示している。

以上のように、「無花果」の同時代評からうかがえるのは、「無花果」が文壇内のインテリや文学青年たちによってポジティブにもネガティブにも相手にされた小説だったということである。

## 3　同時代における読解の地平

こうした文壇における反応は、具体的に小説のどのような側面に対して起こったのだろうか。新聞連載時の投書欄を見ると、「庸之助の煩悶を写した著者の苦心は思ひやられたが、少しく一般の読者には解りかねました（通俗子）」（一九〇一・五・二九）という読者の声が寄せられている。文壇内部における同時代評において、この庸之助の煩悶への言及が少なからずあることを考えれば、「庸之助の煩悶は難解だ」という一般読者からの率直な感想は、「無花果」が文壇受けした小説だということを裏書きするものと言える。

例えば、秋江は「無花果」を「理想小説」だと論じるとき、その理想を「一、罪障消滅に就いての懐疑、随って人生の意義の疑ひ。／一、而も基督の愛慕と懺悔とに依りて天国の永世を得、随つて現存の価値を認めたり」という二点に概括している。つまり、自己の罪を悔い改めれば罪障一切が消滅するというキリストの教えを庸之助が信じ、牧師をも務めるほどの人物となったのに、帰朝してみれば罪障一切は全く消滅しておらず、かえって膨れ上がっていたという現実を突きつけられ、キリストの教えに懐疑を抱く。このときの庸之助の煩悶や懊悩、懐疑を「苟くも真面目に人生を見んもの、誰れか一度此の問題に触着せざらん、況んや彼に於てをや」と述べ、庸之助がお澤と恵美耶との間で揺れる様子を「善人懊悩の状を描きて悲劇を成さんとせるは蓋し作者の求めたる理想小説の美所」と評している。「無花果」を否定的に論じる平出が注目するのもまた、秋江の言う「罪障消滅に就いての懐疑」の部分であり、ここにこそ「無花果」の骨子があると見る。「疑問はやがて煩悶となり、煩悶は更に自暴自棄となり堕落となる」ために、庸之助は「只一個平凡の鳩宮庸之助」になり果ててしまい、作品の思想性が「平凡にして幼稚」であると批判する。烏水もまた、「宗教小説とは何ぞや」という自ら立てた問いに対して、「宗教小説にありては人間の所謂「自我」なるものは必竟ずるに極めて幺微にして、幾ど有る乎無き乎に在り」と述べるとともに、「小説の主題は言ふまでもなく人間」であって、「人間は弱者」であり、「懐疑し、煩悶し、狂し、而して自己を破壊して悔いざるもの、彼は頑強に「自我」の上に基礎を置きたればなり」と論じ、庸之助の懐疑や煩悶すなわち「自我」なるものと宗教による救済との関係に疑義を投げかけている。

このように、「一般の読者には解りかね」たという新聞読者の感想とは対照的に、文壇内部の批評家たちにとっては、煩悶する庸之助の姿こそが注目すべき問題であり、「無花果」は、煩悶、懊悩する男性主人公の物語として受容されていたと言えるだろう。

他方で、キリスト教信者は、この小説の新聞連載中に過剰な反応を見せてもいた。連載中の「大阪毎日」の投書欄には、例えば次のような投書が寄せられている。

中村春雨君の「無花果」は漸く蔗境に入つて来た。庸さんが吾党の為めに大気焔を吐の日を待つ（アーメン）（四・一四）

貴紙御掲載の小説「無花果」は吾輩基督信者の実に頂門の一針である。貴社願くは結了を待ち一本となし意志薄弱の信者の座友の銘たらしめよ（薄志弱行の人）（五・六）

ここには、悲愴な状況に否応なく追い込まれる庸之助に対して、同じ信者としての感情移入の声を見出すことができる。このような感情移入は、キリスト教信仰をめぐる同時代状況を十二分に踏まえたこの小説の仕掛けに由来する。というのも、「無花果」の登場人物であるキリスト教信者の中岡牧師が経済的理由により銀行員へと転身を図り、世俗化するという設定は、同時代において等身大のリアルな信者の姿として存在していたからである。

実は、「無花果」連載中、熊本バンドの一員でキリスト教信者として活躍していた横井時雄が四月九日に逓信省官房長に就任するという出来事が報道された（「大阪毎日」「読売新聞」「万朝報」等、各紙において一斉に報道された）。この報道を受けて、四月一四日には「横井時雄さんが牧師を捨て就官されました。今日此頃われ〳〵基督信者は誠に心細く思ふてゐますに、小説「無花果」の主人公の庸之助さんも其薄給に泣き、母や姉さんの甘い口に稍ともすれば心機一転の傾きが見ゆるのでヒヤ〳〵思つてゐます。もし庸之助さんが節を変るやうならモウ基督信者も頼むに足りません。何卒、庸之助さん、節を曲て下さるな。貴方の処決一ツは実にわれ〳〵信者の一大問題になつてをります（信者の一人）」という投書が掲載されている。この投書に対しては、さらに、「信者の一人さんは横井時雄さんが就官されたを御嘆きになりましたが、私は大に喜んでゐます。今まで基督信者といへば、なんだかツマラヌ人間ばかりのやうに思ふてゐますから、官吏になるもよからう、アーメンばかりいふのが信者ではありません（風変りの信者）」（四・一九）という応答も寄せられた。

続いて、四月二二日には、「天の使（投）」による「「無花果」の中岡牧師を憤る」と題した投書記事が文芸欄に掲載されている（投書欄に載せるには長過ぎるため、独立した記事として掲載されたようだ）。その内容は次のようなものであった。

（略）遠くは大酔して墨田堤で昔し伝道した一介の人力車夫に逢つて逃げた小悟大迷の牧師金森通倫あり。近くは五斗米に腰を屈した横井時雄。同志社出の牧師で故新嶋襄先生の甥なる新嶋公義は、京都鉄道会社で法界節を歌ひ、今は村井吉兵衛の秘書役になつて居る。神戸の牧師本間重慶は日出商会の番頭になり、これも同志社出の牧師上代知新は、転業して長らく北海道を彷徨ふて居たが、今は兵庫県の土木掛となつて、無智の人夫等と共に笑つて暮してるさうだ。

豈唯に中岡牧師のみならんやだ。

堕落だ、心機一転の悲しむべき結果だ。

精神界の人々を社会が冷遇する結果だ。

（略）

願ふは庸之助君！。

神の子の本領を、聖徒の天職を。


こうした投書からうかがわれる、この時期のキリスト教信者の政治や実業への関心を、一概に「堕落」「悲しむべき結果」と断罪することはできず、自由民権運動との関わりや、倫理的意識、当時の愛国心のあり方などと絡めて総合的に捉え返す必要があるが[*12]、同時代の、とりわけキリスト教信者からすれば、このような強い不信感や断罪を招く結果となったようだ。横井が逓信省官房長に就任した際、内村鑑三は次のような文章を新聞に寄せている。

（略）惟《ひと》り怪む横井時雄君の如き腹の白き人が明治政府の如き腹の黒き政府の官吏とならるる事を、（略）
余は此政府を以て日本国を救ひ得べしと信ずる横井君の頑是無き心を愛す、余は宗教に失望して政治に入りし君の心を憐む、余は此事に就て深く君を咎めざるべし、そは宗教界今日の泥濁は政治界のそれに一歩も譲らざればなり、故に若し世に変節を以て君を責むるが如き者あらば余は余の全力を注で君の為に弁ずべし、（略）
（内村生「横井時雄君の就官を聞て」、「万朝報」一九〇一・四・一〇）

いわば内村は、「無花果」の中岡牧師に横井をなぞらえ、その変節を批判するような言説の出現を予想した上で、なおかつ、それを予め「全力を注で君の為に弁ずべし」というように封じ込める意志を示していたことになる。「無花果」の受容の様相が、このような言説と地続きであったことを確認することができよう。

以上のように、煩悶、懊悩するキリスト者としての庸之助を描き出した「無花果」は、文壇内部の青年読者とともに、キリスト教信者たちをも大きく惹きつけずにはおかない内容を持っていたことがうかがえる。本間が述べていたような「懐疑懊悩」の時代から宗教的なものへの志向といった道筋が、「無花果」一篇には確かに内包されていたのであり、同時代の読者は、まさしくそこにこそ反応していたことを確認できるだろう。

だが、さらに目を引くのは、庸之助の煩悶に注目しつつも、それに疑義を呈した烏水のような評者が、お澤のような脇の登場人物に注目していることである。「渾身の情熱、他を鎔かすにあらずんば自ら銷すること彼女の如きは、戯曲小説の主人公としては恰好の性情」であり、「愛したる郎君のために」「自己の霊魂を献げた」お澤は、「『無花果』全篇を通じて霊犀一点の気を認め得られたる」唯一の人物であって、これは「おそらくは作者の予期せざりしところ」であろうと烏水は述べている。庸之助の煩悶に意義を認める秋江もまた、「暗黒方面の権化たるお澤に於て人生の沈痛なる意義を味ひ得るを覚ゆ」と述べ、庸之助や恵美耶も理解できるが「お澤が印象の一層自然にして深刻なるに及ばざるなり」と率直な感想を吐露し、「『無花果』は目的に於てよりも、目的とせざる所に於て一層多く成功したるもの乎」と、烏水と同様の発言をしている。同時代の少なからぬ読者は、お澤にこそ、庸之助・恵美耶夫婦を越える悲愴な物語を見出し、烏水の言う「人間」の「自我」というものを看取したということだろう。

このお澤のような人物について、作者自身の春雨がどのように考えていたのかという点については、「無花果」

執筆に先立って書かれた「青年と恋愛と」（「よしあし草」一八九八・七、署名は鉄兜生）という文章からうかがい知ることができる。この文章において春雨は、「恋愛の神聖、恋愛の純美は毫も疑を容るべからず」、「社会活動の根源的大勢力を占むるものは唯一の愛也」、「愛は実に人間の栄冠也」と述べつつ、「然り而してこの愛の大勢力が青年男女間に働きて所謂恋愛なるものを実現し来るや」、「実現する所は野合のみ、淫奔のみ、其果は乱倫にして其末は壊俗に及ぶ」、「恋愛は多く色情を伴ひ色情は肉欲と抱合緊紮すれば也」と論じていた。洗礼を受けたクリスチャン[*13]としての春雨にとって、おそらく婚前・婚外交渉というものは全て「野合」「淫奔」「色情」などと名づけられて然るべきものであったに違いない。そうであるからこそ、「作者の極力同情を表したるものか二人（庸之助と恵美耶——引用者注）にありてお澤にあらず、この点に於て作者の立場は橋畔の巡査の如し」（烏水）という感想も招いてしまう。

もっとも、この「橋畔の巡査」のような春雨の書きぶりは、実は春雨の新聞小説についての考え方に基づいている。春雨の新聞小説についての考え方は、「美術上の製作品たらしめんとするよりは寧ろ道徳上の地歩を占めしむべく、悲観主義のものよりは却て楽天主義を選び自らコメデーの主人公となりて忠実に勧懲小説を鼓吹するにあらん乎」（鉄兜子「新聞小説」、「よしあし草」一八九七〔明三〇〕・九）というものであった[*14]。これらの春雨の発言から、春雨が新聞の懸賞小説に応募するに当たり、色情と愛、勧善懲悪といった自らの考え方を「無花果」という小説に、自覚的に巧みに取り込んで描いたことがうかがえるだろう。つまり、読者たちは、以上のような新聞小説観を持つ春雨によって配置された小説内の一機能でしかなかったはずのお澤という脇役に、過剰な思い入れを抱いたということになる。

## 4　「無花果」の批評性

以上、ここまで確認してきたのは、新聞小説に対する春雨なりの信念とも言うべき考え方に基づいて書かれた「無花果」が、完成度の高い「世話もの」として、当代一流の小説家に認められて登場し、かつ、新聞小説でありながら、いわゆる文壇内の文学青年たちから「美術上の製作品」として扱われたということであった。しかし、その一方で、これらの読者たちが、勧善懲悪の「悪」として描いたはずのお澤のような人物を中心化した悲愴な物語を読みとってしまうという反応に見られるように、この小説には、読者をして「予期せざりしところ」(烏水)「目的とせざる所」(秋江)についてのイマジネーションを喚起してしまう過剰さがあることも見逃せない。しかも、この過剰さは、この時代に特有の「懐疑懊悩」や宗教的なものへの志向というモードに貫かれた青年読者たちによって提示された読み方をはるかに超えるものだったのではなかったか。今日の視点から読む際に見えてくる、この小説の批評性について、以下に探ってみたい。

「無花果」の物語は、アメリカの「エール大学」で神学士の称号を得た鳩宮庸之助が、帰朝後、牛込教会で牧師として紹介され、説教の代わりに自分の過去にまつわる懺悔話をするという形ではじまる。その懺悔話によれば、庸之助は一〇年以上前、法律を勉強するべく弁護士事務所に勤めていた時代にある罪を犯し、その後にわたったアメリカでキリスト教と出会い、今に至るという。庸之助の言う一〇年以上前の罪とは、具体的には、勤めていた弁護士事務所の一人娘であるお澤の「処女の神聖を汚し」たというものであったが、帰朝後の物語展開のなかで、庸之助は、お澤がその後に聟養子を殺して入獄し、監獄のなかで庸之助の子を産んだということを知ることになる。

物語は、その庸之助が教誨師として市ヶ谷監獄を訪れるところから急展開を見せる。そこにはお澤が収監されており、教誨師として赴いた庸之助とお澤が約一〇年ぶりの再会を果たすことにより、お澤が様々な行動を起こし、庸之助はそれに巻き込まれていくのだ。このときの庸之助の教誨師という立場は、一〇年以上前の、法律を志していた時期と、アメリカでキリスト教信仰を得て道徳を志向するようになった時期とをつなぐ設定であり、この小説のテーマである法律と宗教の衝突[*15]を形成するものである。

だが、そもそも「教誨」とは何か。それは、法律の裁きを受けた受刑者の精神的救済を目的として行われるものであり、ここでは法律と宗教が対等に衝突するというよりは、法律が一段上に位置し、宗教が法律の範囲内で機能していることになる。もっと広く、牧師や神父、僧侶などといった宗教者一般を考えてみても、やはり社会的には法律の範囲内で活動する存在である。つまり、この小説は、一見、法律と宗教が対等に衝突し、その狭間で庸之助が煩悶、懊悩する物語であるかに見えて、実は、宗教者がおとなしく法律を遵守する物語であり、教誨師としての庸之助は権力に対して従順な宗教者の姿として提示されていると言ってよい。

このことは、例えば、お澤が教誨師としての庸之助と邂逅したあと、脱獄して庸之助に会いに行く場面で、庸之助が即座に自首を勧めることにも表れている。宗教の超越性、絶対性というものが真に実現されるものであるならば、宗教は、法律や国家や権力といった世俗的なものを軽々と飛び越えるはずであり、このときの庸之助は牧師としてお澤を精神的に救済すべく、法律を恐れることなくお澤を進んで匿い、お澤を教え諭してもいいはずである。だが、庸之助ははじめは自首を勧め、お澤に難詰されて、しぶしぶ匿うことに手を貸しているに過ぎない。そして、匿ったあとには、交番の巡査を見て「胸がどきりとして心臓の鼓動は俄かに高ま」り、「道徳の罪人」だけでなく「法律の罪人」にまでなってしまったと独白し、脱獄犯を牧師館のなかに匿うことについても「不埒な事を仕出かした」と嘆く。要するに、お澤（＝犯罪者）に向き合う庸之助の姿勢は、終始一貫、法律がまず先にあり、キリスト教は二の次となっているのである。庸之助の煩悶、懊悩も、庸之助の諸事に対する判断がこの順序に従っているがゆえのものであり、このような庸之助が教誨師となったことはまさに象徴的であると言えるだろう。

一方、この小説のなかでは、法律と道徳のほかに、もう一つの対立軸が設定されている。それは銀行員と牧師との対立軸であり、換言すれば、現世的な成功や物質的な価値への欲望といったものと、それらを志向しない精神性といったものとの対立である。物語の全編にわたって金銭や経済に関する話題が頻出するが、なかでも庸之助の姉のお柳が嫁いだ相手である田島保衛は銀行の支配人をしており、金銭的な話の中心に位置している。庸之助の父母や姉は庸之助に対し、牧師をやめて田島の口利きで銀行の仕事に就くようしきりに勧め、牧師なら月給三〇円程度のところを（この金額は庸之助が自ら述べたもの）、銀行員なら「最初は六十円は出す。賞与を合せると平均百円以上には屹となる」と誘惑する。さらに、先にも言及したように、牧師仲間の中岡は、実際に田島の口利きで銀行員へと転職し、「何でも八九十円の月給になるんださう」と噂される。この牧師と銀行員の待遇の違いを強調するように、田島が登場する場面では田島の家のきらびやかさと庸之助のみすぼらしさが必ず描かれるとともに、中岡が銀行員へと転身したあとには、生活水準がいかに上昇したかということが、中岡夫婦の身なりや中岡の素行の変化として表れる。

そして、このような経済力格差の有り様に付随してくる要素が、酒と女に関する描写である。田島には物語の当初より妾が三人いるとされ、妻のお柳は子どものないことで肩身の狭い思いをし、下女からも侮られる。中岡が銀行員になったあとで、田島邸で田島と中岡と庸之助が会談する場面では、庸之助は二人から酒を勧められ、キリスト教徒であり禁酒の身の上だからと断るものの、元キリスト教徒の中岡の軽薄な調子が、庸之助と対照的に描かれる。物語の終盤では、中岡の妻のお寅が立派な身なりとは裏腹に、夫の金遣いの荒さや外泊の多いことを嘆くし、車上の田島および中岡とすれ違った庸之助は、二人が酒で顔を赤くしているのを見て、「北廓へ飛ばして、浮世の歓楽を買いに行くのであらう」と推測する。結局のところ、田島と中岡の経済的な裕福さがもたらすものは、お柳の肩身の狭さだったり、お寅の嘆きだったりするのであり、お柳とお寅と庸之助の母であるお節との女三人の会話のなかで、「男といふものは、何うして彼《あ》ア気強いのでせうねえ」という呟きが吐かれることになるのである。

では、このような銀行員に対して、牧師として物質的な欲望を持たない清貧ぶりを庸之助が一身に引き受けるのかと言えば、実はそうでもない。確かに、銀行員に対して牧師がいかに貧しいかを強調するように、庸之助一家の家計の逼迫状況がいちいち会話のなかで明かされてはいる。例えば、嵐の夜（お澤が脱獄した晩）の翌朝には、庸之助一家で「彼所此所破損」したことが話題に上り、その修繕費は「会堂の維持費から出す」ことや、恵美耶が乞食の子どもたちを養い、孤児院を建てる費用はアメリカの恵美耶の実家から送られてくることなどが言及されている。だが、これらは、庸之助に銀行員への転身を迫る周囲の人物たちが庸之助一家の家計状況を穿鑿するためになされた会話であり、牧師の貧しさが強調されてはいても、庸之助の質素さや倹約家としての有り様を物語っているようには見えない。しかも、お澤が脱獄して以降、庸之助は脱獄犯隠匿の容疑で拘引され、服役することにもなってしまうため、庸之助は煩悶、懊悩するばかりで、家計を振り返らなくなっていく。そして、このような庸之助に代わって家計を切り盛りするのは、専ら恵美耶である。恵美耶は自分の「衣服《きもの》、装飾《かざり》」を売り払い、庸之助が拘引されたあとには、庸之助に代わって牧師の仕事をし、さらに女学校の教師の仕事をも引き受け、家計のやりくりをつける。恵美耶は妊娠中であるにもかかわらず、夫不在のなか、姑のお節のイジメにも耐えながら、これらの仕事をこなしていくのである。

しかも、庸之助はお澤を牧師館から棟割長屋へと移した際、そこで禁酒の身の上にもかかわらず酒を飲み、お澤を「何となう床しさ、懐かしさの情が泉の如く、胸の底から湧き上る思ひ」で眺める。庸之助とお澤の間にできた娘のお巻をも交えて親子の名乗りをしたときには、「子の愛、それに加へて夫婦の情愛が、胸一ぱい」になり、戯れ言のなかでお澤を本妻かもしれないとまで言い、「一大罪悪を再びして、罪の上塗」までも犯してしまう。[*16] 庸之助は、このことを恵美耶に告白も懺悔もできないばかりか、そもそも帰朝後に知り得たお澤のその後の顚末についての情報そのものを恵美耶に話さないまま（従って、お澤脱獄と隠匿についても話さない）、拘引、受刑となってしまう。恵美耶が自分の持ち物を売るなどして経済的なやりくりをしている間、庸之助はお澤のために、さらに金を注ぎ込み（お澤を棟割長屋に移した当初、五円をお澤にわたしている）、気持ちまでも移しそうになり、そのことを一人煩悶するばかりである。要するに、庸之助は帰朝後、恵美耶とまともに向き合わず、真実を一つも自ら打ち明けないまま入獄するのであり、恵美耶は庸之助の身に起こったことを舅から聞き出すしかなかった。

さらに、拘引されて以降の庸之助は、法廷か監獄の場面で、たいてい煩悶、懊悩する姿で描写される。出獄後、周囲に暖かく迎えられてさえも、恵美耶への引け目や罪悪感から自殺しようと一人で街をさまよい、煩悶、懊悩が繰り返される。このように描かれるからこそ、先に見てきたように、同時代の読者たちはこの小説を庸之助の煩悶の物語として読んだのであろう。この庸之助が、再び信仰の気持ちを強くするのは、通りすがりの街の教会で説教を聴き、煩悶、懊悩から脱出するからであり、牧師であるはずの庸之助は自らの信仰によって自分一人を救うことさえできない人物と言えるだろう。

こうした庸之助とは対照的に、恵美耶は物語後半において、さらに存在感を強めていく。恵美耶は一人で一家の経済を切り盛りするのみならず、姑のイジメに耐えながら、その献身によって徐々に舅やお柳に受け入れられ、ついには姑の心をも開いていく。一人煩悶し続けた庸之助がどうにか信仰心を取り戻して帰宅してみれば、恵美耶は、舅、姑、お柳を感化して、一家をキリスト教に入信させることに成功していたのである。

畢竟、この小説は、庸之助がただ煩悶、懊悩している間に、経済的なやりくりも宗教的な仕事も、全てが恵美耶によって片づけられている物語だということになるだろう。銀行員の裕福さが酒と女に溺れることを招来し、妻をないがしろにする結末を用意しているのに反し、牧師の素晴らしさが描かれるのかと言えば、そうではなく、牧師といえども昔の女と浮気をし、家計を振り返らず、刑をも受けることが示され、庸之助自身が独白しているように、かつて「説教を試みたものが」、「他《ひと》の説教を聴く」立場へと転落してしまう。つまり、この小説が提示するのは、田島や中岡の軽薄さもさることながら、庸之助が牧師としていかに無能であるか、という物語であった。そして、庸之助と対照的に浮上するのは、恵美耶の生活力と宗教的感化力とでも言うべき力である。総じて、この物語には、男たちの不甲斐なさ、だらしなさに対して、女たちの嘆きや内助の功の力が提示されていると言えるだろう。庸之助が権力の下に位置する力ない一介の教誨師として登場し、ただひたすら煩悶するしかなかったことは、社会における宗教の存在の弱さが露呈されてしまう点でも象徴的な設定である。

翻ってみれば、先にも述べたように、文壇内部の批評家たちは庸之助・恵美耶夫婦よりも、脇の人物であるお澤の方に一層、注目していた。確かに、いわゆる心中物に親しみ、判官贔屓の心性を持つ読者がお澤に同情を寄せる感性というものを、理解することはできる。だが、それよりもお柳・お寅・お節の女三人の会話中に見られる「男といふものは、何うして彼《あ》ア気強いのでせうねえ」という言葉や、恵美耶の生活力や感化力と引き比べたときに際立つ庸之助の無能ぶりとに注目するならば、お澤への注目だけで終わる同時代の批評家たちは、小説内の女性たちによって予め批評されていると言えるのではないか。なぜなら、庸之助の眼前に、やむを得ず仲を引き裂かれたかつての恋人という設定として現れるお澤は、その犯罪者としての不気味さや凄まじささえもが男心を刺激する一つのロマンスを形作る存在とも言えるからである。要するに、庸之助の煩悶、懊悩にばかり目を奪われ、その庸之助に寄り添うようにしてお澤のような存在にばかり注目してしまう同時代の批評家たちは、いわば庸之助とのホモソーシャルな連帯のなかに留まり、この小説の持つ本来の批評性に届いていなかったということになるだろう。

しかし、この小説の真の批評性は、お澤のような、男にとってある意味で都合のいい女であり、また男を振り回す女の悲愴な物語よりも、お柳やお寅などのように、夫にないがしろにされる妻の嘆きを点描した上で、夫の無能さを際立たせずにはおかない妻・恵美耶の存在感を描出し得ている点にこそあったと言うべきではないだろうか。お柳とお寅は後景においてわずかに点描されるだけであるが、どちらも酒と女に溺れる夫の「気強」さに耐えながら、自分の一家の経済的やりくりをつけ、家事全般を担う存在であり、恵美耶と何ら変わるところがない。恵美耶は自ら嘆いたり愚痴をこぼしたりせず、その内面をあまり描写されないが、お柳やお寅の嘆き、またお節を交えた女三人の言葉は、恵美耶の気持ちの代弁たり得ていると言えるだろう。つまり、後景に描かれるお柳やお寅たちと前景化されて描かれる恵美耶とは、ともに相互補完的な人物配置となっており、これらの女たちが総体として、男たちの不甲斐なさ、だらしなさを浮き彫りにしていると言ってよいだろう。

## 5　まとめ

これまで見てきたように、「無花果」は、後年、「家庭小説」というジャンルにカテゴライズされるとはいえ、けっして、いわゆる「家庭小説」として受容されたのでも、また書かれたのでもない。

しかし、「無花果」は、このあと、いつしか「己が罪」などとともに「家庭小説」として、文学史の上でカテゴライズされていく。例えば、一九〇九〔明四二〕年二月に発行された「太陽」定期臨時増刊号における「明治史第七幕　文芸史」のなかの「家庭小説」を説明しているくだりで、早くも「其の代表的作家は徳冨蘆花、菊池幽芳、中村春雨、田口掬汀等である。諸氏の作は、皆な道徳的観念を基礎として、婦女子の同情を惹くべき様な葛藤を写したもの」というように、今日の我々には見慣れた「家庭小説」の叙述を目にすることができる。また、一九〇七〔明四〇〕年二月二四日の「読売新聞」の「文芸附録」の一書生による「明治座評」では、舞台化された「無花果」について、「第二場の熱海海岸の如き」という記述をも目にすることができる。原作では熱海どころか海岸さえも出てこないのに、[17]舞台では大きな改変が施され、いわゆる新派悲劇と呼ばれる体裁に整えられて、「無花果」は上演されたらしいことがうかがわれる。先にも言及した本間久雄の回想にもあるように、「原作は決してさういふものではな」く、「一種深刻な懐疑小説であると同時に、又一種高級な宗教小説」だったにもかかわらず、新派悲劇として度々上演されるなかで「肝心の思想的煩悶を抜いて、筋だけを甘くこしらへ」られたため、「通俗小説らしく世間から考へられ」てしまったのだろう。このように、「家庭小説」というジャンルの成立を考えるに当たって、演劇（とりわけ新派悲劇）との関連は無視し得ないものがあるが、本書ではこの問題に立ち入る余裕がない。

だが、演劇との関連を差し引いても、前節で見てきたように、原作の後半において存在感を強める恵美耶に注目するとき、今日の我々にお馴染みの「家庭小説」的読解も可能となるのが分かるだろう。おそらく物語において、不甲斐ない一介の牧師としての庸之助とは対照的に、宗教者としての優位性を示す役割を担わされていたはずの恵美耶は、しかし、ありがたい説教を聞かせたり、聖書を読み解いたり、悩める者の相談に乗るという宗教者としては描かれていない。それよりもむしろ、ひたすら姑のイジメに耐え、経済的やりくりをつけ、夫の留守宅を守り、さらには庸之助とお澤の子であるお巻を養育するという内助の功の側面が強調されて描かれている。つまり恵美耶は、いわゆる「良妻賢母」として提示されていると言ってよく、こうした側面が強調されて描かれることで、確かに、「日本の「家庭」のなかにはじめて場を与えられ、その一員として認められる[18]」ことになると言えるだろう。恵美耶が体現する批評性は、当時においては、庸之助（すなわち男性一般）の不甲斐ない姿を炙り出すようすがとはならず、当時の女性たちに対して単に啓蒙、教育する効果を発揮してしまったことであろう。また、お柳やお寅の発話が喚起する批評性は、当時の女性一般の嘆きの声として響くのみであり、現状追認に終わるだけであったに違いない。

このように、「無花果」の批評性は、「婦女子」向け、家庭向けの啓蒙言説へと、すぐさまスライドしやすい微妙さのなかにある。こうした文学テクストとその受容をめぐるジェンダー規範の問題については、「家庭小説」というジャンルの生成プロセスに、演劇との関わりという視点をも加えて、改めて文学史叙述の問題として問わねばならない。だが、本章で試みたことは、さしあたり「家庭小説」をめぐって自明化されている文学史的叙述を留保し、同時代評を参照しながら物語内容を読み直すことによって、「無花果」という小説そのものを再考するための道筋をつけてみる、ということであった。

それにしても、「家庭小説」＝女子どもの読み物と見なされていく小説のなかに、女性の登場人物による鋭い批評性が期せずして（おそらく作者の自覚や意図とは別に）すべり込んでいたこと、そして、そのような批評性に男性読者たちがことごとく気づいていなかったということは、何とも皮肉としか言いようがない事態ではないだろうか。

**注**

＊1 例えば、岡保生「家庭小説」（『日本近代文学大事典』講談社、一九七七・一一）、小田切進編『日本近代文学年表』（小学館、一九九三・一二）、槇林滉二「社会小説」（『時代別日本文学史事典 近代編』有精堂、一九九四・六）など。

＊2 本間久雄「小説家としての中村吉蔵氏」（「早稲田文学」一九四二・二、特集「中村吉蔵氏追悼録」）、なお、本間は『新訂明治文学史下巻』（東京堂、一九四九・一〇）においても同様の指摘を繰り返している。

＊3 中村吉蔵「小説『無花果』前後」（「早稲田文学」一九二六・一）

＊4 関肇『新聞小説の時代——メディア・読者・メロドラマ』（新曜社、二〇〇七・一二）、および本書第四章参照。

＊5 一般に新聞での懸賞小説の募集においては、分量の指定が行われていたようである。紅野謙介『投機としての文学——活字・懸賞・メディア——』（新曜社、二〇〇三・三）、参照。

＊6　当該記事に列挙されていた応募者氏名のうち、春雨のほかに目につく名前としては、田村松魚、大倉利三郎、時雨庵などを挙げることができる。横須賀からの応募者、大倉利三郎とは、大倉桃郎のことであろうか。利三郎とは桃郎の父の名前であり、また、大倉一家は、一八八五［明一八］年、桃郎が六歳のときに、横須賀に移住している（山崎一頴「大倉桃郎」、『日本近代文学大事典』講談社、一九七七・一一）。時雨庵は、後述する懸賞結果において、三島霜川であることが明らかにされている。

＊7　この記事では、途中経過を報告する「懸賞小説に就て」の記事のなかで二八名とされていた応募者数が、なぜか「二十九」となっている。また、「更に選に漏れたるもの『ほむら』以下数篇は著者の同意を得たる上、何れも引続き掲載し、別に読者の批判を乞ふ事とすべし（三選者の評は別に掲載す）」とあるにもかかわらず、「無花果」、「薄墨の松」（一九〇一・六・一一〜七・一三）と掲載が続いたあと、「選に漏れたるもの『ほむら』以下数篇」が新聞紙上で連載された形跡はなく、「三選者の評」も掲載されてはいない。

＊8　バランスよく評点を獲得したとはいえ、露伴の「八十点」はほかの二人の「九十点」に比べて抑え気味であり、「露伴の点が一番辛らかつたのを記憶してゐる」（中村吉蔵「小説『無花果』前後」、注3参照）と、春雨はのちのちまで記憶することになったようだ。

＊9　この広告文の持つ同時代におけるジェンダー構制については、第三章で詳述した。

＊10　七月刊行から二ヶ月経つこの広告において、「初版売切 再版美装 定価金四十五銭 郵税六銭」となっており、「無花果」の単行本がいかに売れたかがうかがいしれる。

＊11　このボルテールというペンネームの批評者は、中村吉蔵「小説『無花果』前後」（注3参照）によれば、杉村楚人冠であるらしい。

＊12　例えば、横井時雄の信仰は、宮本又久の「横井時雄の信仰について——明治二十三年・四年を中心に——」（『国史論集（二）』読史会、一九五九・一一）によれば「人心改良のために倫理的にキリスト教を信奉して行くもの」であって、「信仰の倫理性を強く発展させて行」き、「遂に正統的キリスト教から離れて行った」と評されるものであり、辻

橋三郎の「横井時雄と『時代思潮』――政治家横井のプロフィール――」（同志社大学人文科学研究所編『熊本バンド研究』みすず書房、一九六五・八）によれば「愛国心による、政治界への転身」「国を愛するが故の、日本を救わんがための方向転換」であると評されている。

＊13　藤木宏幸「日本の家庭小説（その四）中村春雨論」（『大衆文学研究』一九六五・八）によれば、春雨は一八九六［明二九］年に大阪の外国人居留地、川口町のメソジスト教会で米国人宣教師によって洗礼を受けている。

＊14　『よしあし草』には、ほかにも、「記者」という署名による「悲劇の慰藉的使命」という文章があり、この文章では「真の悲劇、真の悲惨小説は其底流に温情の波打てる暗渠の通ぜるある也、（略）明治文壇も又必らずや斯の如き悲劇の大傑作を得て、文学史を無窮に飾らざるべからず」（一八九八・三）と論じられており、「悲劇」と「温情」をセットで捉えている。この「悲劇の慰藉的使命」は「バイブル研究と理想小説」という一文とともに「記者」の署名を持つ。これをクリスチャンであった春雨が書いたものかどうか即断はできないものの、その可能性を否定しきれないし、関西における若手の作家志望の青年が集う雑誌『よしあし草』の発信する匿名の言説であるからこそ、春雨の考え方に概ね沿うものと考えて差し支えないはずだ、との考えから、春雨の恋愛観および新聞小説観に加えて、この「悲劇」観をも、ここに紹介しておきたい。

＊15　庸之助の独白のなかに、「法律と道徳としかく、衝突するものではなからう」という言葉があるが、これを借用すれば、この小説は法律と宗教の衝突をテーマとしていると言えるだろう。

＊16　庸之助とお澤とお巻とで親子の名乗りをした晩、庸之助は宿酔の状態で朝帰りをし、恵美耶の心配をよそに、「昨夜は実に一大罪悪を再びして、罪の上塗をやったのではないか」と煩悶、懊悩する。この日のうちに、教会を訪れ、庸之助に一緒に逃げるよう迫るお澤は「私を弄《なぐさ》み物にしたんですかね」と庸之助を責める。これらのことから、庸之助がお澤と再び関係を持ったことが暗示されていると言えるだろう。

＊17　瀬崎圭二は「海辺の憂鬱――物語としての『不如帰』――」（『名古屋短期大学研究紀要』二〇〇八・三）において、徳冨蘆花の『不如帰』に描かれた海辺の物語が、その後に書かれた多くの「家庭小説」によって、いかに模倣、反復

されてきたかを、いくつかのテクストを採り上げながら明らかにしているが、むろん、このなかに春雨の「無花果」は含まれていない。この点においてもまた、「無花果」が「家庭小説」の枠組みから逸脱する要素を持っていると言えるだろう。

＊18　諸岡知徳「家庭小説の消長――『大阪毎日新聞』の明治――」（「甲南女子大学研究紀要文学・文化編」二〇〇七・三）

# 第八章　「悲劇」の登場――「己が罪」初演をめぐって――

「大阪毎日新聞」に連載された菊池幽芳の「己が罪」（前編一八九九〔明三二〕年八月一七日～一〇月二一日、後編一九〇〇〔明三三〕年一月一日～五月二〇日）は、今日、単行本以降の本文[*1]によって通読する限り、ヒロインである環が夫の隆弘との関係を回復するというハッピーエンドで物語が閉じられており、「悲劇」という言葉からは縁遠いように思われる。

だが、一九三四年に刊行された『大悲劇名作全集』（第三巻、中央公論社）に「己が罪」が収められており、「己が罪」は「悲劇」として受容されていた。この背景には、「己が罪」が新派悲劇とも呼ばれる新派劇の当たり狂言となっていったことが大きく関係しているだろうが[*2]、そもそも問わなくてはならないのは、なぜ、この小説が「悲劇」の演目として採り上げられていったのかという問題である。そして、この問題を考える上で重視すべきことは、新聞連載時における読者たちの反響であろう。すでに第四章において確認したように、新聞連載時の「大阪毎日」の投書欄「落葉籠」に見出されるのは「己が罪」に泣いたという読者たちの声である。単行本テクストを通読するだけでは恐らく素通りされてしまうであろう、その回ごとに惹起される悲愴さを新聞読者たちは敏感に感受していた。単行本化されるに際して大きな改稿が施されたために見えにくくなったが、新聞連載時のテクストには、不吉な予感を掻き立てる伏線が張られており、そのため、新聞読者は、主人公である環を軸に、環と虔三との関係、環と隆弘との関係、環とその息子である玉太郎との関係などについて、この先、どうなるのかと気を揉む投書を届けることになる。

とはいえ、多岐にわたる悲愴な物語要素を含みつつも、小説「己が罪」はあくまでハッピーエンドで終わってい る。それがどのようなプロセスを経て、新派悲劇の当たり狂言となっていったのか。このことは、小説「己が罪」が後年において「家庭小説」の代表作として、その作品イメージを定着させていくことと不可分であるように思われる。とりわけ、「己が罪」の初演時は、まだ「新派」という用語が定着をみる前であり、当時は「旧劇」である歌舞伎に対して「新演劇」という用語が一般的に流通していた。そのような時期に舞台化されることで焦点化されることになった「己が罪」の「悲劇」性について、以下に探ってみたい。

## 1 メディア・ミックス状況の生成

「己が罪」は新聞連載終了の約五ヶ月後、一九〇〇年一〇月一〇日から一一月四日まで、大阪の朝日座ではじめて上演された。「大阪毎日」は上演に先立つ九月二五日の「芝居だより」欄において、「朝日座十月興行の前狂言は、曩に本社の紙上にて非常なる高評を博せし小説『己が罪』を出す事に決し、目下同座の狂言作者が演劇《しばゐ》に仕組中なり」といち早く報じている。人気を博した幽芳の「己が罪」の上演であるだけに、この二日後には早くも読者からの反応が投書欄「落葉籠」に寄せられ、「今度朝日座で幽芳君の『己が罪』をやるさうだが、高田、小織、秋月、喜多村、河合、木村等の顔揃なれば定めて面白き事ならん、就ては諸君いづれも予想役割を落葉籠に投書されては如何（南狂綺堂）」（九・二七）と配役の予想を呼びかけている。すると、早速この二日後には、朝日座の役者名と演ずるにふさわしい登場人物名とを当てはめて予想する投書がいくつも寄せられた。例えば「南狂綺堂のお勧めに任して朝日座『己が罪』の役割左に。桜戸隆弘（秋月）環（河合）塚口虔三（高田）伝蔵（木村）は動かぬところでせう（花の家蝶遊）」といったものや、「己が罪の役割、木村に虔三、喜多村に環、秋月にお嶋、小織に子爵、河合に小枝子は如何です（和泉町都）」（九・二九）といったものなどである。

実は、この「己が罪」上演とときを同じくして、ライバル紙である「大阪朝日新聞」に連載された半井桃水の「根あがり松」（一九〇〇・六・二一〜八・二二）が旧演劇（つまり歌舞伎役者による歌舞伎）として上演されていた。「是が大好評で、大阪の各劇場五六ヶ所に一座に演ぜられて、果は千日前の鶴屋団十郎一座の俄狂言にまで演ぜらるゝ盛況であつた」ため、「己が罪」の上演は「大阪毎日新聞対大阪朝日新聞、新演劇対旧演劇[3]」という構図を現出する出来事でもあった。それゆえ、「大阪毎日」は「己が罪」初演のニュースを皮切りに、この初演自体を一大イベントとして盛り上げるために、紙面において様々な仕掛けを施していく。例えば、「己が罪」初演が報じられた九月二五日の同じ七面には、幽芳「若き妻」の連載予告が載り、九月二八日から連載スタートとなる。また、一〇月一日には、広告ページにおいて、あきしく編[4]『家庭の栞』第二篇（駸々堂）の広告が掲載されているほか、文芸欄において、晴嵐生の「「己が罪」を読む（前編の評）[5]」が掲載される。さらに、この一〇月一日には、「落葉籠」において「己が罪」初演の役割予想をする読者の声がいくつも紹介されている上に、この「落葉籠」と同じ七面の家庭欄「かていのしをり」における「懸賞判じ画（第一回）」の広告記事のなかにも、『己が罪』と『家庭の栞』の文字を見出すことができる。この「懸賞判じ画」とは、週に一回、月末までに計四回の「判じ画」が出題され、四回分の解答をまとめて送るというものであるが、第一等から第一〇〇等までの正解者に対して単行本の『己が罪』前編を、第一〇一等から第二〇〇等までの正解者に対して『家庭の栞』第二編を、それぞれ賞品として進呈するというのである。このように、「己が罪」の上演が告知されて以降、「大阪毎日」紙上では、〝幽芳〟あるいは〝己が罪〟の文字が記号として乱舞する様相を呈しており、〝幽芳・己が罪〟キャンペーンが張られていたと言えるだろう。

さらに、あたかも「己が罪」の役割予想を楽しんでいた新聞の読者たちの興味と対応するようにして、上演開始後には観客たちの投票によって俳優の演技に優劣をつけようという企画が行われ、その結果もまた、紙面のなかの「芝居だより」欄で報じられていく。[*6] 投票の累計は連日のように掲載され、読者はその累計結果にも敏感な反応を示していくのである。すなわち、「妾も朝日座を観ましたが、秋月さんの虔三は柄にないのを己が罪の本文通り、よく写し出して居ます、皆さん投票を入れて下さい（中娘連）」（一〇・一七）というように投票を乞う投書や、「（略）無論、技芸第一等賞は河合に与へねばならぬ、是は誰も異論はあるまいと思ふ、諸君どうです（公平居士）」（一一・二）というように、投票の第一位を占う投書が寄せられているのが、それである。このような企画からは、「大阪毎日」と朝日座とがタイアップすることによって、「己が罪」初演がいかにメディア・イベントとなっていたかがうかがえるであろう。

読者とのインタラクティブな対話の場であった投書欄「落葉籠」では、「己が罪」初演のニュース以後も、この機能が発揮されていた。一〇月八日の「落葉籠」に「朝日座で己が罪を演ずるについては、無論、玉太郎正弘水難の場を出すだらうが、その書割は実景を写してあの偉大なる絶景を諸君に見せたいと思ふ、書割の中に遙かに野嶋崎の大燈台と海軍望楼を見せるのは必要だ、お作の出幕もあるだらうが、僕は根本のものだから方言を役者に教へてやりたいな（房州生）」という投書が載ると、二日後の一〇月一〇日（「己が罪」初演開幕のその日）には、「房州生君に申す、房州野嶋崎燈台及海軍望楼の書割房州訛等に就委細伺ひたし、下名迄御宿所御通知を乞高田実方花房卓三」という、この「己が罪」初演に関係した花房柳外[*7]が直接、面会を申し込むような投書が載る。この「房州生」と柳外とのやりとりは、これだけでは終わらず、さらに発展していく。というのも、この初演の舞台も終盤に近づいた一一月一日の紙面に、「鏡の浦漁夫」[*8]を名乗る人物からの「房州漁夫の言葉について（朝日座己が罪の劇を見て）」という長文の投書が独立した記事として掲載されているからである。この人物は「作兵衛[*9]はどうしても僕等の仲間の者とは首肯することが出来なんだ、漁夫の見る処では只の百姓である、夫は只着付と言語との相違の二点があるためである」として、作兵衛の衣装と訛りの不自然さについて、細かく指摘している。このような舞台の不自然さ、違和感について述べる投書に対し、二日後の一一月三日には柳外からの丁寧な応答文「房州漁夫の言葉について鏡が浦漁夫君に答ふ」が掲載される。このなかで柳外は、如上の「房州生」とのやりとりのあとに「房州生」を訪問し、訛りと衣装についての指導を受けており、「鏡の浦漁夫」の指摘はすでに「房州生」から聞いて織り込み済みであると応じている。ここに見られるのもまた、読者／観客と新聞社および劇場関係者との間のインタラクティブな交流である。

これらのことからうかがえるのは、「大阪毎日」が、「己が罪」初演を盛り上げることに尽力し、幽芳の名前や幽芳の新連載の小説、幽芳の『己が罪』前編の単行本の宣伝に努め、読者／観客たちの声を紙面に呼び込むことによって、結果としてメディア・ミックス状況を生み出すことになっていたということである。劇場への観客動員数が増大しても、春陽堂から出版された『己が罪』前編の単行本がいくら売れても、「大阪毎日」に直接的な利益が生ずるわけではないが、〝幽芳〟や〝己が罪〟という文字が記号として人々の印象に強く残ることによって、「大阪毎日」の部数拡大に還元されていくことが期待されていたと言えるだろう。

## 2　読者／観客と期待の地平

一方、「己が罪」の上演開始後、紙面に〝幽芳・己が罪〟の記号が溢れることによって生じたメディア・ミックス状況は、次第に変容を見せていくことも見逃せない。それは、原作の持つ魅力をどこまで引き出すことができているのか、長大な原作をどのような劇に仕立てたのか、俳優の演技の良し悪しはどのようなものか、などといった観客たちの関心を、いかにして紙面に引きつけていくかということに関わる。

この変容を見ていくに先立ち、まず、この初演の場割と配役を確認しておく。上演中の「大阪毎日」紙上において掲載された蓬洲・不倒・幽芳合評「朝日座の『己が罪』(三)」(一〇・二〇)によれば、場割[*10]は次のようなものであった。

序　幕　上野停車場前の場、三宜亭座敷の場、築地教会堂の場
二幕目　真砂館二階の場、千駄木環寓居の場、向嶋環救助の場
三幕目　お歌宅の場
四幕目　塔の澤環翠館の場、桜戸子爵部屋の場、同裏手鉱泉岩の場
五幕目　塚口博士モリソン強談の場、吉田嶋殺害の場
六幕目　房州根本海岸の場、甲岩二少年水死の場、作兵衛宅の場
大詰め　天下茶屋箕輪門前の場、箕輪伝蔵自殺の場

また、一〇月九日の「大阪毎日」の「芝居だより」欄において発表された配役のうち、主要人物については以下のようなものであった。

桜戸隆弘…喜多村緑郎
玉太郎…市川保之助
宣教師モリソン…小織桂一郎
正弘…片桐宣芳

大木小枝子…井垣増太郎
塚口虔三…秋月桂太郎
箕輪環…河合武雄
箕輪伝蔵…木村周平
おしま…河村昶
漁師作兵衛…高田実

これらの配役は今日から見れば、そうそうたる顔ぶれであり、適役か否かという感覚も、のちに形成された新派のイメージから様々に起こってくる。だが、この初演時には、いまだ演劇用語としての「新派」という言葉は発生しておらず、これらの俳優たちによる舞台は全て「新演劇」と呼称されていた。[*11] 俳優たちもみな、「旧劇」である歌舞伎に対して演劇改良に情熱を燃やす、このとき三〇歳前後の壮年たちばかりであった。喜多村緑郎が「滝の白糸」「婦系図」「日本橋」などを演じて鏡花役者と呼ばれるのは、もっとあとのことであり、河合武雄の当たり芸が「己が罪」の環となるのも、高田実の当たり芸が「己が罪」の作兵衛となるのも、この初演以後に東西の舞台で繰り返し演じたあとである。だから、先述した「落葉籠」における役割予想も、実際に舞台を見た観客たちによる感想も、このときまでに形成された俳優の記号性を基としたものにほかならない。観客たちは、期待通りの演技であったのかどうかということをめぐって、様々な批評を「落葉籠」へと届けていく。

新聞小説として人気を呼んだ「己が罪」が新演劇として舞台化されるとあって、その前評判は高かった。上演前の一〇月六日の「落葉籠」には、「朝日座にて演ずる『己が罪』の看板画は新聞に出た通りで大変に善く出来ました、看板の前は大変な人立でわい〳〵云ふて居ります、今からあの人気では大入は受合でせう（川竹生）」と、その人気ぶりを伝えている。そして、一〇月一〇日の「芝居だより」欄において、「朝日座は昨日大入を出す筈なりしも一日延期し、いよ〳〵本日が大入明十一日初日と極る」[12]と伝えられた如く、一日延期された「己が罪」初演の開幕は、一〇月一二日には「朝日座大入の景況」と題して報じられるほどの大盛況であった。すなわち「同座は予記の如く一昨十日大入を出したる処、何がさて『己が罪』に人気立たる事とて早朝より押かけたる看客《けんぶつ》は木戸口にて押合となり場内は立錐の余地もなく、負傷者をさへ出せし程なれば、俄に木戸口を締切りて門を入れるやら一時は非常の雑沓なりしと、又当日は己が罪序幕（上野停車場の場、同三宜亭の場、築地教会堂の場）二幕目（箕輪環寓居の場、向嶋環投身の場）を演じて打出したるよし」といった盛況ぶりである。

こうした盛況のなかで、舞台を見た観客たちは、その感想を「落葉籠」に投書していくのだが、それは主に役者の演技を批評するものであった。例えば、「どうぞ皆さん小織のモリソンを賞めてやつて下さい、お嶋を口説く処などは妙ぢやアありませんか、アンな事をやらしては旧俳優では無論だめ、新俳優ではこの人の右に出るものはありません（小織党）」（一〇・一七）というような小織桂一郎のファンからと思われる投書や、「朝日座◎《ママ》木村はなか〳〵善くやつて居る、（略）向嶋へ尋ねて来たところなどは己が罪の伝蔵を彷彿せしめた、併し大詰自殺の場に足を突張つて死んでるまゝは見苦しい、あれは何とか工夫がないか（芝居好）」（一〇・二〇）というような伝蔵役の木村周平の演技への注文ないし不満の声、「小枝子がまづいので、どうも二幕目は引立ない、惜いものだよ、あれでもモツと老役にしたら善かつたらうに（川竹居士）」（一〇・一七）という小枝子役の井垣増太郎の演技への不評などを見出すことができる。

なかでも多くの感想が寄せられたのは、環を演じた河合武雄に対してであり、「河合の環はなかなか善くして居る（略）（好劇生）」、「（略）環は儲役ながら河合のよくして居るには感心せり（東区好劇居士）」（一〇・一四）、「河合の環は予想よりも見上た出来なり、まづあの座では秋月か河合のものならんが秋月にさしてもあれより以上は出来まじ（略）（己が罪愛読者）」（一〇・一七）、「河合の環がよく役柄を会得し、あれほどに仕こなしたるは敬服々々（略）（感心生）」というように、その演技の巧みさを称賛する投書は枚挙にいとまがない。以後、河合武雄は環役を当たり芸としていくこととなる。[*13]

一方、子爵の隆弘を演じた喜多村緑郎の演技への批評も注目に値する。例えば、「喜多村の子爵は案外の出来だ、自分を殺して善くして居るから、さほどに不似合にも思はれぬ感服々々（碌々生）」（一〇・一四）や、「（略）喜多村の子爵は柄になき故、無論失敗と信じたるにどうやら子爵の半面だけは写し出したるは拾ひものなり、子爵はまづ秋月のものだらう（己が罪愛読者）」（一〇・一七）というように、配役自体への違和感をうかがわせる声が寄せられている。ここには、このときまでに、すでに女形としての地歩を築きつつあった喜多村緑郎が立役として隆弘を演じたことに対する違和感とともに、それでもまずまずの演技だったとして喜多村緑郎が無難にこの役を務めたことがうかがわれる。

このように、予想や期待を裏切る好演技、あるいは配役や演技の失敗といった指摘が相継ぐ「落葉籠」であるが、この内容は、配役発表前に読者が楽しんだ役割予想からうかがわれる当時の役者の既成イメージとも、当然の如く一致するものである。「落葉籠」に寄せられた読者の役割予想（全部で七通[*14]）を表にしてまとめてみると、表1のようになる。

この表から分かることは、虔三と隆弘という男役に対して高田実や小織桂一郎を期待し、お嶋や環、お作、小枝子といった女役に対して秋月桂太郎、喜多村緑郎、河合武雄を期待していることである。また、配役が発表された翌日、すなわち上演開幕のその日である一〇月一〇日の「落葉籠」には、「今度の朝日座一番目己が罪に高田の役はお作の作兵衛だけだが、喰足らない気がする、虔三か伝蔵かモ一役つけたら善からう、それに喜多村の子爵や秋月の虔三は恐らく適役《はまりやく》ではあるまいと思ふ（望蜀生）」というような感想も寄せられている。

**表１　「落葉籠」における読者の役割予想**

| | 1 | 2 | 3 | 4 | 5 | 6 | 7 | 実際の配役 |
|---|---|---|---|---|---|---|---|---|
| 塚口虔三 | 高田 | 木村 | 小織 | 高田 | 小織 | 高田 | △ | 秋月桂太郎 |
| 桜戸隆弘 | 秋月 | 小織 | 高田 | 小織 | 高田 | 小織 | ○ | 喜多村緑郎 |
| 宣教師モリソン | | | | | | | △ | 小織桂一郎 |
| 伝蔵 | 木村 | | 高田 | 木村 | 小西 | 木村 | 高田 | 木村周平 |
| おしま | | 秋月 | 喜多村 | 河合 | 河合 | ◎ | ○ | 河村昶 |
| 環 | 河合 | 喜多村 | 秋月 | 秋月 | 喜多村 | ◎ | 河合 | 河合武雄 |
| お作（作兵衛） | | | 木村 | 喜多村 | 秋月 | ◎ | | 高田実 |
| 小枝子 | | 河合 | | | | ◎ | 井垣 | 井垣増太郎 |
| 正弘 | | | | | | | | 片桐宣芳 |
| 玉太郎 | | | | | | | | 市川保之助 |

＊◎は、喜多村、秋月、河合、河村で毎日入れ替わることを希望したもの
＊○は、喜多村、秋月で毎日入れ替わることを希望したもの
＊△は、小織、木村で毎日入れ替わることを希望したもの

これらの配役予想や実際の配役に対する感想を踏まえると、現実にキャスティングされた隆弘＝喜多村緑郎と虔三＝秋月桂太郎とを、誰もが予想していなかったということに気づかされる。また、原作では登場しない宣教師モリソン[*15]と、原作で女性だったお作が男性の作兵衛[*16]となったこととは、ともに読者の予期しないところであった。そして、女性登場人物に対して、河合武雄、喜多村緑郎、秋月桂太郎[*17]らの名が挙がっていることから、これらの俳優がすでに女形として名を馳せていたことも分かる。すなわち、これらの役割予想が物語るのは、実際に上演された「己が罪」の舞台では、かなりの程度において意外性のあるキャスティングが行われていたという事実である。この意外性のあるキャスティングと、原作にない登場人物の予告とによって、それぞれの俳優がどのような演技を見せてくれるのか、一体どのような物語展開となっているのか、と興味を掻き立てられ、初日前からの大入という大盛況をみたのだとも言えるだろう。

## 3　名優としての高田実とその反響

この「己が罪」上演中には、蓬洲・不倒・幽芳合評「朝日座の『己が罪』」が七回にわたって「大阪毎日」の紙面を飾った（一〇月一八〜二四日）。よもぎのペンネームで劇評を担当する蓬洲と、文芸欄を担当していた水谷不倒と、「己が罪」の原作者の幽芳とによる合評であり、このとき三人とも「大阪毎日」の社員であった。この「合評（一）」において、評者たちが「伝蔵の自殺の場といふのは随分窮した無理な脚色《しぐみ》で、それにこゝを大詰とした」と述べるように、演劇版「己が罪」では、原作での環と隆弘とのサイゴンにおける大団円がカットされていたため、「どうしても本文通りに子爵と環の収まりがつか」ず、「『己が罪』後編の精神はその一半を失はれ」てしまったのである。だが、「箕輪伝蔵自殺の場」という人の死の場面で締め括るという操作によって、「悲劇」として仕立て上げられていたにもかかわらず、むしろ、「大詰が余り面白からぬので折角の興味を殺がれるやの感があるのは、この上もない遺憾であるまいか」（同）とまで酷評される結果を招いていた。実際、「落葉籠」においても、次のような投書が目につく。

二幕目環寓居の場にて河合の環が虔三の異心を聞き、悲嘆にくれ、死を決して家出するまで、一挙一動善く幽芳君の環を写し出し、覚えず涙下らしめたり（略）（東区好劇居士）（一〇・一四）

己が罪の根本海岸の場は高田の作兵衛ですつかり満場をしめらせて仕舞ふ、環も善ければ子役もなか〳〵感心にやるので場中に啜泣の声さへ聞える、あれ程に泣かせればあの一幕だけでも劇として成効したものと云は

ねばなるまい（好劇生）（一〇・一七）

玉太郎正弘の両人が、われは海国男児なり云々の唱歌を歌ひつれて、環の悄然物思ひ閉されて立てるあたりを逍遙する光景は詩趣湧くが如く、涙嫌ひの余をして覚えず泫然たらしめたり（海国男児）（一〇・二〇）

これらの投書から、二幕目の「千駄木環寓居の場」や、「房州根本海岸の場」での作兵衛の場面、および玉太郎と正弘と環の親子三人の場面といった様々な場面で涙を落としたという読者の声を確認することができる。そもそも芝居全体の印象としても「素より悲劇であ」り（「合評（二）」）、「可笑しみのない涙づくめ」（「合評（二）」）の構成であるがゆえに、「涙ばかりでワツと頤を解く処のなき」（「合評（四）」）とまで評されるこの舞台が、まさしく「一の悲劇として成功（呑苦齋主人）」（「落葉籠」一〇・二〇）し得た要因はどこにあったのだろうか。例えば、先の「合評」においては、とりわけ「房州根本海岸の場」が突出した「悲劇」的場面としてクライマックスを形作っていたという次のような指摘が見受けられる。

殊に小説中でもその眼目——寧ろやまと思はれた根本海岸の場で充分に満場をしめらしたのは、この一幕の一半の成効はしたものと云つて善からう、評者等の見物した日などは隣りに四五人の芸者連があつたが、その中の二人ほどはたゞ涙を流したゞけでは辛抱が仕切れないで、みツともないほどしやくり泣をして居つたのでも、如何に深く見物の腸を抉るかの一班が知れるであらう」（「合評（一）」）

六幕目の「房州根本海岸の場」は、芝居全体のなかで観客が最も涙を流す場面として迫り出して見える場であったのだ。環を演じた河合武雄による「根本海岸の場は十分に見物を泣かせて大当たり」（『合評（六）』）であったのみならず、この場面における二人の子役は「掘出しもの」「拾ひもの」と評された。「海岸の場で二人が中睦じく軍歌を唄ひつゝ運動するさまは実に演劇《しばゐ》とは思はれ」ず、「一挙一動、涙の種にならぬはな」く、「余音嫋々、何ともいふにいはれぬ好《いゝ》幕で深き感動を与へられた」（『合評（七）』）のである。さらに、「六幕目房州根本海岸の場で此作兵衛が物語には女の看客《けんぶつ》はいふまでもないが、蓄髯の紳士も眼鏡を外して涙を拭ふて居たのが大分あつたやう」（同）であり、作兵衛を演じた高田実の迫真の演技が観客の涙を誘っていた。総じて、「房州根本海岸の場」は、「この二少年とお作の作兵衛と環の四人で見物を泣かせる」（『合評（一）』）場面として強い印象を与えていたのである。

この二人の少年たちは、「房州根本海岸の場」のあとの「甲岩二少年水死の場」では水死を演じる。このような物語展開から言えば、子どもたちの死を描くこの場面は、伝蔵自殺の場と同様に悲愴なクライマックスを形成するかに思われるが、実際の舞台においては、「二少年水死の場は遺憾にも小説で見たやうに詩的ではな」く（『合評（二）』）、「甲岩の場は小説にては最も詩趣の深きところで、もとより其自然の壮絶を此舞台に描出し得ないのは無理もないが、存外アツケなかつた」（『合評（七）』）と言われるように、むしろ、泣かせる場面として成功してはいなかった。つまり、水死や自殺という人の死の場面よりも「房州根本海岸の場」の方にこそ、観客たちは悲愴なクライマックスを見出していたのである。

しかも、この「房州根本海岸の場」では、環や二人の少年たちにも増して、高田実の演技が光り、「作兵衛は高田が買つて出た丈あつて芝居事とは思はれぬ程の出来であ」り、「その真を写し得て不思議の出来であつた」ためか、「根本の場には見物恐らく泣かぬものもなかつたらう」と語られるほど、「見物をして不覚の涙に咽ばしめ」た（『合評（七）』）。「どうしても作兵衛の出べき幕は根本海岸の場だけのやうに思はれ」てならず、この場面における高田実に「見物は大受であつた」らしい（同）。のちに高田実の当たり芸として「己が罪」の作兵衛が筆頭に挙げられる嚆矢がこの初演の成功にあったと言えるだろう。

結局のところ、全体として「悲劇」調に仕組まれた「己が罪」初演のなかで、観客たちは「房州根本海岸の場」に悲愴なクライマックスを見出していた。そして、それは人の死という破局そのものではなく、環と玉太郎の不幸な母子関係に対する憐れみであった。虔三に欺された環は未婚のまま、玉太郎を私生児として産み、父の伝蔵の計らいで玉太郎は作兵衛（原作では乳母のお作）に預けられ、房州根本で育つ。その玉太郎のいる房州根本に偶然、子爵の隆弘と結婚した環が一粒種の正弘と一家でやってきて、死んだと聞かされていた自分の最初の子が実は生きていて、今、目の前にいるという状況に環は立たされる。会うことができたからといって、子爵の手前、簡単には親子の名乗りをできない境遇にある環と、環や正弘と似ていると言われて無邪気にも環が自分の母ではないかと希望を抱いてしまう玉太郎との邂逅という何とももどかしい場面に、観客は自らの心の琴線に触れる破局を感受していた。これは、あくまで高田実の好演技によって偶然に生じたクライマックスなのである。

母と引き離されて苦労しながらも利発に育った玉太郎の悲しい来歴を語る作兵衛を演じた高田実の演技の成功は、全幕にわたって出ずっぱりである主役の環と張り合うものであり、「落葉籠」でも、「高田の漁師作兵衛は絶品です、河合の環は逸品ですね、今回の己が罪の成功はこの二人の力与つて多きに居るでせう（己が罪愛読者）」（一〇・二〇）というように絶賛された。「大阪毎日」の紙面に連日のように掲載された、俳優に対する投票の累計を見ても（次頁グラフ1参照）、河合武雄と高田実が交互に一位と二位を競い、接戦を演じていた様子が伝わってくる。投票の最終的な結果においては、環を演じた河合武雄に軍配が上がったが、高田実との得票差はわずかであった。

このように、「房州根本海岸の場」における高田実の演技の成功は、高田実と言えば「房州根本海岸の場」という印象を刻印するほどとなり、河合武雄や子役たちなどのほかの共演者の演技の成功と相俟って、この場面を「己が罪」全体を代行＝表象する場面へと押し上げていくこととなる。以後、新派の当たり狂言として幾度となく上演

グラフ1　読者の俳優投票の累計

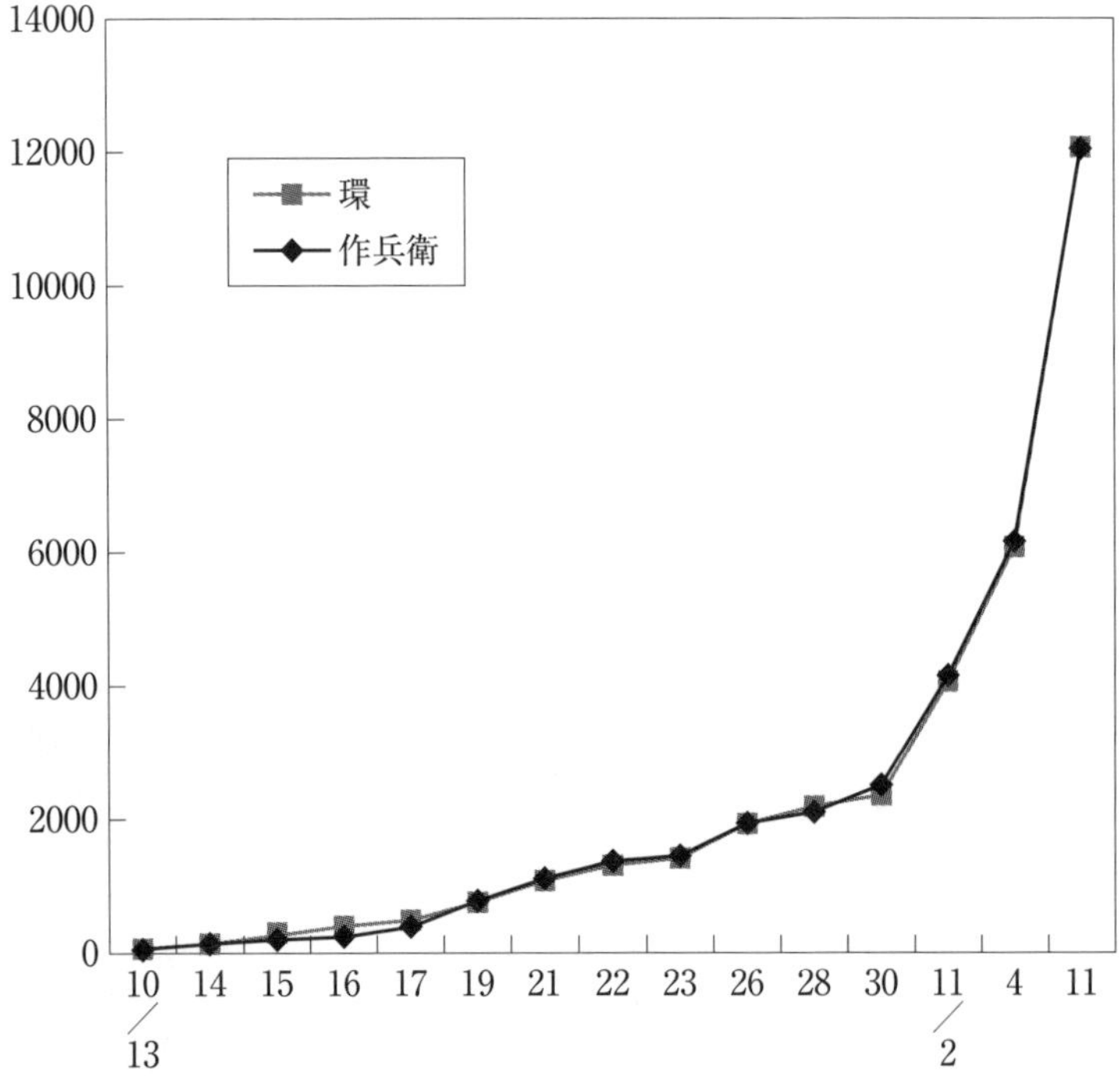


＊「芝居だより」欄に掲載された累計数のうち、河合武雄と高田実についてのみ示した。

されていく「己が罪」においては、上演ごとにその脚本が手直しされていき、一九一二〔明治四五〕年には、その幕数は「箱根」と「房州海岸」の二幕[*18]のみとなっていた。歌舞伎においてそうであるように、「己が罪」は「度々出る芝居だけに、看客はもうちやアんと其筋を呑込んで居る」[*19]ため、この二幕で充分なのであり、「幕数が減じられていくことと、それが当たり狂言であることとは矛盾していない」[*20]のである。

　こうした高田実の成功は、新演劇の可能性を切り開くものとして徐々に脚光を集めるようになり、〝幽芳・己が罪〟の大売り出しを行っていた「大阪毎日」の紙面は、俳優たちの演技の成功・不成功という状況に沿うように、次第に演劇論や芝居についての記事で埋められていった。

例えば、一〇月二九日から水谷不倒による「劇場小言」が一一月一三日まで断続的に連載され[*21]、一一月五日からは伊原青々園の「子供芝居」が上中下と三回にわたって「文芸欄」に掲載される[*22]。また、一〇月二八日から浪花座において上演された末松謙澄原作の「谷間の姫百合」をめぐるトラブルが一一月六日に社会記事[*23]として載っているのも眼を引くし、この舞台について、一一月一一日によもぎが「浪花座略評（上）」において劇評を行っている。

ほかにも、一〇月二九日から平尾不孤の「壺中観」が「演劇雑感」というサブタイトルの下に掲載されているが[*24]、これは「演劇の人心に於ける感化」から説き起こし、高田実に対して「新劇に対する意見の一端」をインタビューし、伝聞形式で伝えるというものだった。なお、このなかで、高田実は「己が罪」の作兵衛役について言及しながら、演劇の現状についての「不平」をいくつか漏らし、俳優たちを「統一」することの難しさについて述べたが、これに対しては、さらに読者からの反響が、一一月一〇日の「落葉籠」に掲載された。「高田実は新俳優の統一の出来ないのを歎いて旧俳優の門閥を羨んだそうだ、誰しも他《ひと》の配下に居る時は自由を唱へ、頭主となると専制が施したいものと見えるテ、しかし高田もえらくなつたには感心（皮肉屋）」、「高田実君！　君が他を制御するに難《かたん》じてゐるのは君の群を抜ことがまだ〳〵少ないからではあるまいか、見玉へ豊太閤は草履取より起つて手に乗ぬ無頼の群雄にグウの音も出させなかつたことを、大に研くべしだ、大に研くべしだ（忠告生）」といった揶揄や叱咤激励には、高田に対する新聞読者たちの関心の高さがうかがわれる。ちなみに、同日の紙面には、「無法なる新俳優」と題した社会記事も載っていたが、これは朝日座新俳優の下回りの役者が金銭トラブルを起こし、警察が介入する事態となったものの、座長の高田実が厳重な取り締まりをすることになったといういきさつを報道するものであった。

全体としてこの時期の「大阪毎日」の紙面においては、演劇についての言説が目につくとともに、高田実への言及も目立ちはじめる。のちに「新派」と呼ばれることになる高田実らの新演劇に対する関心は、こうして徐々に高まっていったのである。

## 4　まとめ

以上のような演劇版「己が罪」の初演時における「大阪毎日」の紙面を追っていくとき、「己が罪」が文学史のなかで「家庭小説」として長らくカテゴライズされ、一家団欒や夫婦間の愛情を描いた物語であるというイメージで捉えられてきたこととは裏腹に、舞台化を介したメディア・ミックス状況のなかで消費されていくこの作品は、むしろ家庭や夫婦の関係性がこじれ、思い通りにならなくなるという不幸な物語が「悲劇」として受容されていたということを浮かび上がらせる。そして、のちに「新派悲劇」ないし「新派」という用語・概念が定着する頃、それらの原作であった「己が罪」をはじめとする一群の新聞小説は、その通俗的な受容・消費の記憶とともに、多分にネガティブなニュアンスを帯びた「家庭小説」という名を与えられ直すのではないだろうか。文学史における「家庭小説」のレッテル貼りと、その後の周縁化について考えるとき、こうした「新派」演劇における新聞小説の受容と変容に関する考察は、今後重要な課題となっていくはずだ。

**注**

＊1　第四章においても述べたように、新聞連載時には前編・後編という二部構成だった「己が罪」は、単行本化されるに当たり、前・中・後編の三部構成に改変された（前編は一九〇〇年八月、中編は翌年一月、後編は同年七月に、それぞれ春陽堂より刊行）。

＊2　『大悲劇名作全集』（中央公論社）は、第一巻には尾崎紅葉の「金色夜叉」、第二巻には小杉天外の「魔風恋風」、第四巻には村井弦斎の「小猫」、第五巻には柳川春葉の「生さぬ仲」、第六巻には小栗風葉の「青春」、第七巻には泉鏡

花の「婦系図」と「日本橋」、第八巻には渡辺霞亭の「渦巻」が、それぞれ収録されている。この収録作品の多くが新派劇の当たり狂言である。

＊3　花房柳外「『己が罪』劇の比較」（「新小説」一九〇三・八）。花房柳外は「己が罪の脚色に就て」（「歌舞伎」一九〇三・八）においても、同様の説明を行っている。この半井桃水の「根あがり松」上演については、「大阪毎日」の「芝居だより」欄において確認できる範囲では、堺卯の日座にて九月一日から、浪花座にて九月一八日から、角座にて九月二一日から、それぞれ上演されるとの予告を見出すことができる。

＊4　「あきしく」は、幽芳の別名である。

＊5　これは、八月に単行本として刊行された幽芳の『己が罪』前編に対する批評文であり、八月二七日、九月三日、一〇日、一七日、一〇月一日、八日、一八日にそれぞれ掲載された。一〇月一日に掲載された一文は連載第五回目に当たる。

＊6　一〇月六日の「芝居だより」欄には、「朝日座は今度の興行に付き、その役割が俳優に適《はま》りしか、また適《はま》らざるかを観客の与論に訴ふることゝし、開場の暁には場内に投票函を設け、観客には一々投票紙を渡して投票を乞ふ趣向なるよし」との記事が載り、翌日の一〇月七日の「芝居だより」欄には、「朝日座は前号に記せし如く、今回「己が罪」を演ずるに就ては看客より技芸の投票を募り、その結果を新聞紙上に披露する筈なるが、優等俳優に与ふる商品は一等三百円、二等百円、三等五十円、四等以下十等まで各十円づゝの金額に相当する物品なる由」という記事が追加されている。

＊7　花房柳外は新派劇等の脚色を多く手がけ、「己が罪」についても、のちに脚本を担当したが、初演の際には高田実から脚色を依頼されたものの、「朝日座には座附作者の並木萍水君がある」ので、柳外は「評議だけをする」ことになり、脚本を担当してはいない（花房柳外「己が罪の脚色に就て」注3参照）。

＊8　「鏡の浦」とは千葉県にある館山湾の別名であり、日本百景に選定されている。今日では「鏡ヶ浦」と表記される。

＊9　「作兵衛」とは、「小説ではお作となつて居るのを女では演《す》るもの、ない処から男にして優（高田実――引用者注）が

此一役を買つて出た」役である（蓬洲・不倒・幽芳合評「朝日座の『己が罪』（七）」（「大阪毎日新聞」一九〇〇・一〇・二四）。

＊10　上演中に紹介されたこの場割では七幕一七場であるが、この初演に関係した花房柳外は、のちに次のような七幕二〇場だったと記述している（花房柳外「『己が罪』劇の比較」注3参照）。

序　上野停車場前茶店、上野公園三宜亭、築地教会堂結婚式
二　本郷真砂館塚口部屋、千駄木箕輪環住居、隅田川土手環投身
三　向島野崎歌隠宅、同環寝所、同医師談話、同環狂乱
四　函根環翠館庭園、同客室、同庭中虔三脅迫
五　塚口博士宅モリソン強請、高輪海岸お島殺し
六　房州根州《ママ》海岸再会、甲岩二少年水死、漁夫作兵衛宅
詰　箕輪伝蔵宅門前、同伝蔵自殺

場割の数とともに、場割の名称にも違いがあることが分かる。

＊11　この頃、例えば和歌の革新に努めた与謝野晶子らを指して和歌の「新派」と呼んだように、「旧派」に対する一般名詞として、「新派」という語は使われていた。実際にこの当時の「大阪毎日」を見ていても、新演劇を標榜する一座に対して「新派」と呼んだ例は見当たらない。

＊12　前評判の高い芝居では、「木戸前へ早くから見物がつめかける」ため、「竹矢来を二重三重に作って混雑を防ぐ」のであるが、「それにもかかわらずこの竹矢来を押し倒して入場して、たちまちのうちに立錐の余地もない満員となってしまう。見物がいっぱいつまった以上、いつまでも待たせておくわけにもいかないので、この必然的な大入を見て序幕を開ける」ために、「初日を開けることを大入」と呼ぶようになったという（川尻清潭「大入」、早稲田大学坪内博士記念演劇博物館編『演劇百科事典（新装復刊）』第一巻、平凡社、一九八四・二）。

＊13　蓬洲・不倒・幽芳合評「朝日座の『己が罪』（六）」（「大阪毎日新聞」一九〇〇・一〇・二三）によれば、「昔から

名優の出所進退を考ふるに、偶然ある役を勤めたのが旨く成功して、それが動機となつて人気も得、技倆もメリ〳〵上達する例がいくらもある。これを出世役といふのであるが、今回の環はまた実に河合の出世役といってよろしい」と賞賛されたり、「環は河合に取つて大成功である、河合の技倆を引立てた事はどれほどだか知れぬ」と絶賛されるほどの成功を収めた演技であったようである。

＊14　九月二九日に四通、一〇月一日に四通、それぞれ掲載されているが、このうちの一通は旧俳優にさせたいというものであるため、朝日座の新俳優による役割予想は七通となる。

＊15　宣教師モリソンは「小説では陰のものになつて居る」が、小織桂一郎が「西洋人が得意と云ふ処で此の一役を買つて出たもの」（蓬洲・不倒・幽芳合評「朝日座の『己が罪』（四）」（「大阪毎日」一九〇〇・一〇・二二）であり、「小織の為に宣教師モリソンの強請、お島殺し等の場を補欠せられた」（花房柳外「『己が罪』劇の比較」注3参照）役柄であった。

＊16　作兵衛は「高田君の為に原作のお作を、老漁師の作兵衛にし」たと言われるように、小織桂一郎の演じた宣教師モリソン同様、役者に合わせた人物設定であった（花房柳外「己が罪の脚色に就て」注3参照）。

＊17　秋月桂太郎は、のちに「金色夜叉」の貫一が当たり役と言われるように、立役として活躍したが、この「落葉籠」における役割予想からは女形として期待されていたことがうかがえ、この頃の秋月の俳優としてのイメージを考える上で興味深い。

＊18　中内蝶二「盆の明治座」（「演芸画報」一九一二・八）。一九三〇年の時点でも、「己が罪が新派の舞台に上るやうになつてから約廿四五年間、今は二幕となつてかうして残つて居る」と言及されている（生田葵「新春本郷座新派劇評」、「演芸画報」一九三〇・二）。

＊19　中内蝶二「盆の明治座」（注18参照）

＊20　森井マスミ「喜多村緑郎文庫「己が罪 根本海岸」」（「語文」二〇〇六・六）。なお、この論文においては、喜多村緑郎文庫に保管されている台本「根本海岸」の場を翻刻しており、非常に参考になった。

＊21　不倒の「劇場小言」の「其二」は一〇月二九日、「其二」は一〇月三一日、「其三」は一一月四日、「其四」はなく、「其五」は一一月一三日に、それぞれ掲載されている（「其四」とすべきところを誤って「其五」となってしまったか）。

＊22　伊原青々園の「子供芝居」の「上」は一一月五日、「中」は一一月七日、「下」は一一月一〇日に、それぞれ掲載されている。

＊23　「観劇《しばゐ》から投身《みなげ》で観劇《しばゐ》」というタイトルのこの記事は、「谷間の姫百合」の舞台を見た一八歳の娘が教員である父親に、観劇に行ったことや帰りが遅くなったことを叱られ家を追い出されたため、身投げしようとしているところを一人の男性に助けられ、この男性が仲介役となり、今度は親子で観劇に行ったという内容である。なお、浪花座におけるこの「谷間の姫百合」の興行の直前まで行われていたのが、半井桃水原作の「根あがり松」の舞台である。

＊24　平尾不孤の「壺中観　演劇雑感（上）」が一〇月二九日に、「壺中観　演劇雑感（中）」が一一月四日にそれぞれ掲載されており、「中」の最末尾には「（未完）」とあるが、その後、「下」は掲載されていない。

# 第九章　「家庭」へのフォーカス
## ――菊池幽芳「乳姉妹」と家庭小説ジャンルの生成――

### 1　「己が罪」から「乳姉妹」へ

菊池幽芳の代表作「己が罪」と「乳姉妹」とは、いわゆる「家庭小説」について考える際に、必ず引き合いに出される小説である。この二つの小説は、新聞を舞台に、その平易な文体と通俗的な物語内容によって多くの読者を獲得し、さらには演劇化によってヒットしたこととも相俟って代表的な「家庭小説」として一括りにされ、記憶されている。しかし、改めて初出媒体である「大阪毎日」に差し戻して対比するなら、両者の間には看過すべからざる対照性が認められる。

すでに第四章でも論じたように、「己が罪」は「大阪毎日」に連載されている間（一九〇〇［明三三］・八・一七～一九〇一・五・二〇）、投書欄「落葉籠」へ日々掲載された投書の量から、新聞読者の人気の度合いを如実に看取し得る小説であった。そこでは読者同士が意見を交わすだけでなく、作者および編集側が投書に対して積極的に返答していく様子などをたどることができる。テクストに対する読者からの注文に対し、作者が迅速に応じて単行本化する際の加筆・訂正につながるというようなことからも分かるように、新聞紙面は読者と作者が交流する、生き生きとしたインターフェイスであった。しかも、編集側は社説や家庭欄などにおいて、連載小説の物語内言説と連動するような記事を展開し、紙面全体で読者を巧みに啓蒙しようとする戦略性も発揮していた。

しかし、一方の「乳姉妹」が連載された二〜三年後の紙面では、かつてのような読者との生き生きとしたやりとりは鳴りを潜め、投書欄における「乳姉妹」への言及は、以下に確認するようにごくわずかである。後年、「己が罪」と一対で語られ、ときに「己が罪」にも勝る人気ぶりが語られることを思えば、このことはいささか不思議なことのように思われる。

「乳姉妹」は、一九〇三〔明三六〕年八月二四日から一二月二六日にかけて連載された（単行本は、一九〇四〔明三七〕年一月に前編が、同年四月に後編が、春陽堂からそれぞれ刊行された）。しかし、この期間の投書欄「秋草集」[*1]のなかで、「乳姉妹」についての投書があったのは、朝日座による演劇化を勧めつつ配役予想をするもの（九・一三）、「乳姉妹」の登場人物の特徴を俳句に詠んだもの（一〇・二一）、自分の恋を犠牲にする房江の人柄に共感を示すもの（一一・一八）、のわずか三点に過ぎない。そもそも、この時期の紙面では投書欄自体が縮小され、家庭欄も姿を消している上、テクストと連動するような社説記事も見当たらず、個々の記事は全体として明確な方向づけをもって構成されることがない。「己が罪」の場合と異なり、「乳姉妹」の同時代における人気の実態について、我々は少なくとも新聞紙面からたどることは困難である。

そのため、従来「乳姉妹」の人気が語られる際に参照されてきたのは、専ら幽芳自身の言葉であった。次に挙げる単行本『乳姉妹』前編における「はしがき」の文言は、その代表的な事例であろう。

> （略）私の社の販売部のものが、四国筋や九州を巡回して来ての話に、戸数千戸位の所では、読者がこの「乳姉妹」の待遠しさに、新聞到着の時刻を計つて、みな売捌店へ詰て来るので、配達の手数が入らぬとの事

でございまして、ソンナ事は「己が罪」の時にも無かつたといふやうな話でありました。また聞ます所によると、南や北のお茶屋などでは、この小説の載つて居る新聞が、夜の三時ごろに配達されるのを、寝ずに待つて居る所が大分にあるといふ事なのでございます。それから大坂を始め、そこゝでこの「乳姉妹」の作り人形などが出来ました事も両方の指に数へ尽くせぬほどで、われながら呆気に取られて居るやうな次第でございます。

しかし、こうした幽芳自身の言葉に対応する記述を、連載時の新聞紙面のなかに見出すことは難しい。紙面のなかから「乳姉妹」の人気ぶりを物語る記述を強いて挙げるなら、連載終了回である第一二五回が掲載された一二月二六日の、本文末尾に記された次のような一文が唯一、該当する事例と言い得る。

拙著『乳姉妹』が空前の好評を被り実際に『己が罪』以上に世上からもて囃されましたのは、私の皆さん方に大いなる感謝を表する所であります

どちらも、「乳姉妹」が新聞連載中において「己が罪」を上回る人気であったことを証言しているが[*2]、これらの言説はあくまで作者自身の言葉であり、その内容を裏づける第三者の証言などを紙面に見出すことはできない。これは一体なぜなのだろうか。これはおそらく、もはや「己が罪」連載時のように紙面を挙げて盛り立てるということをせずとも、「乳姉妹」がはじめから「家庭の読もの」「家庭の間に愛読さるべき清新の小説」(「新小説披露」、「大阪毎日」一九〇三〔明三六〕・八・二三)として打ち出された「家庭もの」として、その存在感を紙面において確固たるものにしていたということだろう。

このことを証拠立てるものとしては、舞台化に関する記事を挙げることができる。かつて、「己が罪」の舞台化については、その連載が終了したのち、朝日座の新俳優たちに舞台で上演してほしいという読者からの投書が現れ、そのリクエストに応えた「己が罪」劇の初演は、連載が終了してから四ヶ月も経ってからのことであった。しかし、「大阪毎日」の懸賞小説募集に当選したのち連載された「無花果」（一九〇一〔明三四〕・三・二八〜六・一〇）の場合では、投書欄における読者の投書があまり見受けられないにもかかわらず、作品の舞台化を望む読者の声だけは連載中から寄せられており（一九〇一・五・二二、六・八）、翌七月には朝日座ではじめて上演された。そして、この「無花果」と同じことが、「乳姉妹」の場合にも見出し得る。すなわち、「乳姉妹」が紙面に連載されている最中に、先述したように舞台化を希望する読者の投書があり、かつ、連載終了後の翌月に当たる一九〇四〔明三七〕年一月に、朝日座と天満座によって同時にはじめて上演された。初演が新俳優たちによる競演という異例の呼び物となったことで、この舞台化を紹介する記事や投書は、小説の連載中に比べ、明らかに増加している。[*3]

こうした推移からうかがわれるのは、「己が罪」の時点では、新聞小説の舞台化ということが未だパターン化されていなかったのに対し、「無花果」の頃には、それが定着しつつあり、「乳姉妹」の時点ではもはや自明の前提となっていたということであろう。この意味で、「家庭小説」というジャンルの編成について考える上では、作品の舞台化を視野に入れることが不可欠である。

## 2　「女」の理想と規範

紙面を眺める限り、とりたてて賑やかな話題を提供しているようには見えない「乳姉妹」であるが、単行本前編の「はしがき」において、「両方の指に数へ尽くせぬほど」だったと、その盛況ぶりが言及されている「作り人形」

については、連載中の一〇月一〇日に「『乳姉妹』の飾り人形（と呉服店の新趣向）」という記事を一つだけ見出すことができる。

市内天神橋一丁目の中野呉服店にては本社の小説「乳姉妹」が昨今非常の評判となり居るより思ひつき、今明両日の冬物売出店頭の装飾として乳姉妹第三十七回の挿絵をそのまゝ房江綾子健三人の人形を作り、房江には矢絣お召縮緬に蝦茶朱子の袴、綾子には牡丹模様友仙縮緬の衣装に繻珍金通しの帯をしめさせ、健には八丈の水平服を着せ、また房江の手には画面通りの野菊の花を持たせ、十、十一両日の顧客に対しては添ものとして一尺余りの野菊の作花に短冊を添へたるを呈するといふ面白き新趣向といふべし、猶この人形は売出後も陳列し居る由

また、これと似たような内容を報じたものとして、連載終了後の一二月三一日に掲載された「『乳姉妹』押絵」と題する記事を挙げることができよう。以下に引用するように、その内容は、ある令嬢が著者に「乳姉妹」の押絵を寄贈したというものである。

先に『己が罪』の好評を博せるころ一令嬢よりその丹精を籠めたる『己が罪』押絵を著者に寄贈し来りたる事ありしが、今回伯耆国米子町西倉吉町の隠岐さん嬢より『乳姉妹』の紀念として第六回房江と綾子の挿絵そのまゝの図柄を極めて精巧なる押絵となし、著者に寄贈し来れり

わずか二つの事例ではあるが、ここで見逃せないのは、これらの作り人形や押絵がいずれも、房江と、房江が家

第六回挿絵

第三七回挿絵

庭教師として奉公している和歌山県知事一家（のちに北海道拓殖銀行頭取となって北海道に赴任）の子どもたちとを描いた挿絵の図像を用いたものだということである。ここには、実の親子ではないにせよ、あたかも親子のように仲睦まじく子どもたちに接する房江と子どもたちの姿を捉え返そうとする読者の欲求（呉服店の場合、読者の欲求に応えようとする販売戦略）を見ることができるだろう。

ここで想起しておきたいのは、房江とは、単行本前編「はしがき」において幽芳が次のように規定したヒロインであったということである。

房江の方は日本の女子といふ立場から見て、最も高潔な観念と、最も深厚の同情を有して居る、一個の理想の女として仕舞ひましたので、私は今日の日本の社会が要求する最も切実な婦人、理性と情熱とを併せ有し、天然と人事に対する趣味を持ち、そして淑女としてのたしなみに欠くる所のない、まづこれならば、完璧であらうと思はれる女性に捧らへあげたのでございます。

「完璧」な「理想の女」として造形されたという房江は実際、家庭教師として教育の任に当たる綾子と健という子どもたちに対して、一兵卒のマナーの間違いを咎めることなく、それを自ら真似してみせることで、同席する人々に教えを垂れた大隊長の挿話を教訓として聞かせ、他人の失敗を笑うようなことを慎むよう諭したりする（前編第三回）。[*4] とりわけ綾子に対して房江は、「淑女の心掛」として重要なのは物識りであることよりも思いやりの深さであり、自分のことは忘れて人のことを思いやるという「誠実《まこと》の心」が重要なのだと説く。しかも、こうした房江の啓蒙的な言動は、このあとに展開される恋愛をめぐる三角関係のなかで、自らの恋愛感情を犠牲にする振る舞いとして実践され、強調されることになる。

さらに見逃せないのは、このような「完璧」な「理想の女」として造形された房江を後押しするかのように、新聞紙面では幽芳による「慈善事業と日本婦人」（一一・二九）と題した評論文が並行して掲載されていたことである。読者に対して「愛と平和」は「女性の標識」であると呼びかける幽芳は、「一家に表はれては家庭の和楽となり、社会に表はれては社会の調和を来す」と述べ、女性の愛と平和の力が社会方面に発揮される機会として、慈善事業を勧める。

「淑女諸君」と呼びかけるこの文章は、元来、大阪の貴婦人や令嬢たちが博愛社のために開催した慈善音楽会の席で幽芳が行った演説の内容を要約したものである。しかし、これが新聞紙面に掲載されることとなれば、専ら貴婦人や令嬢を対象に行われ、その場限りのものとして流れ去ってしまう演説とは異なった意味を帯びることになるだろう。言うまでもなく、新聞読者には貴婦人や令嬢ばかりでなく、庶民階層の女性もいれば、男性読者もいる。ここには、女性の愛と平和の力こそが慈善事業を通して「社会の調和をもたらす」という啓蒙的なメッセージを発

『乳姉妹』前編に掲載された活人画の写真

信しようとする「大阪毎日」および菊池幽芳の意志を感じ取ることができる。

加えて、「乳姉妹」との関連で興味深いのは、幽芳も演説を行い、「紳士淑女の来会者多く非常の盛況を呈し」たとされるこの慈善音楽会においては、「乳姉妹」その他の活人画の余興が行われたという事実である（「慈善音楽会の景況」一一・二三）。この活人画こそは、単行本前編の「はしがき」においても言及され、その様子を伝える写真が単行本前編にも口絵として載せられたものなのであった。

これらのことからうかがえるのは、房江のような存在こそは、世の女性が「完璧」な「理想の女」として規範とすべき存在であると見なす価値基準の提示であろう。そもそも、慈善事業は、作中でもヒロインたちによって実践されていたのであり、しかも君江と房江という二人のヒロインは、このような場において人々の注目を集める存在として描かれていた。以上のことを踏まえるならば、単行本『乳姉妹』は、物語に先立つ「はじめに」において慈善事業についての枠組みを提示しつつ、物語内においても慈善事業を描き込んでいくという入れ子状の構造を付与されることによって、新聞連載時以上に強く、女性としての規範を読者に対して提示することとなったのである。

## 3 「家庭小説」というジャンルの生成

「乳姉妹」が「己が罪」以上に人気を博したと自ら述べる幽芳は、単行本前編の「はしがき」において、その理由を次のように自己分析してみせていた。

> 私にはこの小説がそんなに評判を得るやうな訳はないと考へられるのでございますが、さて事実を枉る事は出来ませんから、まづどういふ所から人気を得たかと考へて見ますと（第一）房江といふ丁度「己が罪」の環のやうに大変に読者の同情を惹く娘のある事（第二）家庭小説である事（第三）地の文に極めて平易な、また詞遣ひの丁寧な言文一致体を用ゐた事。まづこの三点がこの小説を成功せしめた原因であらうと思はれます。

ここで最も気になるのは、「家庭小説である事」という理由を挙げていることである。今日でこそ、「家庭小説」というジャンルの代表作として、幽芳の「己が罪」「乳姉妹」、中村春雨の「無花果」ほかのテクストが挙げられることが多いが、新聞連載時において、書く側にも読む側にも「家庭小説」という認識がなかったことは、これまでの各章で論じてきた通りである。「己が罪」や「無花果」が、いつどのようにして「家庭小説」と見なされていったのかについては未だ詳らかにしないが、少なくとも「乳姉妹」は作者自身によって「家庭小説」であるということが自明の前提として意識されながら書かれ、読者の側において「家庭小説」として読まれたという事実をここに見出すことができる。では、このような同語反復的な自明性は、いつ、どのようにして出現したのだろうか。

その理由として、「乳姉妹」が初出においても単行本においても、終始一貫して「家庭小説」という角書きとともに流通したテクストであったということを挙げることができよう。

ただし、ここで留意したいことは、「家庭小説」の角書きが、必ずしも「乳姉妹」において突然に現れたのではないということである。すなわち、「乳姉妹」に先行して「家庭小説」の角書きを持つ小説は複数、存在していたのである。そこで以下、それらのテクストとの関係性と同時代の受容のあり方を見てみることとしたい。

管見の限りでは、「乳姉妹」以前に刊行された「家庭小説」の角書きを持つ小説は以下の通りである。

一八九六〔明二九〕年　1点
三宅青軒『家庭小説宝の鍵』（青眼堂、一八九六・一二）

一九〇一〔明三四〕年　2点
石川正作編『家庭小説第一篇　よつの緒』[*5]（東洋社、一九〇一・一〇）
鈴木秋子『家庭小説第二篇　紅薔薇』[*6]（東洋社、一九〇一・一一）

一九〇二〔明三五〕年　2点＋新聞小説1点
鈴木秋子『家庭小説第三篇　そのえにし』[*7]（東洋社、一九〇二・七）
堀内新泉『家庭小説女楽師』（国光社、一九〇二・九）
エクトール・アンリ・マロ（五来素川訳）「家庭小説まだ見ぬ親」（「読売新聞」一九〇二・三・一〜七・一三）

一九〇三〔明三六〕年　2点＋新聞小説1点

勁林園主人編『家庭小説第四編　浦人の情』[*8]（東洋社、一九〇三・六）

エクトール・アンリ・マロ（五来素川訳）『家庭小説未だ見ぬ親』（警醒社、東文館、福音新報社、[*9] 一九〇三・六）

嘉悦孝子『家庭小説一学校生活』[*10]（一九〇三・七）

菊池幽芳「家庭小説乳姉妹」（『大阪毎日新聞』一九〇三・八・二四〜一二・二六）

一九〇四〔明三七〕年　11点

菊池幽芳『家庭小説　乳姉妹』（春陽堂、一九〇四・一）

嘉悦孝子『家庭小説一　学校生活』（金港堂、一九〇四・二）

嘉悦孝子『家庭小説二　新家庭』（金港堂、一九〇四・二）

嘉悦孝子『家庭小説三　愛児』（金港堂、一九〇四・二）

嘉悦孝子『家庭小説四　主婦のつとめ』（金港堂、一九〇四・二）

嘉悦孝子『家庭小説五　交際社会』（金港堂、一九〇四・二）

嘉悦孝子『家庭小説六　慈善事業』（金港堂、一九〇四・二）

菊池幽芳『家庭小説　乳姉妹』（春陽堂、一九〇四・四）

田口掬汀『家庭小説　女夫波』（金色社、一九〇四・七）

丹野フサ訳述『家庭小説　若竹』（一九〇四・一〇）

田口掬汀『家庭小説　女夫波』（金色社、一九〇四・一〇）

最も早くに刊行されたのは、三宅青軒『家庭小説宝の鍵』であり、その後さらに五年の歳月を経て、一九〇一年に、『家庭小説第一篇 よつの緒』と『家庭小説第二篇 紅薔薇』とが相継いで東洋社より刊行されているが、翌年以降にも『家庭小説第三篇 そのえにし』、『家庭小説第四編 浦人の情』などが東洋社のシリーズとして刊行された。一九〇一年より二点ずつ程度の単行本が刊行されていたものが、一九〇四年以降に一一点と増え、これ以後、漸次、増加していく。

幽芳の「乳姉妹」が登場したのは、以上のような単行本の体裁で刊行された一連の「家庭小説」の登場のあとであり、さらに言えば、「乳姉妹」の直後に、今日「家庭小説」の代表作とされている田口掬汀の「女夫波」が「万朝報」（一九〇四・一・一二〜五・一二）で連載され、七月には「家庭小説」の角書きを添えて金色社より単行本として刊行されている。

注目すべきことに、ここに挙げた作品群のうち、後年「家庭小説」として文学史のなかに登録されていくことになったのは、「乳姉妹」と「女夫波」だけである。それ以外の作品の多くは少年や少女の読み物であり、今日の一般的な認識では、むしろ児童文学としてカテゴライズされるものばかりである。

言うまでもなく、「家庭小説」という用語・概念は、後年の文学史叙述においては児童文学の謂ではなく、明治期後半から大正期にかけて流行した、ある特徴を有した特定の小説群を意味する。その特徴とは、雑駁にまとめれば、

① ヒロインが運命に翻弄されて耐え忍ぶ
② 波瀾万丈の末にハッピーエンドを迎える
③ その多くは新聞小説として発表された
④ 新派の舞台などで上演されることで人口に膾炙した

というものである。とりわけ、ヒロインの年齢設定は、少年少女向けの文学における主人公の年齢よりは高く、結婚を控えているか、もしくは結婚している女性である。このような「家庭小説」は、一九〇四〔明三七〕年以降、徐々に増えていき、当初、包含されていた少年少女向けの教育小説は次第に姿を消していく。そして、先に挙げた「家庭小説」の角書きを持つ少年少女向けの小説（一九〇四年以前に書かれたもの）は、後年の文学史叙述において「家庭小説」ジャンルに入れられることはなかった。

ここで指摘しておきたいのは、「家庭小説」というカテゴリーの幅の広さや多様さといったものが次第に限定されたものになっていく、その糸口となったのが幽芳の「乳姉妹」だったのではないかという可能性についてである。単行本『乳姉妹』後編の巻末に付された前編に対する同時代評を見ると、「家庭小説として近来稀れに見るの好著なるべし」（「時事新報」一九〇四・一・二六）、「清純なる家庭小説の欠乏せる今の読書界に斯かる作物を供給したる著者の労を多とする（略）」（田口掬汀）（「万朝報」一九〇四・二・二）、「家庭小説として推薦の栄を負ふて余り有らむ」（「帝国文学」一九〇四・二）、「精婉なる家庭小説なり」（「白百合」一九〇四・二）などというように、この小説が「家庭小説」であるということは疑われることがない。このことは、第二章ですでに論じたように、かつて新しく世に出た小説に対して、それがどのようなジャンルに帰属するものなのかということを文壇の内部にいる文学青年や学者たちが挙って規定した、一時期のジャンル命名競争の時期とは対照的である。つまり、「乳姉妹」は、そのような外部からのジャンル規定／命名の欲望を向けられてはおらず、むしろ、そこに記された角書きをそのまま反復するように、これは家庭小説だと承認されている感がある。すなわち、幽芳の「乳姉妹」は、角書きによって自ら「家庭小説」と名乗ることで「家庭小説」として承認されたのだと言える。

しかも、幽芳は角書きで「家庭小説」と名乗るだけでなく、単行本前編の「はしがき」において、次のようにも述べていた。

（略）全体私は私共の新聞に講談を載る事をだん〳〵廃したいといふ考で、それには何か之に代る適当なものを見つけたい。今の一般の小説よりは最少し通俗に、最少し気取らない、そして趣味のある上品なものを載せて見たい。一家団欒のむしろの中で読れて、誰にも解し易く、また顔を赤らめ合ふといふやうな事もなく、家庭の和楽に資し、趣味を助長し得るやうなものを作つて見たいものであると考へて居ました（略）

再三、引用され、本書でも繰り返し言及してきた「家庭小説」の定義のような一文であるが、同時代における「家庭小説」の角書きを持つ単行本や新聞小説の有り様が上述の如くであったことを踏まえるなら、関肇が言うように、「幽芳の主張する家庭小説とは、新聞メディアに一日ごとに掲載されて読み継がれる新聞小説に固有のジャンルに他ならない」[*11]と言うことができるだろう。

では、同じように、新聞小説として発表され、「家庭小説」の角書きを持つ「まだ見ぬ親」と「乳姉妹」とを分ける決め手となったものは何であろうか。のちに「家なき子」の邦題によって親しまれるエクトール・アンリ・マロによるこの小説は、単行本になる前年、「読売新聞」において一九〇二〔明三五〕年三月一日から七月一三日まで連載された新聞小説であるが、新聞連載時から「家庭小説」の角書きが付され、単行本にもこの角書きは引き継がれた。そして、それゆえにか、同時代評においても、「先に公にせられし五来素川氏の「まだ見ぬ親」と共に家庭に於て愛読せらるべき資格あるを見る」（「東京毎日新聞」[*12]）というように、「乳姉妹」と「まだ見ぬ親」とは同列に引き比べられて受容されていたのである。このとき、「家庭小説」という名に対応する意味は、単に「家庭に於て愛読せらるべき」小説といった程度のものでしかない。

しかし、それならばなぜ「まだ見ぬ親」はのちに確立される「家庭小説」のカテゴリーに包含されず、幽芳の

「乳姉妹」は「家庭小説」の代表作として語られ続けたのか。この問題について考えるためにはやはり、幽芳の小説の人気の高さと、舞台化との関係を指摘しておかなければならないだろう。この点で示唆的なのは、伊原青々園「新聞小説の変遷」(「早稲田文学」一九〇七・四)における次のような記述である。

新聞小説は(新聞小説は——引用者注)近年に至つて幽芳氏に占領せられて、家庭小説時代となつた。それ迄は大阪の新聞小説は東京文壇を動かす事抔なく、又大阪の物を東京の舞台に上すなど云ふ事はなかつたが、幽芳氏の小説が春陽堂から単行本として出版せらるゝやうになり、役者の中にも高田実の如きは当時大阪に居つて後東京に帰ると云ふ風に東西の劇場を往来するやうになつた、それ等のいろ〳〵の原因からして幽芳氏のものは中央読書界を動かすのみならず、中央の劇壇に迄有力のものとなつた。即ち大阪の新聞小説が東京の芝居に上せられたは幽芳氏から始まつたのである。

幽芳の小説が、新聞小説としてヒットしたことと、その発表媒体が大阪の朝日座のような新俳優たちの活動の拠点となった劇場と太いつながりを持つ「大阪毎日」であったことと、この二つが相俟って、「乳姉妹」は、「家庭小説」という語を一つのジャンル名として世に定着させることとなった。その結果、「乳姉妹」と同様の物語内容および構造を持つ(ような印象を与える)「己が罪」や「無花果」などの新聞連載小説までもが遡及的に「家庭小説」というカテゴリーへと包摂され、逆に角書きで「家庭小説」を標榜していたはずの「まだ見ぬ親」のような小説が、その外側に排除されることとなる。文学史的概念としての「家庭小説」が確立したのは、まさしくこの瞬間だったのではないだろうか。

## 4 「家庭」に包摂される物語

ところで、「乳姉妹」の人気について、幽芳自身は単行本前編の「はしがき」において、先にも引用したように、房江という読者の同情を惹くヒロインがいたことを挙げており、「幸ひにみなさん方の、房江に非常なる同情を濺がれる所を見ますと、房江の如き女は、また慥かにみなさん方の理想にあつた事は、明白であらうと考へるのでございます」と述べる一方で、もう一人のヒロインである君江については、次のように述べていた。

たゞ私の気づかひましたのは、房江に引かへて一方の君江の方は、あまりに大胆で、あまりに非凡ですから、或は女天一といふやうな悪口を受ける事かとも思れたに拘はらず、今まで嘗てそんな批難も聞ませんのは、私の私かに喜ぶ所でございます。

ここで言う「天一」とは、講談や歌舞伎などの登場人物ともなった天一坊のことである。山伏である天一坊改行が八代将軍徳川吉宗の落胤だと騙り、浪人を多数集めたため、捕らえられ、獄門に懸けられたという事件は、「大岡政談」に取り入れられ、講談の演目ともなり、さらに一八七五［明八］年には河竹黙阿弥によって歌舞伎として上演され、人気演目となった。幽芳は、ここで、君江が天一坊のような悪事を働き、最後には裁かれる犯罪者の女性バージョンとして読者に読まれるのではないかと危惧を表明しているのである。

だが、このような作者の危惧とは裏腹に、読者が君江をそれほど極悪人として受けとめてはいないということが次のような同時代評[*13]からうかがわれる。

（君江は――引用者注）これ決して悪魔の如き女にあらず、（略）君江は虚栄の為めには何ものも犠牲にするべくその手段と方法を選ばず富貴顕栄より得べき幸福を以て人生の至楽とせることの外、別に何ものゝ悪意を個人の上に有するものにあらず。

（斎藤弔花「『乳姉妹』を評す」、「神戸新聞」）

この編に対して最も注意すべき事は女主人公君江を何処までも憐れむべきものとして、活写したることにして著者が心を苦しめたるもまたこゝにあるが如し、仮令その行為甚だ憎むべきものありとするも亓《ママ》は寧ろ女性の欠点たる虚栄心に支配されたるに過ぎずして、何処までも他人をおとし入れ他人を毒せんとして奸悪を敢てする所謂姦婦毒婦にてはあらざるなり

（「大阪新報」）

これらの評者たちは、君江の虚栄心については認めつつも、その虚栄心がほかの人間に悪影響をおよぼすほどのものでなく、あくまで自分一人の幸福を追求するためのものであるとして同情的に語っている。すなわち、幽芳の危惧とは裏腹に、君江が「女天一」として非難の対象となることはなかったのである。このような評言の背後には、君江が昭信に対して抱く恋愛感情が、「虚栄と冷酷の長き夢から覚め」、「昭信の恋には一身を犠牲にするも厭はじとさへ、考へ」るようになった、君江の「驚くべき変化」（前編第一一回）に対する許容や理解が働いているだろう。すなわち、恋する相手への無条件の忠心が、道徳規範にもとるとも言える君江の「大詐欺《おおかたり》」（後編第一六回）の罪を薄めさせ、かえって魅力として迫り出して見えるのである。

ほかにも、君江は、房江の出生にまつわる全ての物事（遺品や姓名など）を奪ったにもかかわらず、房江本人を

徹底して遠ざけるようなことはせず、君江の実の母がいまわの際に言った「姉妹の積でいつまでも仲をよく」（前編第五回）という言葉を守るように、実母の死後も、房江に「いつまでも姉妹よ。これからも今迄通り、仲をよくお互に力になる事にしませうね」（同）と語りかけ、物語の最後に至るまで二人の関係が破綻することはない。葉守男爵夫人の百合子が窮地に立たされていることを知ると、思わず介入して百合子に救いの手を差しのべているし、君江を無条件に恋慕する綾小路大尉のような人物が現れたりもする。君江自身の情は厚く、ただ一点の「大詐欺」の罪以外は、むしろ全般に魅力的な女性として描かれているとさえ言えるのである。

極めつけは、物語の最後で君江が刺殺され、君江の罪が明るみに出たとき、昭信や房江たちが君江の罪を責めることなく、あくまでも松平侯爵家の娘として葬ることにした一事であろう。昭信と房江の結婚というハッピーエンドの側面だけを見るならば、「〈血統の神話〉が主題化されている」[*14]とも言えようが、死んだ君江が松平侯爵家から排除されないという側面にも着目し、そのことの意味を問う必要があるだろう。そもそも松平侯爵家は、房江の父母の結婚を身分違いだからと反対していた、その時点での侯爵（房江の父である昭定の叔父）が息子二人とともに死んだため、甥である昭定が侯爵を嗣ぐことになり、この昭定に男児がなかったため、先の侯爵の叔父に当たる人物の孫だという理由によって昭信が呼び出され、昭定が死んだあとの松平家を嗣ぐことになるのである。このように、松平家は途切れそうな血脈をかろうじてつなぎとめている状態にあり、「乳姉妹」は血統や家柄というものを強固にイデオロギーとして押し出す物語ではない。松平家は、その内部を君江によって引っ掻き回されたにもかかわらず、君江を咎めずに松平家の娘として葬ったのであり、君江は死後においても社会的な面目を維持し続けるのである。

「乳姉妹」を君江に視点を置いて見てみるならば、虚栄心や野心を持った彼女の奮闘の軌跡を「社会に対する君江の抵抗の物語」[*15]として読むことも可能かもしれない。しかし、ここで留意しておきたいのは、君江が最終的に何等裁かれることなく、松平侯爵家の人々に、ただ受け入れ許容されているというその帰結である。君江が同時代評において、作者が危惧したにもかかわらず、意想外に受け入れられていたのも、物語内部で君江を批判する文言が少ないことに加え、現実には強い拘束力を持っていた家族制度が、君江が行ったような悪事をも受け入れる緩やかで寛容なものとして描かれていたからではないだろうか。そして、こうした寛容さの枠のなかで、君江のスリリングな冒険が描かれ、読者が彼女の内面に寄り添いつつ、同時に房江によって受けとめられるという構図こそ、「家庭」のなかで安心して読まれる物語としての「家庭小説」の基礎条件たりえたのだとも言えよう。こうして「乳姉妹」は〈「家庭小説」である〉というその自己規定を追認していったのである。

## 注

＊1　この頃の「大阪毎日」の投書欄は、「なつこだち」「秋草集」「落葉かご」など、その名称を季節ごとに変え、季節感を出していた。

＊2　「乳姉妹」は新聞連載中よりも、連載後に何度も試みられた舞台上演をめぐって、「大阪毎日」紙上において盛んに紹介され、紙面では活況を呈していく。この点については、関肇「商品としての「乳姉妹」」（『国語国文』第七九巻第一号、二〇一〇・一）参照。

＊3　朝日座では高田実、河合武雄など、天満座では喜多村緑郎などが演じた。

＊4　単行本化された『乳姉妹』の章立ては、新聞連載の際の一回分ごととなっておらず、概ね連載三回分くらいを一まとまりの章立てとしている。ここでは、便宜上、単行本の章立てを使用した。

＊5　短編小説集である石川正作編『家庭小説第一篇 よつの緒』（東洋社、一九〇一・一〇）に収録されている作品は、小栗風葉「えにし」、柳川春葉「若芝」「応接室」、徳田秋聲「遺産」「みさ子」、梶田薄氷「野の花」「若楓」、である。

＊6　鈴木秋子の短編小説三作品が収録されている。

＊7　鈴木秋子の短編小説七作品が収録されている。

＊8　勁林園の短編小説三作品が収録されている。

＊9　『家庭小説未だ見ぬ親』の出版社が三社による同時発売となったことについては、渡辺貴規子「エクトール・マロ原作、五来素川訳『家庭小説　未だ見ぬ親』の研究」（「人間・環境学」第二〇号、二〇一一・一二）参照。なお、『未だ見ぬ親』の原作はエクトール・アンリ・マロの *Sans famille* であり、「読売新聞」で翻訳が連載された際には「家庭小説まだ見ぬ親」とされていたタイトルが、単行本化に当たって『家庭小説未だ見ぬ親』とされた。

＊10　出版社、未詳。嘉悦孝子の著作はシリーズものであり、一九〇四［明三七］年二月に金港堂からまとめて刊行された。

＊11　関肇「商品としての「乳姉妹」」（注2参照）

＊12　単行本『乳姉妹』後編の巻末に収録された同時代評である。原紙は未詳。一九〇四年一月〜三月までの間の記述であると推定される。

＊13　注12参照

＊14　高橋修「秘密の中心としての〈血統〉『己が罪』『乳姉妹』」（「国文学　解釈と教材の研究」一九九七・一〇）

＊15　関肇「反転するメロドラマ――菊池幽芳『乳姉妹』を読む――」（「日本文学」二〇〇八・七）

## 参考文献

青木一男「『十三夜』――その家庭小説的性格について――」(『解釈』一九六二・八)。のちに、解釈学会編『樋口一葉の文学』(教育出版センター、一九七三・五)所収。
青木信雄「内田魯庵『くれの廿八日』論――「愛《ラブ》」発見の文学――」(『鹿児島短期大学研究紀要』第五二号、一九九三・一二)
秋庭太郎「改題」(秋庭太郎編『明治文学全集86 明治近代劇集』(筑摩書房、一九六九・三)
秋山正幸「蘆花の『不如帰』とジェイムズの『鳩の翼』の比較考察」(秋山正幸編『知の新視界 脱領域的アプローチ』南雲堂、二〇〇三・三)
浅井清「ジャーナリズム発展の意味――三十年代前半における新聞と小説――」(『文学』一九八六・八)
――「大衆文学の成立」(市古貞次編『増訂版 日本文学全史5 近代』(學燈社、一九九〇・三)
――「家庭小説」(三好行雄・竹盛天雄・吉田凞生・浅井清編『日本現代文学大事典 人名・事項篇』明治書院、一九九六・六)
飛鳥井雅道「民友社左派と日清戦争――明治三〇年代社会小説(一)――」(『文学』一九五九・八)
――「社会小説の発展――明治三〇年代社会小説(二)――」(『文学』一九五九・九)
安英喆「『くれの廿八日』と『其面影』――近代知識人をめぐる女性と家庭――」(『湘南文学』第二七号、一九九三・三)
飯田祐子『彼らの物語――日本近代文学とジェンダー』名古屋大学出版会、一九九八・六)
飯塚容「もうひとつの『姉妹花』――『ドラ・ソーン(谷間の姫百合)』の変容――」(『中央大学文学部紀要(言語・文学・文化)』第二二九号、二〇〇八・二)
池上研司「菊池幽芳「己が罪」論」(『緑聖文芸』第一五号、一九八四・三)
石川巧「〈教科書《イデオロギー》〉としての家庭小説――草村北星『濱子』考――」(『敍説』X、一九九四・七)
石塚純一『金尾文淵堂をめぐる人びと』(新宿書房、二〇〇五・二)
石橋紀俊「内田魯庵『くれの廿八日』論――言語的葛藤のドラマ――」(『日本近代文学』第五四集、一九九六・五)
石原千秋『百年前の私たち――雑書から見る男と女』(講談社現代選書、講談社、二〇〇七・三)
伊藤秀雄「未完の書・出版 中絶の事情」(『日本古書通信』第八〇六号、一九九六・九)
稲垣達郎「解説」(内田魯庵『くれの廿八日、他一篇』岩波文庫、岩波書店、一九五五・一二)

――――「日本近代の新聞・雑誌 明治の新聞・雑誌」(『日本近代文学大事典 机上版』講談社、一九八四・一〇)
猪野謙二『明治文学史 下』(講談社、一九八五・七)
岩城準太郎『明治文学史』(育英社、一九〇六・一二)。のちに、『増補明治文学史』(育英舎、一九〇九・六)刊行。
岩田光子「菊池幽芳」(昭和女子大学近代文学研究室『近代文学研究叢書』第六一巻、昭和女子大学近代文研究所、一九八八・一〇)
岩渕剛「内田魯庵「くれの廿八日」」(『民主文学』第三四三号、一九九四・六)
岩淵宏子「反家庭小説の試み――大塚楠緒子『空薫』『そら炷 続編』」(新・フェミニズム批評の会編『明治女性文学論』翰林書房、二〇〇七・一一)
榎本隆司「「社会小説」――広津柳浪「雨」――」(『早稲田大学教育学部学術研究 国語・国文学編』第三三号、一九八四・一二)
榎本隆司「「社会小説家」金子春夢――「清水越」を中心に――」(『早稲田大学教育学部学術研究 国語・国文学編』第三五号、一九八六・一二)
大久保典夫「「第三の新人」と家庭小説」(『国文学 解釈と教材の研究』臨時増刊号、一九七三・六)
大笹吉雄「演劇の変革」(久保田淳ほか編『岩波講座日本文学史』第一一巻、岩波書店、一九九六・一〇)
大塚豊子「日本の家庭小説(八)柳川春葉論」(『大衆文学研究』一七号、一九六六・七)
岡保生「写実主義小説の展開――観念小説と深刻小説――」(『国文学 解釈と教材の研究』一九六二・一)
――――「日本の家庭小説(その五)渡辺霞亭」(『大衆文学研究』一四号、一九六五・八)
――――「日本の家庭小説(七)菊池幽芳素描」(『大衆文学研究』一六号、一九六六・三)
――――「日本の家庭小説(九)草村北星論」(『大衆文学研究』一八号、一九六七・一)
――――「家庭小説」(『国文学 解釈と鑑賞』臨時増刊号、一九七〇・七)
――――「家庭小説」(『日本近代文学大事典』講談社、一九七七・一一)
――――「明治文学に見るカップル――キリスト者、そのほか――」(『高校通信東書国語』第三一九号、一九九二・一)
岡義武「日露戦争後における新しい世代の成長――明治三八~大正三――(上下)」(『思想』一九六七・二~三)
小笠原幹夫『歌舞伎から新派へ』(翰林書房、一九九六・七)
奥武則『大衆新聞と国民新聞 人気投票・慈善・スキャンダル』(平凡社、二〇〇〇・七)

大佛次郎・川口松太郎・木村毅監修『大衆文学大系』第一巻〜第三（講談社、一九七一・五〜七）
小田切進編『日本近代文学年表』（小学館、一九九三・一二）
小野秀雄『新聞の歴史』（東京堂、一九六一・九）
片岡哲「内田魯庵の社会小説」（「青山語文」第八号、一九七八・三）
――「内田魯庵の小説について」（「東京工業大学人文論叢」第一三号、一九八八・三）
桂真「新派の〈海〉のイリュージョン」（「文化継承学論集」第二号、二〇〇六・三）
加藤武雄『明治大正文学の輪郭』（新潮社、一九二六・九）
――「家庭小説研究」（『日本文学講座 大衆文学篇』第一四巻、改造社、一九三三・一一）
金子明雄「明治30年代の読者と小説――「社会小説」論争とその後――」（杉山光信・大畑裕嗣・金子明雄・吉見俊哉による共同研究「近代日本におけるユートピア運動とジャーナリズム」、「東京大学新聞研究所紀要」41、一九九〇・三）
――「〈見ること〉と〈読むこと〉の間に――近代小説における描写の政治学――」（「日本近代文学」第五五集、一九九六・一〇）
――「「家庭小説」と読むことの帝国――『己が罪』という問題領域」（小森陽一・紅野謙介・高橋修編『メディア・表象・イデオロギー――明治三十年代の文化研究』小沢書店、一九九七・五）
――「戦う家庭小説『女夫波』（田口掬汀）」（「国文学 解釈と教材の研究」一九九七・一〇）
――「新聞小説を読む――家庭小説から清張・遼太郎まで――」（「小説 TRIPPER」一九九九春季号、一九九九・三）
上笙一郎「日本の家庭小説（その二）もうひとつの家庭小説」（「大衆文学研究」一二号、一九六四・一二）
川合道雄「綱島梁川の周辺――その生地及び家系をめぐって――」（「国文学研究」一九七五・六）
河北瑞穂「家庭小説の背景――明治二十年代前半期『女学雑誌』の周辺――」（「三重大学日本語学文学」第二号、一九九一・六）
川崎賢子「天下茶屋の〈父〉――〈家庭小説〉「己が罪」と明治期大阪の文学力――」（「文学」二〇〇〇・九－一〇）
川尻清潭「大入」（早稲田大学坪内博士記念演劇博物館編『演劇百科事典（新装復刊）』（第一巻、平凡社、一九八四・二）
木村毅『明治文学展望』（改造社、一九二八・六）。のちに、恒文社より再刊（一九八二・一）。
――「バーサ・クレーと明治文学――私の思い出を通して――」（島田謹二教授還暦記念会編『島田謹二教授還暦記念論文集 比較文学比較文化』弘文堂、一九六一・七）

――「渡辺霞亭の印象」(『三友』第五六号、一九六五・一〇)
木村有美子「「くれの廿八日」考(一)――本文の解読を中心に――」(『樟蔭国文学』第二四号、一九八七・三)
熊坂敦子「日本の家庭小説(その三)久米正雄論――「蛍草」より「破船」へ」(『大衆文学研究』一三号、一九六五・四)
久米依子「少女小説――差異と規範の言説装置」(小森陽一・紅野謙介・高橋修編『メディア・表象・イデオロギー――明治三十年代の文化研究』(小沢書店、一九九七・五)
小泉浩一郎「『くれの廿八日』と『文学一斑』」(『国語と国文学』一九七二・九)
紅野謙介『投機としての文学――活字・懸賞・メディア――』(新曜社、二〇〇三・三)
小島徳弥『明治大正新文学史観』(教文社、一九二五・六)
小西由里「家庭小説とその「読者」をめぐって――菊池幽芳『乳姉妹』を中心に――」(『北海道大学大学院文学研究科研究論集』第三号、二〇〇三・一二)
小林貞弘「新派劇とは何か――明治三十年代から大正初期を中心に――」(『ことばの科学』第一二号、一九九九・一二)
――「物語る声――家庭小説と新派映画の受容をめぐって――」(『映像学』六七号、二〇〇一・一一)
――「家庭小説から家庭映画へ――一九一〇年代の新派映画について」(岩本憲児編『家族の肖像――ホームドラマとメロドラマ――』森話社、二〇〇七・五)
小森健太郎『英文学の地下水脈 古典ミステリ研究～黒岩涙香翻案原典からクイーンまで～』(東京創元社、二〇〇九・二)。初出は「創元推理21」(二〇〇一・冬)。
小谷野敦「「家庭小説」とその周辺」(『恋愛の昭和史』文芸春秋、二〇〇五・三)。初出は「文学界」(二〇〇三・三)。
小山静子『家庭の生成と女性の国民化』(勁草書房、一九九九・一〇)
佐伯彰一「イメージとしてのアメリカ(9)～(10)」(『英語青年』一九七二・一二～一九七三・一)
佐々木満子・福山トシ「末松謙澄」(昭和女子大学近代文学研究室『近代文学研究叢書』第二〇巻、昭和女子大学近代文化研究所、一九六三・一一)
笹淵友一「綱島梁川」(『国文学 解釈と教材の研究』一九六〇・一〇)
佐藤宏子『アメリカの家庭小説――十九世紀の女性作家たち――』(集美堂、一九八七・八)
佐藤八寿子「市民的価値観に基づく一試論――家庭小説『己が罪』を例に――」(『教育・社会・文化研究紀要』第七号、二〇〇〇

〇・七）
佐藤勝「社会小説論」（全国大学国語国文学会監修『講座日本文学9近代編Ⅰ』三省堂、一九六九・四）
島田昭男「内田魯庵『くれの二十八日』」（『国文学 解釈と鑑賞』一九七二・八）
島村抱月『明治文学変遷史講話』（文学普及会、一九一五・八）
進藤鈴子『アメリカ大衆小説の誕生――一八五〇年代の女性作家たち』（彩流社、二〇〇一・一一）
真銅正宏『ベストセラーのゆくえ――明治大正の流行小説』（翰林書房、二〇〇〇・二）
真銅正宏・田口道昭・檀原みすず・増田周子『小林天眠と関西文壇の形成』（和泉書院、二〇〇三・三）
末木文美士『近代日本の思想・再考Ⅰ 明治思想家論』（トランスビュー、二〇〇四・六）
――『近代日本の思想・再考Ⅱ 近代日本と仏教』（トランスビュー、二〇〇四・六）
関肇「『金色夜叉』の受容とメディア・ミックス」（小森陽一・紅野謙介・高橋修編『メディア・表象・イデオロギー――明治三十年代の文化研究』小沢書店、一九九七・五）のちに、『新聞小説の時代――メディア・読者・メロドラマ』（新曜社、二〇〇七・一二）所収。
――「〈読む〉反転するメロドラマ――菊池幽芳『乳姉妹』を読む――」（『日本文学』二〇〇八・七）
――「商品としての「乳姉妹」」（『国語国文』第九〇五号、二〇一〇・一）
關岡一成「綱島梁川のキリスト教受容（その一）」（『神戸外大論叢』第二七四号、一九九七・九）
――「綱島梁川のキリスト教受容（その二）」（『神戸外大論叢』第二九八号、二〇〇〇・一〇）
瀬崎圭二「海辺の憂鬱――物語としての『不如帰』――」（『名古屋短期大学研究紀要』第四六号、二〇〇八・三）
――「『金色夜叉』と熱海――口絵の力と現在――」（『国文学攷』第二〇一号、二〇〇九・三）
瀬沼茂樹「家庭小説の展開」（『文学』一九五七・一二）。のちに、瀬沼茂樹編『明治文学全集93 明治家庭小説集』（筑摩書房、一九六九・六）所収。
――「菊池幽芳「乳姉妹」」（瀬沼茂樹編『明治文学全集93 明治家庭小説集』筑摩書房、一九六九・六）
高木健夫「新聞小説史（52）」（『三友』第五六号、一九六五・一〇）
――『新聞小説史 明治篇』（国書刊行会、一九七四・一二）
高木文編『明治全小説戯曲大観その1』（聚芳閣、一九二五）

――『明治全小説戯曲大観その3』（聚芳閣、一九二六）
高須梅渓『近代文芸史論（上）』（日本評論社、一九二一・五）
高須芳次郎（梅渓）『日本現代文学十二講（思想文芸講話叢書）』第七巻（新潮社、一九二四・二）
高橋一郎「明治期における「小説」イメージの転換――俗悪メディアから教育的メディアへ――」（「思想」一九九二・二）
高橋修「「くれの廿八日」論――「書生」から「大人」へ――」（「上智近代文学研究」第二輯、一九八三・八）
――「ジャンルと様式《モード》――日清戦争前後――」（「日本近代文学」第五〇集、一九九四・五）
――「秘密の中心としての〈血統〉――「己が罪」「乳姉妹」（菊池幽芳）」（「国文学 解釈と教材の研究」一九九七・一〇）
――「秋聲の明治三十年代」（『徳田秋聲全集 月報1』第一巻、八木書店、一九九七・一一）
滝藤満義「家庭小説」（三好行雄編「別冊国文学 近代文学史必携」一九八七・一）
――「社会小説」（三好行雄編「別冊国文学 近代文学史必携」一九八七・一）
田所周「明治三十年代の新聞＝家庭小説」（「東洋研究」第二三号、一九七〇・六）
田中栄一「「くれの二十《ママ》八日」論――その文学史上の位置をめぐって――」（「新潟大学教育学部長岡分校研究紀要」第一三号、
一九六八・二）
田中絵美利「家庭小説と女性読者――『女学世界』投稿小説を通して――」（「文学研究論集」第三一号、二〇〇九・九）
田中実「社会小説」（浅井清ほか編『新研究資料現代日本文学 小説Ⅰ・戯曲』第一巻、明治書院、二〇〇〇・三）
谷沢永一「本好き人好き 中村吉蔵」（「国文学 解釈と教材の研究」一九九五・七）
――「本好き人好き 新聞記者と文学者」（「国文学 解釈と教材の研究」一九九八・二）
――「本好き人好き 菊池幽芳」（「国文学 解釈と教材の研究」二〇〇三・六）
――「本好き人好き 芸術家の生活」（「国文学 解釈と教材の研究」二〇〇四・一二）
玉井朋「「家庭小説」の題材と社会性――明治三四年刊行の『家庭小説』にみる「家庭小説」イメージの諸相――」（「芸文攷」
第一三号、二〇〇八）
玉江彦太郎『若き日の末松謙澄 在英通信』（海鳥社、一九九二・一）
田山花袋「明治文学の概観」（「文章世界」一九一二・一〇）
――『明治小説内容発達史』（文学普及会、一九一四・五）

――『近代の小説』（近代文明社、一九二三・二）
千葉亀雄「明治大正時代の文学」（『太陽』一九二七・六）
――「新聞小説研究」（『日本文学講座』第一二巻、新潮社、一九三一・九）
陳光「父の戒め――菊池幽芳の「己が罪」と島崎藤村の「破戒」の比較――」（『岡大国文論稿』第一七号、一九八九・三）
塚越和夫「広津柳浪論――「落椿」と「己が罪」をめぐって――」（『日本文学』一九六七・一二）
塚本喜代子「中村春雨の小説」（『恵泉女学園短期大学研究紀要』第一五号、一九八二・三）
辻橋三郎「明治三十年代の家庭小説についての試論」（『日本文学』一九六二・一一）
――「横井時雄と『時代思潮』――政治家横井のプロフィール――」（同志社大学人文科学研究所編『熊本バンド研究』みすず書房、一九六五・八）
東條尚子「読者は出会う――家庭小説『想夫憐』と新派劇『想夫憐』――」（『日本大学大学院国文学専攻論集』第一号、二〇〇四・九）
十川信介「『ドラマ』・『他界』――明治二十年代の文学状況――」（筑摩書房、一九八七・一一）
――「秋聲と家庭小説」（『徳田秋聲全集』第二巻、八木書店、一九九九・七）
土岐善麿『明治大正史 芸術篇』第五巻（朝日新聞社、一九三一・二）
友野代三「家庭小説」（久松潜一・木俣修・成瀬正勝・川副国基・長谷川泉編『現代日本文学大事典（増訂縮刷版）』明治書院、一九六八・七）
鳥越信「家庭小説について」（『学校図書』一九六一・一）
永谷健「近代日本における上流階級イメージの変容――明治後期から大正期における雑誌メディアの分析――」（『思想』一九九二・二）
長沼美香子「末松謙澄「飜譯上より見たる日本文と欧文」解題」（柳父章・水野的・長沼美香子編『日本の翻訳論 アンソロジーと解題』法政大学出版局、二〇一〇・九）
中野記偉「『金色夜叉』の比較文学的一考察――バーサ・クレーに関連して」（『英文学と英語学』24、一九八八・三）
中丸宣明「近代小説の展開」（久保田淳ほか編『岩波講座日本文学史』第一一巻、岩波書店、一九九六・一〇）
中村真一郎「明治三〇年代の「家庭小説」――菊池幽芳『月魄』――」（『ちくま』一九九三・四）

中村武羅夫「通俗小説研究」(『日本文学講座 大衆文学篇』第一四巻、改造社、一九三三・一一)
中山和子「「くれの廿八日」の静江」(「国文学 解釈と教材の研究」臨時増刊号、一九八〇・三)
西田長寿『明治時代の新聞と雑誌』(至文堂、一九六一・八)
西原大輔「内田魯庵『くれの廿八日』とメキシコ移民」(「比較文学研究」第六七号、一九九五・一〇)
根本由香「家庭小説の挿絵と服飾――菊池幽芳の「己が罪」と「乳姉妹」」(「国文学 解釈と鑑賞」二〇〇九・五)
野村喬「時代精神と社会小説の論」(「国文学 解釈と教材の研究」一九六二・一)
――「「くれの廿八日」の性格考」(吉田精一博士古稀記念論集刊行会編『日本の近代文学――作家と作品――』角川書店、一九七八・一一)
――「『くれの廿八日』と社会小説論の季節――内田魯庵伝ノート(十)――」(「青山学院女子短期大学紀要」第四一輯、一九八七・一一)
土師清二「日本の家庭小説(六)霞亭素描」(「大衆文学研究」一五号、一九六五・一二)
畑實「中村春雨」(「駒沢国文」第一三号、一九七六・二)。のちに、『自然主義文学断章――天渓・花袋・春雨・宙外――』(公論社、一九七九・四)所収。
――「明治三十年代の政治小説――政治と家庭の間――」(「帝京大学文学部紀要(国語国文学)」第一五号、一九八三・一〇)
浜田雄介「大衆文学の近代」(久保田淳ほか編『岩波講座日本文学史』第一三巻、岩波書店、一九九六・六)
日夏耿之介『明治文学襍考』(梓書房、一九二九・五)
――『明治浪曼文学史』(中央公論社、一九五一・八)
平岡敏夫「近代文学の試行」(市古貞次編『増訂版 日本文学全史5 近代』學燈社、一九九〇・三)
笛木美佳「菊池幽芳「己が罪」論――〈懺悔〉をめぐって――」(「学苑」八三九号、二〇一〇・九)
深澤英隆「近代日本における宗教経験をめぐる言説――綱島梁川の経験報告とその意味――」(「宗教哲学研究」第二三号、二〇〇六・三)
藤井淑禎「海辺にての物語――家庭小説の諸相――」(『不如帰の時代』名古屋大学出版会、一九九〇・三)。初出は「文学」(一九八六・八)。
藤木宏幸「日本の家庭小説(その四)中村春雨論」(「大衆文学研究」一四号、一九六五・八)

――「年譜 中村吉蔵」（秋庭太郎編『明治文学全集86 明治近代劇集』（筑摩書房、一九六九・三）
――「演劇の〈近代〉」（市古貞次編『増訂版 日本文学全史5 近代』（學燈社、一九九〇・三）
藤澤秀幸「「婦系図」――家庭小説・社会小説との関わり」（「国文学 解釈と鑑賞」二〇〇九・九）
藤森清「強制的異性愛体制下の青春――『三四郎』『青年』」（「文学」二〇〇二・一―二）
――「崇高の一〇年――蘆花・家庭小説・自然主義」（小森陽一ほか編『岩波講座文学7 つくられた自然』岩波書店、二〇〇三・一）
分銅惇作「社会小説・社会主義文学」（「国文学 解釈と教材の研究」臨時増刊号、一九六八・六）
保明陽子「『門』の家庭小説的傾向についての解釈――宗助の選択における漱石の呈示――」（「駒澤大学大学院国文学会論輯」21、一九九三・五）
堀啓子「尾崎紅葉「不言不語」と原作者 Bertha M. Clay」（「文学」一九九七・春）
――「尾崎紅葉「紅白毒饅頭」論――ジャーナリズムとしての連載小説――」（「日本近代文学」第五八集、一九九八・五）
――「黒岩涙香作「雪姫」における万国著作権条約への意識――バーサ・M・クレーの原作をめぐって――」（「国語と国文学」一九九九・七）
――「『谷間の姫百合』試論――Bertha M. Clay を藍本として」（「北里大学一般教育紀要」第五号、二〇〇〇・三）
――「明治期の翻訳・翻案における米国廉価版小説の影響」（「出版研究」二〇〇〇・三）
――「「金色夜叉」の藍本――Bertha M. Clay をめぐって」（「文学」二〇〇〇・一一―一二月）
――「黒岩涙香『絵姿』とその藍本作家バーサ・M・クレー（上）（下）」（「英語青年」二〇〇一・二～三）
――訳、バーサ・M・クレー『女より弱き者』（南雲堂フェニックス、二〇〇二・一二）
――「未完の名作～『金色夜叉』の謎と幻の原書」（「歌子」二〇〇五・三）
――「黒岩涙香の翻訳小説――Bertha M. Clay 原作の「古王宮」をめぐって」（「芸文研究」二〇〇六・一二）
――「翻案としての戦略――菊池幽芳「乳姉妹」をめぐって――」（「東海大学紀要文学部」二〇〇七・三）
――「明治期の翻訳・翻案における米国廉価版小説の影響」（「出版研究」38、二〇〇八・三）
本間久雄『新訂明治文学史』下巻（東京堂、一九四九・一〇）
毎日新聞百年史刊行委員会編『毎日新聞百年史』（毎日新聞社、一九七二・二）

前田愛『近代読者の成立』（有精堂、一九七三・一一）
槇林滉二「社会小説」（有精堂編集部編『時代別日本文学史事典 近代編』有精堂、一九九四・六）
牧村健一郎「獅子文六の時代⒇家庭小説」（「日本古書通信」二〇〇八・六）
松井洋子「「金色夜叉」と「ホワイト・リリーズ」――日米比較文学研究序説――」（「国際関係研究」第八巻別冊、一九八八・三）
――「バーサ・クレー作品の日本大衆小説、家庭小説における受容について――黒岩涙香の『妾の罪』再考――」（「国際関係学部研究年報」第二三集、二〇〇二・二）
――「日本の家庭小説におけるバーサ・クレイ作品の受容について」（「国際関係学部研究年報」第二四集、二〇〇三・二）
――「『ドラ・ソーン』と日本の家庭小説」（秋山正幸編『知の新視界 脱領域的アプローチ』南雲堂、二〇〇三・三）
――「アメリカの家庭小説と日本の家庭小説の対比研究――メアリ・J・ホームズの『嵐と陽光』と菊池幽芳の『乳姉妹』を中心に――」（「国際関係学部研究年報」第二五集、二〇〇四・二）
――「19世紀明治中期における日米家庭小説の対比研究」（「国際関係学部研究年報」二七号、二〇〇六・三）
――「明治30年代日本における19世紀アメリカ家庭小説の受容について」（「国際文化表現研究」第三号、二〇〇七）
丸川浩「樋口一葉「十三夜」論――抒情小説・メロドラマ・家庭小説――」（「山陽女子短期大学研究紀要」第二六号、二〇〇〇・一二）
三ツ石敦子「〈家庭小説〉作家としての天外と霜川――明治三十年代後半から四十年代初頭にかけての小説表現の一問題――」（「大妻国文」第二五号、一九九四・三）
宮下志朗「知られざる新聞小説――『パン運びの女』」（『読書の首都パリ』みすず書房、一九九八・一〇）。初出は「みすず」（一九九六・一二）。
宮島新三郎『明治文学十二講』（新詩壇社、一九二五・五）
――『大正文学十四講』（新詩壇社、一九二六）
――「家庭小説」（藤村作編『日本文学大辞典』第一巻、新潮社、一九三二・六）
宮本又久「横井時雄の信仰について――明治二十三年・四年を中心に――」（『国史論集（二）』読史会、一九五九・一一）
三好行雄「写実主義の展開――自然主義以前――」（『岩波講座日本文学史』第一二巻、岩波書店、一九五八・九）
――「近代文学史概説」（三好行雄編「別冊国文学 近代文学史必携」一九八七・一）

――「近代文学の試行」（市古貞次編『増訂版 日本文学全史5 近代』（學燈社、一九九〇・三）
牟田和恵『戦略としての家族――近代日本の国民国家形成と女性――』（新曜社、一九九六・七）
村松定孝「日本の家庭小説（その一）家庭小説雑感」（『大衆文学研究』一一号、一九六四・一〇）
――「家庭小説」（『国文学 解釈と鑑賞』臨時増刊号、一九六六・一一）
――「日本の家庭小説（十）生田葵山論――「富美子姫」をめぐつて――」（『大衆文学研究』一九号、一九六七・四）
森英一『明治三十年代文学の研究』（桜楓社、一九八八・一二）
――「実験としての家庭小説――林芙美子「茶色の眼」をめぐって――」（『イミタチオ』第一四号、一九九〇・七）
森井マスミ「〈資料紹介〉喜多村緑郎文庫「己が罪 根本海岸」（『語文』第一二五輯、二〇〇六・六）
――「〈研究ノート〉喜多村緑郎文庫「己が罪 根本海岸」（『〈日本大学文理学部情報科学研究所〉年次研究報告書』第六号、二〇〇六・一〇）
――「喜多村緑郎日記をめぐって（特集 歌舞伎の反射鏡としての新派）」（『歌舞伎』第四三号、二〇〇九・九）
諸岡知徳「新聞小説の西／東――漱石の西／東」（『神戸山手短期大学紀要』四九号、二〇〇六・一二）
――「家庭小説の消長――『大阪毎日新聞』の明治――」（『甲南女子大学研究紀要 文学・文化編』第四三号、二〇〇七・三）
柳田泉「古い記憶から（五）――社会小説家 金子春夢――」（『文学』一九六〇・五）
柳田泉・勝本清一郎・猪野謙二編『座談会明治文学史』（岩波書店、一九六一・六）。初出は「文学」（一九六〇・七）。のちに、
　柳田泉・勝本清一郎・猪野謙二編『座談会明治・大正文学史(3)』（岩波現代文庫、二〇〇〇・五）所収。
山崎一穎「大倉桃郎」（『日本近代文学大事典』講談社、一九七七・一一）
山田健二「忘れ去られた家庭小説作家 菊池幽芳」（『茨城県高等学校教育研究会国語部紀要』第三八号、二〇〇二・三）
山田俊治『大衆新聞がつくる明治の「日本」』（日本放送出版協会、二〇〇二・一〇）
山田博光「社会小説論――その源流と展開――」（『日本近代文学』第七集、一九六七・一一）
――「社会小説」（『日本近代文学大事典』講談社、一九七七・一一）
山本武利『近代日本の新聞読者層』（法政大学出版局、一九八一・六）
山本敏子「日本における〈近代家族〉の誕生――明治期ジャーナリズムにおける「一家団欒」像の形成を手掛りに――」（『日本の教育史学』第三四集、一九九一・一〇）

行安茂「綱島梁川におけるキリスト教と仏教」(「岡山大学教育学部研究集録」第八二号、一九八九・一一)
──「綱島梁川の見神──明治30年代の思想動向との関連において──」(「岡山大学教育学部研究集録」第一〇二号、一九九六・七)
吉田精一『自然主義の研究』上巻(東京堂、一九五五・一一)
吉村タマエ「中村吉蔵(近代文学史料研究・第百六回)」(「学苑」138、一九五二・七)
頼住光子「日本近代における神秘主義の一様態──綱島梁川の「見神の実験」をめぐって」(「お茶の水女子大学人文科学研究」第一巻、二〇〇五・三)
林寄雯「『破戒』の告白──菊池幽芳の『己が罪』と比較しながら──」(「国語国文論集」第三二集、二〇〇二・一)
若桑みどり「日本の近代国家における女性の国民化と「良妻賢母」」(「川村学園女子大学女性学年報」第三号、二〇〇五)
和田芳恵「解説」(大仏次郎・川口松太郎・木村毅監修『大衆文学大系 小杉天外・菊池幽芳・黒岩涙香・押川春浪集』第二巻、講談社、一九七一・六)
──「「家庭小説」あれこれ」(「日本近代文学館」第八号、一九七二・七)
渡辺貴規子「エクトール・マロ原作、五来素川訳『家庭小説 未だ見ぬ親』の研究」(「人間・環境学」第二〇号、二〇一一・一二)
渡部直己「死ンデモ予感ハ感ジテ見セル──谷崎潤一郎の「家庭」小説」(「新潮」二〇〇四・三)
──『日本小説技術史』(新潮社、二〇一二・九)
無署名「総序」(『現代日本文学全集 歴史・家庭小説集』第三四篇、改造社、一九二八・六)
──「(共同研究)近代文芸に現れた衣・食・住(四)菊池幽芳作品」(「学苑」第一五〇号、一九五三・七)
──「名作文学の口絵美人画」(「版画芸術」一四八、二〇一〇・夏)

# 初出一覧（以下にそれぞれの章に収録した論文の原題と初出誌を示す。本書にまとめるに際して大幅に改訂を行った）

## 第Ⅰ部　「家庭小説」をめぐる言説の展開

第一章　家庭小説は〈低級〉か？――文学史のなかの「家庭小説」――
（「会誌」二〇一一・三）

第二章　「小説」をめぐる言説編成――〈社会〉と〈家庭〉のあいだ――
（日本文学協会口頭発表　二〇〇五・七・一七）

第三章　「家庭」をめぐるジェンダー・ポリティクス――「家庭」と文学をめぐる言説編成――
（「国文目白」第五〇集、二〇一一・三）

第四章　紙面の中の「己が罪」――大阪毎日新聞「落葉籠」欄にみる読者たち――
（「日本近代文学」第七四集、二〇〇六・五）

## 第Ⅱ部　「家庭小説」とジェンダー

第五章　書き換えられた「女の道」――『谷間の姫百合』から『己が罪』へ――
（「日本女子大学大学院文学研究科紀要」第一七集、二〇一一・三）

第六章　教育される大人たち――「己が罪」における二人の子ども――
（「日本文学」二〇一〇・六）

第七章　「家庭小説」再考のために――中村春雨「無花果」論――
（「日本近代文学」第八一集、二〇〇九・一一）

第八章　悲劇の登場――菊池幽芳「己が罪」初演をめぐって――
（「慶應義塾志木高等学校研究紀要」第四〇集、二〇一〇・四）

第九章　「家庭小説」ジャンルの生成――菊池幽芳「乳姉妹」とその周辺――
（「国文目白」第五二集、二〇一三・二）

# あとがき

ここ一〇年のあいだ、私は新聞紙面ばかりを追っていたように思う。

はじめは、ささやかな疑問からのスタートだった。社会小説、政治小説、理想小説、光明小説等々。一九世紀から二〇世紀へと移り変わる世紀の変わり目において、家庭小説の語は、これらの名称とともに私の前でフラットに並んでいた。どこに照明を当ててもよかった、と言うと言い過ぎだが、少なくとも当初は、雑誌を中心にこれらのジャンル名に関する同時代言説を追っていた。

だが、家庭小説を初出紙によって確認するため、「大阪毎日新聞」を丹念に精査していく過程で、いつしか新聞紙面を読み込む面白さに引きずり込まれていた。とりわけ「大阪毎日新聞」の投書欄における読者の声は、今日のサイバー空間で繰り広げられる、見知らぬ者同士の気軽なコミュニケーションに通じるものがあり、自分と変わらぬ等身大の生きた人間の存在として感じられた。

こうして、メディア研究というスタイルに基づきながら、家庭小説というジャンルが抱える問題性へと、私の研究対象は徐々に焦点化されていった。

本書は、二〇一一年、日本女子大学に博士学位請求論文として提出した「明治期「家庭小説」についての研究」に基づくものである。本書で取り扱った小説は、「家庭小説」として書かれたのではなく、「家庭小説」ジャンルが立ち上がる以前に発表されたということを測定するためのセレクトである。そのため、それらの作品群が、「家庭小説」として通俗化していくプロセスについては、いまだ詳らかにしない。これが本研究の残した最も大きな課題であろう。これに対する答えは、本書に少し付け加えれば足りるというものではなく、おそらく、また別に本を一冊編むほどのものとなるだろう。まだまだ課題は山積みである。

本書を刊行するに当たっては、実に多くの方々に支えていただいた。自由気ままな私を学部時代から見放さず、ここまで温かく導いてくださった恩師・源五郎先生。結婚、出産を経て、育児をしながら研究を続けていくことに、ときとして困難を感じる私にとって、源先生にご恩返しをするのだという一念が最も大きな支えとなった。

跳ね返りだった私にフェミニズムという考え方を教えてくださった岩淵（倉田）宏子先生。フェミニズムという考え方に出会った当初、私の目の前に一筋の光が見えたような気がしたのを今でも覚えている。

博士論文の審査の際には、学内からは、吉良芳恵先生、三神和子先生に加わっていただき、学外からは、関西大学の関肇先生に遠方からお越しいただいた。貴重なご助言やご指摘を頂戴したことを糧として、今後の研究に生かしていきたいと思う。

そして、ここに一人一人の名前は挙げないが、大学院の授業をともにした学友や先輩後輩たち。特に、結婚、出産、育児のために、志半ばにして研究を途中でリタイアした彼女たちの存在は、同じ理由で研究をリタイアするまいという意地を私に強くさせてくれた。

博士号取得から一年以内の刊行を目指しているにもかかわらず、作業が遅れがちになる私を優しく見守り、お世話いただいた翰林書房の今井肇氏と静江氏。お二人の励ましがあればこその本書の刊行である。ここに感謝申し上げたい。

最後に、生活をともにし、ともに研究を続ける大原祐治。それぞれの得意、不得意による役割分業はあっても、固定した性別役割分業はしないというパートナーシップは、私の心をいくら軽くしてくれたか分からない。これからも、このパートナーシップを続け、お互いに良き研究を積み重ねていくことができればと切に願う。

二〇一三年二月

鬼頭七美

# 索　引

【著者略歴】

鬼頭七美（きとう　なみ）

1970年生まれ。

日本女子大学大学院文学研究科博士課程修了。

博士（文学）。

現在、首都大学東京、駒沢女子短期大学ほか、非常勤講師。

共著書：『日本女子大学に学んだ文学者たち』（翰林書房、2004年11月）、『明治女性文学論』（翰林書房、2007年11月）、『『青鞜』と世界の「新しい女」たち』（翰林書房、2011年3月）。


日本女子大学文学研究科博士論文出版助成金による刊行

「家庭小説」と読者たち
ジャンル形成・メディア・ジェンダー

| | |
|---|---|
| 発行日 | 2013年3月18日　初版第一刷 |
| 著　者 | 鬼頭七美 |
| 発行人 | 今井　肇 |
| 発行所 | 翰林書房 |
| | 〒101-0051 東京都千代田区神田神保町 2-2 |
| | 電　話　(03)6380-9601 |
| | FAX　(03)6380-9602 |
| | http://www.kanrin.co.jp/ |
| | Eメール● Kanrin@nifty.com |
| 装　釘 | 須藤康子＋島津デザイン事務所 |
| 印刷・製本 | 株式会社 メデューム |

落丁・乱丁本はお取替えいたします

ISBN978-4-87737-348-1